喻守真 編著

唐詩三百首詳析

【重校本】

中華書局

目錄

五言古詩　三十五首

樂府 十一首

七言古詩 二十八首

樂府 十六首

五言律詩 八十首

七言律詩　五十首

樂府 一首

五言絕句　二十七首

樂府　九首

七言絕句　五十一首

樂府　九首

五言古詩

三十五首

唐詩三百

王維

字摩詰，河東人。玄宗開元九年中進士，官至尚書右丞。著有《王右丞集》。摩詰除工詩外，又善畫，蘇軾稱賞他「詩中有畫，畫中有詩」。

送綦毋潛落第還鄉

——綦毋，複姓；潛，名，字季通，荊南人。至開元中始中進士。落第，考試不合格。

聖代①無隱者，英靈②盡來歸。遂令東山客③，不得顧採薇④。既至金門⑤遠，孰云吾道非⑥？江淮⑦度寒食⑧，京洛⑨縫春衣。置酒長安道⑩，同心與我違⑪。行當浮桂棹⑫，未幾拂荊扉⑬。遠樹帶行客，孤城當落暉⑭。〔吾謀適不用〕⑮，勿謂知音⑯稀。〔平聲微韻〕

【註釋】

①政治清明的時代。

②指賢能有才幹的人。

③《晉書．謝安傳》：「雖受朝寄，然東山之志，始末不渝，每形於言色。」是說謝安雖在朝

廷，然始終不忘歸隱東山。

④《史記．伯夷列傳》：「義不食周粟，隱於首陽山，採薇而食之。」

⑤一作「君門」。《三輔黃圖》：「漢武帝得大宛馬，以銅鑄像，立於署門。」所以金馬門，簡稱金門。

⑥《家語》：楚昭王聘孔子，孔子往，陳蔡發兵圍孔子，孔子曰：「《詩》云『匪兕匪虎，率彼曠野』，吾道非乎？吾何為至此乎？」這是說孔子為自己政策的不能實行，半途又受到阻礙，而心生感嘆。

⑦就是長江淮水，按題云還鄉，別本作「東歸」，是綦毋潛所必經的水道。

⑧《荊楚歲時紀》：「去冬節一百五日，即有疾風甚雨，謂之寒食，禁火三日。」

⑨今河南洛陽縣，玄宗天寶初為東京。

⑩今陝西省西安市，別本作「長亭道」，是那時城外餞行的地方。

⑪《易》：「二人同心，其利斷金」，猶言知己。違，離別的意思。

⑫桂樹做的槳，代替說船。

⑬就是柴門。

⑭落山的太陽。

⑮《左傳》：「士會行，繞朝贈之以策（馬鞭）曰：『子毋謂秦無人，吾謀適不用也。』」適，

偶然之意。

⑯《列子》：「伯牙鼓琴，志在高山，鍾子期曰：『峨峨然若泰山』，志在流水，曰『洋洋然若江河』。子期死，伯牙絕絃，以無知音者。」

【作意】

落第而還鄉，當然非常懊喪。送行的人，應該設法給他慰藉。這首詩就從這層意思，加以烘染，其中有敘事，有寫景，有抒情。抒情之中既有感慨，又有勉勵，使受者讀了之後，精神興奮起來。

【作法】

這首詩可以分作四段看。起首四句，是從赴試寫起，是說在政治清明時代，不容有才能的人隱居不出。第二段四句，是寫「落第」，希望他考中，卻偏偏不中，可憐他一路跋涉而來，不料在京城流滯一年之久才得歸——渡江淮時當寒食，滯京洛又到縫春衣的時候了。第三段四句，是寫送行和還鄉，是說餞別之後，我不久後也將乘船去訪問你，足見倆人交情的真摯。第四段四句，是寫送行的景色，末二句是慰藉話，並且鼓勵他不要因為偶然失意，就說當世沒有知音，竟至灰心喪氣。全詩處處顧到題目，層次非常分明。

張九齡

字子壽，韶州曲江人。玄宗時，官至尚書右丞相，後為李林甫所排擠，貶為荊州長史。死後賜謚文獻。有《曲江集》。

感遇

——用隱約的言語抒發心中的感想。全詩本來有十二首，這裏只選了四首。

孤鴻海上來，池潢①不敢顧。側見雙翠鳥，巢在三珠樹②。矯矯③珍木巔，得無金丸④懼？美服患人指，高明逼神惡⑤。今我遊冥冥⑥，弋者何所慕⑦。〔去聲遇韻〕

蘭葉春葳蕤⑧，桂華秋皎潔。欣欣此生意，自爾⑨為佳節。誰知林棲者，聞風坐相悅。草木有本心，何求美人折！〔入聲屑韻〕

幽人歸獨臥，滯慮洗孤清。持此謝高鳥⑩，因之傳遠情。日夕懷空意⑪，人誰感至精⑫？飛沈理自隔⑬，何所慰吾誠？〔平聲庚韻〕

江南有丹橘，經冬猶綠林。豈伊地氣暖，自有歲寒心。可以薦嘉客，奈何阻重深？運命惟所遇，循環不可尋。徒言樹桃李，此木豈無陰？〔平聲侵韻〕

【註釋】

①潢，音黃，積水池。
②三珠樹在厭火國北，生赤水上，其樹如柏樹，皆為珠。
③矯矯，獨立高出之意。
④打鳥的彈子。
⑤是說居高位的，也遭鬼神所忌。
⑥高遠的意思。
⑦弋者，獵鳥的人。慕，想獵取之意。
⑧葳，音威。葳蕤，花葉繁盛下垂的樣子。
⑨自爾，意思是自然。
⑩比喻君主。
⑪懷抱着高遠的意念。
⑫就是至誠之意。
⑬比喻在朝在野，情勢相隔。

【作意】

這四首詩都是近於寓言的作品。第一首自比孤鴻，而以雙翠鳥暗指李林甫和牛仙客，自己很替他們危懼。第二首自比蘭桂，表示自己具有堅貞清高的氣節，本沒有用世之意，所以不求君相（美人）的引用。第三首是述作者因牛李的傾軋，罷相歸隱，但依舊懷念君上，足見他愛國愛君之意。第四首借丹橘比喻自己的貞操，可惜為重陰所阻，不能實現抱負。這種遭遇，只可付之於命運罷了。

【作法】

借物興起的作品，須分不出物和人來，咏物就是説人，説人仍是咏物，如第一首用「孤鴻」「翠鳥」「巢」「遊冥冥」「弋者」等詞，處處都意存雙關，其中「美服」兩句，既是説理，又寓勸誡，可見詩人忠厚之教。第二首起首四句，用蘭和桂來比喻，末二句即用「草木」兩字扣住，照應分明，「何求美人折」用轉筆跌出正意來。第三首前四句是自寫，後四句是思君，其中以「高鳥」喻君，以「飛沉」喻朝野，用詞非常新穎。第四首前四句是《詩經》中的「興也」。所謂「興」者，是「先言他物以引起所咏之詞也。」可以兩句，上句承接上文，下句引起下文，又用桃李作陪襯，可見雙方遭遇有早晚不同之感。

王維

送別

下馬飲君酒，問：「君何所之[1]？」君言：「不得意，歸臥南山[2]陲。」但去莫復問，白雲無盡時。〔平聲支韻〕

【註釋】

①到哪裏去？

②南山即終南山，主峯在陝西西安之南。

【作意】

這首詩和《送綦毋潛落第還鄉》那一首意義大同小異，不過前詩含有勸慰勉勵之意，這首卻有感慨羨慕之情。

【作法】

這是用的問答法，首句敘事，次句問，三四句答，五六句寫感慨，又有寄託，為全詩着眼之處。山中白雲沒有窮盡的時候，世間的富貴功名，卻總有終了的時候。他此去歸隱山居，自有一種樂趣，我又何必再苦苦尋問呢！

青谿

——《水經注》：「沮水南經臨沮縣西，青谿水注之。水出縣西青山，山之東有濫泉，即青谿之源也，其深不測，泉甚靈潔。」按在今陝西省沔縣之東。

言入黃花川①，每逐青谿水。隨山將萬轉，趣途無百里。聲喧亂石中，色靜深松裏。漾漾汎菱荇②，澄澄映葭葦③。我心素以閒，清川澹如此！請留磐石④上，垂釣將已矣！（上聲紙韻）

【註釋】

①言，係發語辭。川，在陝西省鳳縣東北。

②荇音行，水草。

③蘆葦。

④大石。

【作意】

此詩以青谿的深峭靈潔，為自己寫照，着眼在「我心素以閒，清川澹如此」兩句。指水盟心，大有終老之意。

【作法】

首四句敍自黃花川到青谿，百里之間途經的曲折迴環。第五句寫聽到的谿聲，第六句寫看到谿邊的松色，第七句寫谿中的菱荇，第八句寫谿旁的葭葦，遠近左右，寫得有聲有色，這就是所謂「詩中有畫」。末了以清谿的澹泊，證實我心的安素能閒，用「將已矣」——就此算了罷，咏歎作結。

渭川田家

——渭川即渭水，源出甘肅渭源縣鳥鼠山，東流入陝西境，經鳳翔、西安、朝邑，東流到潼關，入黃河。田家即農家。

斜陽照墟落①，窮巷牛羊歸。野老念牧童，倚杖候荊扉。雉雊②麥苗秀，蠶眠桑

葉稀。田夫荷③鋤至，相見語依依。即此羨閒逸，悵然吟《式微》④！〔平聲微韻〕

【註釋】

①村莊。

②雊，音購，雉雞叫喚的聲音。

③荷，音賀，揹負的意思。

④《詩經·邶風·式微》：「式微式微胡不歸？」式，發語詞。微，衰落的意思。

【作意】

這首詩是羨慕田家閒逸的景象，加以輕淡的描寫，結尾大有因慕田家閒逸不如歸去之意。

【作法】

此詩首四句為一段，寫田家日暮時的一種閒逸景象。五六句敍農事，正當四五月天氣。七八句寫農夫的閒暇。結末二句，以「閒逸」二字總括上文，因羨生感，結出作意。其中用字如「念」「候」「秀」「稀」等，都很貼切自然。

西施咏

——西施，就是西子，姓施，名夷光，越國的美女，是苧蘿山下賣柴人的女兒。越王句踐尋來獻給吳王夫差，吳王非常寵愛她，因此為越所破滅。

豔色天下重，西施寧久微？朝為越溪①女，暮作吳宮妃。賤日豈殊眾？貴來方悟稀。邀人傅香粉，不自著羅衣。君寵益驕態，君憐無是非。當時浣紗②伴，莫得同車歸。持謝鄰家子③，效顰安可希？④〔平聲微韻〕

【註釋】

①指若耶溪，在浙江紹興縣東南二十八里，是西施採蓮的地方。

②浙江諸暨縣苧蘿山下有石跡水，相傳是西施浣紗的地方，現在還留着浣紗石。

③拿了西施能夠得寵的理由，告訴鄰家子。

④《莊子》：「西施病心而矉，其里之醜人，見而美之，歸亦捧心而矉」。矉和顰相通，心頭痛而皺眉蹙額的樣子。希，希望愛寵的意思。

【作意】

這首詩雖是咏的西施，其實是借西施比喻一個人只要有才幹，能夠自立，就可以在社會上立足，決不會長久微賤的。

【作法】

此詩分為三段：首四句敘西施有了豔麗的姿色，何怕遭遇的不快？次六句是敘西施一朝得了吳王的寵愛，身份就提高了。末四句推開一層説法，寫不如西施姿色的人，徒然模仿西施的捧心而顰，希望得人愛寵，未免自不量力了。

邱為

嘉興人，官太子右庶子。事繼母很孝，和王維劉長卿相友好。

尋西山隱者不遇

絕頂一茅茨①，直上三十里。叩關②無僮僕，窺室惟案几。若非巾柴車③，應是釣秋水？差池④不相見，黽勉空仰止⑤。草色新雨中，松聲晚窗裏。及茲契⑥幽絕，自足盪⑦心耳。雖無賓主意，頗得清淨理。興盡⑧方下山，何必待之子⑨！

〔上聲紙韻〕

【註釋】

①茨，音慈，茅草蓋的房子。
②敲門。
③巾，作動詞用。柴車，破舊的車子；巾柴車，用巾覆蓋柴車。
④差，讀如雌。差池，不齊的樣子。是說我來你往，不能會面。
⑤黽，音泯。黽勉，躊躇的樣子。仰止，欽仰到極點。
⑥契，愜意的意思。
⑦開暢的意思。
⑧《晉書．王徽之傳》：「常居山陰，夜雪初霽，忽憶戴（安道）遠在剡（浙江嵊縣），乘小船，詣之。造門不前而返。人問其故，曰『本乘興而來，興盡而返，何以見安道耶？』」
⑨「之子」，就是「這個人」。

【作意】

此詩寫隱者的清高，西山的幽靜，作者有心去尋，無意相見，大有乘興而來、興盡而返的風趣。

【作法】

首四句寫隱者所居的地方。第一句隱者，第二句西山，第三句尋，第四句不遇，開始已將題目字一個個扣住。次四句承上寫尋而不見，一面推想其去處，一面又悵惘而欽仰。「草色」下四句，是寫隱居地方所見所聞的風景，並作寬解的話。末四句完全寫「不遇」後的感想。以「下山」兩字照應「直上」，以「何必待」盡抒「尋」意。

綦毋潛

見王維詩註

春泛若耶溪——見《西施咏》註

幽意無斷絕，此去隨所偶。晚風吹行舟，花路入溪口。際夜①轉西壑，隔山望南斗②。潭煙飛溶溶，林月低向後。生事且彌漫，③願為持竿叟④。〔上聲有韻〕

【註釋】

①傍晚。

②星名。

③一生的事情茫茫無窮盡。

④漁翁。

【作意】

因春泛而感到人生的渺茫，詩人多感，往往有「即景生情」的作品，供我們欣賞。

【作法】

此詩題目雖是春泛，而所咏不是日間，卻是夜裏。所以「晚」字是全詩的主題。同時以「吹行舟」切「泛」字，「花路」切「春」字。以「南斗」切若耶溪，因越分野應南斗（《越絕書》）。轉指舟轉，潭煙飛，若耶谿上所見。月低，夜深月沉於西，舟泛於前，所以月低向後，中間四句是正寫「泛」字，見得夜景如畫。末二句以感慨做結，所謂即情生情，而仍以「持竿」切溪水，用字非常嚴密。

王昌齡

字少伯，江寧人，開元十五年進士，歷官江寧丞，貶為龍標尉，世亂回鄉，為刺史閭丘曉所殺。

同從弟南齋翫月憶山陰崔少府

——從弟，伯叔的兒子。山陰，今浙江省紹興縣。崔，姓。少府，官職比縣長略小。

高臥南齋時，開帷①月初吐。清輝②淡水木，演漾在窗戶。③苒苒④幾盈虛？澄澄⑤變今古。美人⑥清江畔，是夜越吟苦⑦。千里其如何？微風吹蘭杜⑧。〔上聲麌韻〕

【註釋】

①窗幕。

②皎潔的月光。

③演，水流的樣子；漾，搖晃不定的樣子。這是說水月的清光，搖晃於窗戶之間。

④苒，音冉。苒苒，光陰過得很快的意思。

⑤清光。

⑥指崔少府。

⑦《史記・張儀傳》：越人莊舄，仕楚而病，……對曰：「凡人之思故，其病也。彼思越則越聲，不思越則楚聲。」使人往聽之，猶尚越聲。這是用的山陰故事。

⑧蘭花、杜若，都是香草。

【作意】

因翫月而想到離別的好友，看到窗月的盈虛有定，感到人生聚散的無常，古今世事的變遷。

【作法】

一句點「南齋」，二句寫「月」，三四句寫「翫」，五六兩句承上翫月而興感，七八兩句轉入「憶山陰崔少府」。結末二句，將南齋和越兩地牽合起來，是說崔少府在越，聲名遠近都知，彷彿蘭杜的香氣，雖然隔着千里，也可因微風而聞到。大抵懷念好友的作品，不是抒寫相思之苦，就是稱頌其人文章道德。這首詩是屬於後者的。

常建

開元中進士，代宗大曆中，官盱眙尉。

宿王昌齡隱居

清谿深不測，隱處惟孤雲。松際露微月，清光猶為君。①茅亭宿花影，藥院②滋苔紋。余亦謝時③去，西山鸞鶴羣。〔平聲文韻〕

【註釋】

①意思說一片清光，似乎特別對你有意。

②種藥的庭院。

③辭去世俗的牽累。

【作意】

全詩留戀隱居的佳境，彷彿洞天福地，一宿之後，也起了和他一同隱居的念頭。所謂即景生情，也可說是情隨境遷。

【作法】

首二句寫隱居的地方，用一「惟」字，見得除「孤雲」外，沒有別的俗物。三四二句用松間月露，點出「宿」字及隱居的人。五六兩句寫夜景的清幽，用「宿」「滋」字，就是所謂「詩眼」。古詩中往往有對句，這兩句大可效法。七八兩句，因留宿在這樣的佳境裏，也起了偕隱之念，想和西山的鸞鶴為伍，語氣中含有向對方詢問的意思。

孟浩然

本名浩，字浩然，以字行。襄陽人。少隱鹿門山。年四十，遊京師，後為張九齡從事。開元末，病背疽卒。有《孟浩然集》。

秋登蘭山寄張五

——《名山記》：石門山在四川省慶符縣治南，林薄間多蘭，故一名蘭山。張五名子容，五係排行。

北山白雲裏，隱者自怡悅。①相望試登高②，心隨雁飛滅。愁因薄暮起，興是清秋發。③時見歸村人，沙行④渡頭歇。天邊樹若薺，⑤江畔洲如月。何當載酒來，共醉重陽⑥節。〔入聲屑月韻〕

【註釋】

①晉陶宏景詩：「山中何所有？嶺上多白雲，只可自怡悅，不堪持贈君。」這兩句是從這裏變化出來的。

②《續齋諧記》裏說，費長房令桓景九月九日囊茱萸登高以避禍，是為九月九日登高之始。

③薄暮的愁，愁的是望張五不見。一個人的精神，常到清秋時節格外興奮。

④沙行，在溪灘上行走。

⑤薺，野菜。天邊的樹，遠遠望去像薺一般細小。

⑥九為陽數，九月九日，日月都為陽數，所以叫重陽。

【作意】

題目是「寄」，當然是相望而不可見。從蘭山望到北山，所以說相望，望了只見歸村的人，不見張五，所以特地寄了這首詩，約他重陽節載酒同來登高。這首詩是望而不見，前面邱昌的《尋西山隱者不遇》，是尋而不遇，意義雖別，結構卻相同。

【作法】

首四句寫登蘭山去望張五，先點張五，次點登山。五六兩句點「秋」字。七八兩句是望見山下的人，以襯出不見張五。九十兩句都是寫遠望所見。句句寫登高望遠，同時也句句懷念張五。末了用「何當」一轉，結出自己的希望，就是說明之所以要寄詩的意思。仍以「重陽節」照應「秋登蘭山」，章法很整齊。其中「天邊樹若薺，江畔洲如月」兩句，向來被認為是浩然的名句。

夏日南亭懷辛大——辛，姓。大，係排行。

山光①忽西落，池月②漸東上。散髮乘夕涼，開軒臥閒敞③。荷風送香氣，竹露滴清響。欲取鳴琴彈，恨無知音賞。感此懷故人④，中宵⑤勞夢想！（上聲養韻）

【註釋】

①山上的太陽。
②池邊的月。
③軒，向南的屋。閒敞，意思是清閒而開暢。
④老友。

⑤半夜。

【作意】

題中「夏日」一作「夏夕」，看了全詩所寫景物，夏夕更為妥當貼切。全詩中心，重在「懷」字，在傍晚乘涼的時候，想念老朋友，可惜眼前沒有知己，就懶得取琴來彈，辜負了美景良辰，想念着不能見面，還希望夢中相會，詩人真摯的情感，由此可見一斑啊！

【作法】

首二句是點「夕」字。日落用「忽」，月上用「漸」，用字極有分寸。「散髮乘涼」切「夏」字，「開軒」點「南亭」。「荷風」兩句，寫夏日傍晚的景物。「風露」和「涼」字相照應，扣定夏夕，不是別的時間。以上都是寫景，以後四句轉入抒情，正寫「懷」字。並且從日落寫到夜深露重，又寫到中宵，層次一點不亂。

宿業師山房期丁大不至

夕陽度西嶺，羣壑倏已暝①。松月生夜涼，風泉滿清聽。樵人歸欲盡，煙鳥②棲

初定。之子期宿來，孤琴候蘿徑③。〔去聲徑韻〕

【註釋】

①昏暗的樣子。

②暮煙中的歸鳥。

③蘿，蔓延的藤。徑，就是路。

【作意】

此詩中心在一「期」字。在山間夜宿等待一個人，只看到時間一刻刻過去，而所期待的人，終不見來，但他並不心焦，也不抱怨，還自顧抱琴相候，這是怎樣的閒適呵！

【作法】

開首就寫傍晚，是顧到題目的「宿」字。「松月」「風泉」是寫在將晚時所見所聞的風景。再用「歸樵」「棲鳥」，時間又進一層，並以陪襯丁大。用一「欲」字，猶有未盡歸意，還是希望他能如期而來，也相信他「期宿來」，所以仍舊抱琴去等。不明言不來，而不來的意思已寫得十分透澈了。這首詩又可和《尋西山隱者不遇》那一首相對照。尋而不遇，仍然得盡其興；期而不至，也是自得其樂。前詩「何必待之子」，是不遇之後自慰的話；這裏說「之子期宿來」，是不來之前自信的話。兩者都脱盡火氣，不露一點抱怨口氣，可以想見詩人的風度。

李白

字太白，一字青蓮，隴西成紀人，有說是山東人。起初隱居四川岷山，賀知章見其文，歎為謫仙。薦於玄宗，召為翰林供奉。後來又賜金放還。因附和永王璘，長流於夜郎，遇大赦得還。其詩高妙清逸，世稱「詩仙」。有《李太白集》。

春思

燕[①]草如碧絲，秦[②]桑低綠枝。當君懷歸日，是妾斷腸[③]時！春風不相識，何事入羅幃？（平聲支韻）

【註釋】

①燕，今河北省地。

②秦，今陝西省地。

③肝腸斷裂，是說相思之苦。

【作意】

這種詩大抵寓言居多，是假託女子的口氣，來抒寫詩人的感想。這首詩是說女子的貞潔，比喻自己的正直。

【作意】

燕草秦桑兩句是並列的，是說燕地的春草，已如碧絲般的發綠，秦地的桑樹，已經葉子很盛，枝幹也垂下了。三四兩句是垂直的，在詩法中叫做「流水對」。是說當你見到芳草而想歸來的時候正是我見到桑樹而斷腸的日子，這兩句仍是承上而下。末兩句，說出正意，意思是我心貞潔，不是外物可以引誘的。

下終南山過斛斯山人宿置酒

——斛斯，係北方的複姓。

暮從碧山①下，山月隨人歸。卻顧②所來徑，蒼蒼橫翠微③。相攜及④田家，童稚開荊扉。綠竹入幽徑，青蘿拂行衣。歡言得所憩，美酒聊共揮⑤。長歌吟松風，曲盡河星⑥稀。我醉君復樂，陶然共忘機⑦！（平聲微韻）

【註釋】

①就是終南山。註見第六首。
②回頭看。
③青綠色的山氣叫翠微。
④到的意思。
⑤倒去餘瀝叫揮。
⑥一作「星河」，就是銀河中的星星。銀河明朗，星星稀少，那時夜已深了。
⑦忘去了人世間一切巧詐的機心。

【作意】

這首詩是寫作者下山後到山人家留宿，飲酒高歌的事情。在這樣「良辰美景賞心樂事」的幽美環境裏，哪能不「樂」，哪能不忘了身外的一切？

【作法】

開口說「暮」，即為「留宿」伏筆，首四句是寫下山來山前山後路上的暮景。「山月」「蒼蒼」都是從「暮」字生發出來的。「相攜」下四句，是寫同到山人的家，和進門後一路所見的景物，扣住題目「過」字。「歡言得所憩」是入室，並微逗「宿」字。「美酒聊共揮」是「置酒」，酒後酣歌，不覺夜深，正點「宿」字。末二句承上文「置酒」和「長歌」，結出樂而忘機的意思來。又，詩中有「相攜」字，後來用「共揮」、「我」、「君」、「共忘」，足見作者和斛斯山人倆人相契之深了。

月下獨酌

花間一壺酒，獨酌無相親。舉杯邀明月，對影成三人①。月既不解飲，影徒隨我身。暫伴月將②影，行樂須及春。我歌月徘徊③，我舞影零亂。醒時同交歡，醉後各分散。永結無情④遊，相期邈雲漢！⑤

【註釋】

①指獨自飲酒的我，天上的明月，和明月照着我身的影子。

②相偕的意思，是說明月和影子同我做伴的時間很短暫。

③月亮在天空移動不進的樣子。

④忘情的意思。是說月亦忘其為月，我亦忘其為我，永遠結為忘情的好友。

⑤邈，高遠的意思，是說相期遠在天上雲漢之間。

【作意】

太白天才曠達，物我之間，無所容心。這首詩就充分表達了他的胸襟，以「行樂及春」「永結無情」為全詩主旨所在，使無情的明月和影子，和我成為有情的交歡。

【作法】

月下獨酌，是極靜的境界，作者卻能招呼明月和影子來做良伴，又從「花」字想出「春」字，從「酌」字想出「歌舞」，烘托得十分熱鬧，從中可以悟到詩文中無中生有的方法。篇中將「我月影」三字交互迴環的描寫，又是連珠體的作法。首四句為一段，依次出月出影，連帶點醒題目。「月既不解飲」下四句為第二段，從月和影上發出議論，仍以「飲」字照應「酌」字，帶出「行樂及春」的主旨。末六句為第三段，是承上轉入，從「行樂」想到「歌舞」，從「獨酌」想到醒和醉的情形。末了又以「雲漢」歸結到「月下」。這種交互錯綜的描寫，若沒有仙才，真不容易做到如此美妙啊！

韋應物

京兆長安人。玄宗時，官至左司郎中。德宗時，出為蘇州刺史，世稱韋蘇州。享年百餘歲。其詩沖淡簡遠，人以比之陶淵明，併稱陶韋。有《韋蘇州集》。

郡齋雨中與諸文士燕集

——郡指蘇州，郡齋即刺史的官署，那時韋應物正任蘇州刺史。燕集就是讌會。

兵衛森畫戟①，燕寢凝清香②。海上風雨至，逍遙池閣涼。煩痾③近消散，嘉賓復滿堂。自慚居處崇，未瞻斯民康。理會是非遣，性達形跡忘。④鮮肥屬時禁⑤，蔬果幸見嘗。俯飲一杯酒，仰聆金玉章⑥。神歡體自輕，意欲淩風翔。吳中⑦盛文史，羣彥今汪洋⑧。方知大藩⑨地，豈曰財賦強。〔平聲陽韻〕

【註釋】

①畫戟像森林般排列着。
②清香，指所焚之香。
③意即煩惱悶熱。
④是說能夠通會自然之理，就可以分辨是非。一個人的天性能夠達觀，就可以遺忘一切形跡。
⑤時當炎熱的夏天，應該禁食鮮魚肥肉。
⑥聲韻鏗鏘像敲金戛玉的文章。
⑦即蘇州。
⑧羣彥，許多有才學的文士。汪洋，多的意思。
⑨藩，藩王所居的城，意即大都市。

【作意】

此詩是寫與文士燕集的情形，並抒發自己的感想。他自己雖處刺史的地位，曰「自慚」，曰「幸」，曰「羣彥」，曰「嘉賓」，口氣非常謙遜，想見賓主相得的情形。「自慚」兩句，在私人宴集中仍不忘民眾的痛苦，尤其可以見到長官的胸襟。

【作法】

首二句先點「郡齋」，三四句點「雨中」。「煩疴」句承上「涼」字，「嘉賓」句點「諸文士」。「自慚」下四句，是自己述懷。「鮮肥」下六句，是正寫「燕集」。末四句是說吳中豈僅財賦稱強，而文史之盛，尤其可喜，仍舊歸重到諸文士，深合地方長官與當地士紳談話的口吻。全篇首敘事，次抒情，再次敘事，結尾又加議論。其中又融入情感，所謂夾敘夾議，層次井然。

初發揚子寄元大校書

——揚子即揚子江，近江蘇鎮江的一段。元大，疑即元結。校書即校書郎，官名，掌校理典籍。

淒淒去親愛，泛泛入煙霧。歸棹洛陽①人，殘鐘廣陵②樹。今朝為此別，何處還相遇？世事波上舟，沿洄安得住？③〔去聲遇韻〕

【註釋】

①即今河南洛陽縣。

②廣陵，古揚州之域，唐為郡，今江蘇江都縣。

③順流而下叫沿；洄，水流迴旋的樣子。意思是人生聚散，世事變幻，彷彿水上的船來往無定，哪能在洄流中長久停駐呢？

【作意】

這是臨別時寄給好友抒寫離別情懷的一首詩。

【作法】

首二句寫「初發」，次二句切「揚子」，五六句寫「寄元大」，末二句從泛舟悟出一片大道理來作結。這首詩寫的是眼前景，說的是口頭話，悟的是人人意中所有的情理。其中「歸棹洛陽人，殘鐘廣陵樹」兩句，能夠將情景打成一片，可以悟到詩中修辭的方法，意思是向洛陽乘歸棹的我回望廣陵，只聽得殘餘的曉鐘，從朦朧的煙樹中隱隱地傳出來，非但貼切早發的情景，也包含着無限惜別的心情。

寄全椒山中道士——全椒，今安徽全椒縣，唐屬滁州。

今朝郡齋[1]冷，忽念山中客。澗底束荊薪，歸來煮白石[2]。欲持一瓢[3]酒，遠慰風雨夕。落葉滿空山，何處尋行跡？（入聲陌韻）

【註釋】

①這時詩人正在滁州刺史任內。

②《神仙傳》：「白石先生嘗煮白石為糧。」

③剖瓠的一半，用來盛酒。

【作意】

此詩寫風雨之夕，忽然想到山中的道士，想持酒去訪問，又恐怕不能相遇，所以只能寫詩相寄。

【作法】

一二兩句是憶念道士。三四兩句，是懸想道士在山中的情形。五六句是寫欲走訪之意，以「風雨」照應上文「冷」字。末二句是寫恐其不遇，結出寄詩的原因。這兩句和第十首「若非巾柴車，應是釣秋水」兩句神韻相同，不過那是懸擬，這裏是想當然之辭，略有不同。

送楊氏女

永日方慽慽①，出門復悠悠。女子今有行②，大江泝③輕舟。爾輩苦無恃，撫念益慈柔。幼為長所育④，兩別泣不休。對此結中腸，義往難復留⑤。自小闕內訓⑥，事姑貽我憂。賴茲託令門⑦，任卹庶無尤⑧！貧儉誠所尚，資從⑨豈待周。孝恭遵婦道，容止⑩順其猷。別離在今晨，見爾當何秋！居閒始自遣，臨感忽難收。⑪歸來視幼女，零淚緣纓⑫流！（平聲尤韻）

【註釋】

①慽，音戚，悲愁的樣子。

②出嫁，《詩經・邶風》：「女子有行，遠父母兄弟。」

③泝，同溯，逆流而上叫溯。

④應物自註「幼女為楊氏所撫育」，因兩女都是自幼失母（幼而無母叫無恃）。

⑤照禮，女子二十而嫁，應該出門，不能再留。
⑥古時教導女子的書。《舊唐書高宗紀》：「昭儀著《內訓》一篇。」或解作閨房內的教訓。
⑦令，好的意思。令門，猶言好人家。
⑧仁，愛；卹，憐；尤，錯處。
⑨就是從嫁的粧奩。
⑩容，容貌；止，動作；猷，法度。
⑪是說在家閒居的時候，沒有感觸，自己也能消遣。等到臨別傷感的時候，熱淚自來，難以收住。
⑫緣，沿的意思；纓，帽帶。

【作意】

寫送她出嫁時叮囑訓誡愛憐的話，全詩主旨在「爾輩苦無恃」句，其他許多話，都從這句生發出來。

【作法】

首四句總起，點出送嫁，為第一段。「爾輩——復留」為第二段，是兩女都自幼失恃，現在臨別，更是傷感。「自小——無尤」為第三段，恐怕她不懂得閨訓，希望到夫家去，能夠得到婆婆的愛憐。「貧儉——其猷」為第四段，是說出身寒門，粧奩不豐盛，希望她能夠遵守婦道。「別離——纓流」為第五段，敍送別之後，自己傷感的情緒，而以見幼女流淚，回應前文「兩別泣不休」。全詩情真語摯，絮絮不厭其煩，若非至性之人，難以說出這等話。

長安遇馮著

客從東方來，衣上灞陵①雨。問：「客何為來？」「採山②因買斧」。冥冥③花正開，颺颺燕新乳④。昨別今已春⑤，鬢絲⑥生幾縷？（上聲麌韻）

【註釋】

①灞陵，在今陝西咸寧縣東。
②採山，意即開闢山地。
③冥冥，形容葉盛。
④颺颺，飛翔的樣子。新乳，新生的小燕子。

⑤昨指去年，是說去年一別，今又逢春。
⑥兩邊白髮。

【作意】

此詩寫別後重逢，感到時光過得非常快。

【作法】

首二句寫馮著從什麼地方來。三四句為問答之辭，寫馮著為什麼到長安來。五六句是寫遇到馮著，正在花開燕乳的春天。末二句用感歎作結。是說今年遇到你，雖然時光風景，依然和去年一樣，但你的鬢絲，已比去年多生幾縷了。

夕次盱眙縣——止宿叫次。盱眙，今安徽盱眙縣，唐屬泗州。

落帆逗淮鎮①，停舫臨孤驛。浩浩風起波，冥冥日沈夕。人歸山郭暗，雁下蘆洲白②。獨夜憶秦關③，聽鐘未眠客。〔入聲陌韻〕

【註釋】

①淮水邊的市鎮。按盱眙地瀕淮水南岸。

②山郭日落後即昏暗。蘆洲白，指月光照水。

③應物，長安人，秦關即關中。《史記・項羽本紀》：或說項王曰：「關中阻山河四塞。」《集解》：「東函谷，南武關，西散關，北蕭關。」

【作意】

這首詩寫旅途遇風止宿，四周蕭瑟，引起客愁之感。

【作法】

前四句為一段，寫傍晚因路途風波，不得已停船止宿，以「淮鎮」切「盱眙」，以「日沈夕」點「夕」，以「臨孤驛」點「次」。後四句為第二段，以「暗」「白」正寫「夕」景。結二句寫自夜到曉，一夜未眠，可見客愁的苦。大凡寫景詩，若滲入幾分情感進去，那所寫的景，就會格外動人。像「人歸」「雁下」二句雖是寫景，但其間有一個孤客在看着，引起愁緒啊！

東郊

吏舍跼①終年，出郊曠清曙②。楊柳散和風，青山澹吾慮。依叢適自憩，緣澗還復去。微雨靄③芳原，春鳩鳴何處？樂幽心屢止，遵事跡猶遽④。終罷斯結廬，慕陶直可庶。⑤〔去聲御韻〕

【註釋】

①跼，音局，拘束的意思。

②曠，清遠；曙，早上。

③靄，音愛，作滋潤講。

④是說本性喜歡幽靜之境，無奈事與願違，屢次中止。這都是因為此身為公家事務所拘束，所以行徑顯得非常迫促。

⑤淵明詩：「結廬在人境，而無車馬喧。」這兩句是說，我心羨慕陶淵明，他日我總得罷官歸去，在某個幽靜地方結個茅廬，這樣庶幾可以得到他的風趣了。

【作意】

這詩是寫春日郊遊的情景，深恨為公事所束縛，不能遂罷官歸隱之願。

【作法】

未出之先，先說終年踽處公署之中，一出郭後，即見如許景物，用「澹吾慮」三字，寫出其快樂的情感，恰到好處。這四句為第一段。「依叢——何處」為第二段，正為郊遊，用「依憩緣還去」等字，寫或行或止的情形。「微雨」「春鳩」，又寫一見一聞，並點明春景。末四句為第三段，是即景生情，寫出心事，以「慕陶」作結，直應上文「澹吾慮」。

岑參

南陽人，天寶三載進士，官至嘉州刺史，流寓於蜀。有《岑嘉州集》。

與高適薛據登慈恩寺浮圖

——高適字達夫，渤海蓨人。歷官西川節度使，轉散騎常侍。有《高常侍集》。薛據，河中寶鼎人，開元十九年登第，官至尚書水部郎中。慈恩寺在長安。浮圖就是塔。

塔勢如湧出，孤高聳天宮。登臨出世界，磴道①盤虛空。突兀壓神州②，崢嶸如鬼工③。四角礙白日，七層摩蒼穹。下窺指高鳥，俯聽聞驚風。連山若波濤，奔湊似朝東。青槐夾馳道④，宮館何玲瓏。秋色從西來，蒼然滿關中⑤。五陵北原⑥上，萬古青濛濛。淨理⑦了可悟，勝因夙所宗⑧。誓將掛冠⑨去，覺道⑩資無窮！

〔平聲東韻〕

【註釋】

①磴，音凳。磴道，是塔中一步步的石級。

②神州指中國。

③崢，音爭。嶸，音榮。崢嶸，高聳的樣子。鬼工是說工程的偉大，不是人力所能建築。

④天子所行的道路。

⑤關中註見《夕次盱眙縣》註三。

⑥漢高帝葬長陵，惠帝葬安陵，景帝葬陽陵，武帝葬茂陵，昭帝葬平陵，都在長安城北，所以說北原。

⑦清淨寂滅的佛理。

⑧勝因，佛家語，是說勝妙的善因。佛說無常經：「勝因生善道，惡業墮泥犂。」宗，意思是信仰。

⑨《後漢書．逢萌傳》：「王莽殺其子宇。萌謂友人曰：『三綱絕矣，不去，禍將及人！』即解冠掛東都城門歸，將家屬浮海。」後世因指辭去官職為掛冠。

⑩覺道，悟道的意思。

【作意】

此詩是寫登塔四望景物，因而悟到禪理，甚至想掛冠皈依。

【作法】

首四句為第一段，開頭二句，是從下面望到整個的塔，是未登之先，下二句是寫登塔。「突兀——蒼穹」為第二段，是寫塔的高聳雄俊。「下窺」兩句，是從上面望到下面，作為承上啟下的關鍵。「連山——濛濛」為第三段，是寫東南西北四方所見的景物。「淨理——無窮」為第四段，是寫忽然了悟，決意辭官學佛之情。細按這種澈悟，又是從四望而生發感觸出來。章法仍有聯絡照應，並非是這等題目應有這種詞語可比。

杜甫

字子美，其先襄陽人，後居鞏。天寶初，應進士不第。安祿山反，甫從賊中逃，朝見肅宗，拜官左拾遺。後流寓劍南，嚴武薦為工部員外郎。後流轉到耒陽而死。有《杜工部集》。子美詩一變陳隋浮靡之音，格律風調，都很純正。在他傷時憫亂的作品中，處處流露出忠君愛國的感情。後世稱他為「詩聖」。

望嶽——嶽指東嶽泰山，亦稱岱宗，在今山東秦安縣北。

岱宗夫如何？齊魯青未了①。造化鍾神秀，陰陽割昏曉②。盪胸生曾雲③，決眥入歸鳥④。會當淩絕頂，一覽眾山小⑤。〔上聲篠韻〕

【註釋】

①《史記．貨殖列傳》：「泰山之陽則魯，其陰則齊。」未了，不斷的樣子。

②造化意即天地；鍾，聚的意思。是說天地神秀之氣，都聚於泰山。山後為陰，日光不到，所以易昏。山前為陽，日光先臨，所以易曉。割，分的意思。

③曾同「層」，層雲動盪，胸襟不覺浩盪。

④眥，音恣，眼皮。歸鳥入目，眼界就覺空闊。

⑤《揚子法言》：「登東嶽者，然後知眾山之峛崺也。」也就是孔子登泰山而小天下的意思。

【作意】

題目是「望」，不是「登」，所以句句從「望」字着想，抒發可望而不可即的感想。全詩大意也就在此。

【作法】

分前後兩段，前段是寫嶽，含有「望」字。後段是寫望，含有「嶽」字。「會當」是希望之辭，結「望」字。仇兆鼇說：此詩用四層寫：一二句是遠望之色，三四句是近望之勢，五六句是細望之景，七八句是極望之情。上六句是實敘，下二句是虛摹。這種寫法，顯得層次格外明白。

贈衛八處士

——唐有隱逸衛大經，居蒲州，衛八也稱處士，或恐是他的族人。處士就是隱居的人。

人生不相見，動如參與商①。今夕復何夕，共此燈燭光。少壯能幾時，鬢髮各已

蒼[2]。訪舊半為鬼，[3]驚呼熱中腸。[4]焉知二十載，重上君子堂。昔別君未婚，兒女忽成行[5]！怡然敬父執[6]，問我：「來何方」？問答乃未已，驅兒羅[7]酒漿。夜雨剪春韭[8]，新炊間黃粱[9]。主稱：「會面難」，一舉累十觴[10]。十觴亦不醉，感子故意長[11]！明日隔山嶽[12]，世事兩茫茫！（平聲陽韻）

【註釋】

①參、商，兩星名，又作參辰，彼出此沒，永遠不得相見。《左傳》：「高辛氏有二子：曰閼伯，曰實沈，日尋干戈。帝遷閼伯於商邱，主辰，故辰為商星；遷實沈於大夏，主參，故參為晉星。」

②蒼白色。

③是說故舊親友，大半死亡。

④意思是心裏非常難過。

⑤行，音杭。成行，形容眾多。

⑥執，接近的意思。父執，是父親最親近要好的朋友。

⑦一作「兒女」，驅兒意即差遣孩兒們。羅，陳設的意思。

⑧韮，音九，俗作韭，韭菜。
⑨炊，音吹，就是煮飯。黃粱，就是黃米飯。
⑩觴，音商，酒杯。
⑪故交的厚誼。
⑫山嶽指華山。按那時是乾德二年，子美在華州，時常到衞八的家去。

【作意】

此詩是説人生聚散，沒有定數，多年好友，一旦相見，把酒道故，覺得格外親切，但暫聚忽別，又要感到世事的渺茫無據了。

【作法】

首四句是從離別説到聚首，為第一段。「少壯——中腸」為第二段，是從生離説到死別。這兩段還是就一般情事而説。直至第三段「焉知——何方」然後説到衞八，敍和衞八久別暫聚，悲喜交集的情形。其中「兒女忽成行」句，是承上轉入，從「昔」省去「今」字。「怡然」句，又是承上「兒女」。「問答——黃粱」為第四段，是敍衞八謁誠待留他吃飯的情形。「主稱——意長」為第五段，是敍主人殷情勸酒的情形。末二句是敍暫聚復別，以感歎世事作結。

此詩線索，全在時間方面。像先寫「今夕」，再寫「夜」，再說「明日」，層次分明，敘事也就有條理了。這種詩的好處，全在以口頭語寫心中事，語要率直，不加雕琢之工；情要真摯，不作忸怩之態。使人讀了之後，覺得似乎有那種情景在眼前的樣子。

佳人——就是美貌有才德的女子，或以比喻有才德的人。

絕代①有佳人，幽居在空谷。自云：「良家子，零落依草木。關中昔喪亂，兄弟遭殺戮！官高何足論，不得收骨肉！世情惡衰歇，萬事隨轉燭！②夫婿輕薄兒，新人美如玉。合昏③尚知時，鴛鴦不獨宿④。但見新人笑，那聞舊人哭！」在山泉水清，出山泉水濁。⑤侍婢賣珠迴，牽蘿補茅屋。摘花不插髮，採柏動盈掬⑥。天寒翠袖薄，日暮倚修⑦竹！（入聲屋沃覺韻）

【註釋】

①在這時代絕無僅有。

②比喻世事遷移的迅速，像轉動風中之燭。

③合昏即夜合花，花朝開夜合。
④鴛鴦，水鳥，雌雄未嘗相離。
⑤這兩句是作者評判佳人的身分。意思是同一種泉水，清者自清，濁者自濁。舊人雖見棄於夫婿，但仍不失其清白節操。
⑥掬，音菊，兩手捧取叫掬。
⑦修，長的意思。

【作意】

此詩有兩種解釋：一說是將棄婦比方放逐的老臣，以新人比方新進的少年。古人詩歌中多以佳人或美人，比喻有才德的人。一說是仇兆鰲所主張，說天寶喪亂之後，當時未始沒有這樣一個佳人，為子美所遇見，所以據實直敘，能夠寫得這樣親切現實。這兩說都有充足的理由，我們現在只注重他描寫的技巧，不必理會他是什麼人。

【作法】

首四句為第一段，敍佳人遭逢亂離，因而流落無依。「關中——骨肉」為第二段，是說親戚不能依靠，富貴不能常保，其中「何足論」「不得收」，見得喪亂之後，一切都靠不住，口氣悲憤。「世情——如玉」為第三段，是敘佳人所遇是喪亂的時世，所嫁又是一個輕薄的夫婿。以上三段都是敘佳人的遭遇。「合昏——人哭」為第四段，是用「合昏」「鴛鴦」來比方，是說花鳥還守信有情，現在人卻有棄舊憐新的情形，豈不可歎。自「良家子——舊人哭」許多話，都是詩人代佳人說的話，以下卻是從詩人眼中看出佳人的行動，以侍婢賣珠牽蘿補屋，敘佳人之能安貧，摘花、採柏、倚竹，雖是寫景，用意是用來比喻佳人的貞節自守。

夢李白（二首）

死別已吞聲，生別常惻惻①。江南瘴癘地②，逐客③無消息！故人入我夢，明我長相憶。④君今在羅網⑤，何以有羽翼？恐非平生魂，路遠不可測？⑥魂來楓林青，魂返關塞黑。⑦落月滿屋梁，猶疑照顏色！水深波浪闊，無使蛟龍得！⑧

〔入聲職韻〕

浮雲終日行，遊子久不至！三夜頻夢君，情親見君意！告歸常局促，⑨苦道：「來不易！江湖多風波，舟楫恐失墜！」出門搔白首，若負平生志。冠蓋⑩滿京華，斯人獨憔悴！[11]孰云「網恢恢[12]？」將老身反累[13]。千秋萬歲名，寂寞身後事！[14]

〔去聲寘韻〕

【註釋】

①惻，音測。惻惻，心裏悲痛的意思。

②太白於肅宗乾元元年因永王璘事流放到夜郎。夜郎，今貴州省桐梓縣境，所以說是江南。瘴，音障。癘，音例。山水間的溼熱氣，人受了就會害病。

③意思是被驅逐出境的罪人。

④意思是太白明瞭我在時常想念他，所以來入夢。

⑤這時太白因永王璘事，被拘禁在潯陽監獄中，所以說在羅網。

⑥疑他已死。不然，路途遙遠，哪會到我這裏來呢？

⑦這兩句也是疑似之詞，是說魂去魂來懸想當然的情景。

⑧這是醒後子美代太白擔憂，想到水深浪闊，擔心失足落水，為蛟龍所吞食。

⑨是說夢中相見，匆促間又告辭而去。

⑩冠，指帽；蓋，指車篷。借說官吏。

⑪憔，音樵。悴，音萃。憔悴，困苦不得意的樣子，是歎惜太白獨不能顯達。

⑫恢，音灰。恢恢，廣大的樣子。老子《道德經》：「天網恢恢，疏而不失。」天網，意思是天理。

⑬是指太白得罪流夜郎。

⑭阮籍詩：「千秋萬歲後，榮名安所之？」又庾信詩：「眼前一杯酒，誰論身後名？」寂寞，冷落無謂的意思。這兩句也有阮庾的詩的涵義。

【作意】

這兩首詩，都是夢中見到李白前後的種種感想。第一首「明我長相憶」是太白深知子美的情真意切，同時子美也擔心太白的失足遺恨。第二首「情親見君意」是子美深知太白憔悴潦倒，同時太白自己亦擔心失墜於風波。兩詩主旨在這裏可以看出來，兩人的交情也可從這兩首詩裏看出來。

【作法】

第一首起四句，追敍太白的流逐夜郎。「故人——可測」為第二段，忽信其是，忽疑其非，是實做「夢」字。「魂來——龍得」為第三段，是敍夢醒後的情景，還是擔心他失足不返。第二首起首四句，是承前章敍三夜頻夢太白。「告歸——生志」為第三段，是敍夢中太白的言語，是實寫不着疑詞局促告歸，出門搔首，寫太白若在目前。「冠蓋——後事」為第三段，這是敘醒後感歎太白的遭遇，語中含有「不平之鳴」。而以「將老」照應上文「白首」，結末二句，又是自譬自解並慰勸太白的話。我們讀了這兩首詩，覺得朋友之間，自有一種至性至情。沒有這種至性至情，否則決不能寫出這樣好的文字來！

元結

字次山，河南人，舉進士。代宗時，拜道州刺史。著有《次山集》。

賊退示官吏（並序）

癸卯歲（唐代宗廣德元年）西原（今廣西扶南縣西南）賊（指蠻人）入道州（今湖南省道縣），焚燒殺掠，幾盡而去。明年，賊又攻永（今湖南零陵縣）破邵（今湖南寶慶縣），不犯此州邊鄙而退。豈力能制敵與？蓋蒙其傷憐而已！諸使（指租庸使）何為忍苦徵斂！故作詩一篇，以示官吏。

昔年逢太平，山林二十年。泉源在庭戶，洞壑當門前。井稅①有常期，日晏猶得眠。忽然遭世變，數歲親戎旃②。今來典③斯郡，山夷又紛然。城小賊不屠，人貧傷可憐！是以陷鄰境，此州獨得全。使臣將王命，豈不如賊焉？④今彼徵斂者，迫之如火煎。誰能絕人命，以作時世賢！⑤思欲委符節⑥，引竿自刺船⑦。將家就魚麥，歸老江湖邊！〔平聲先韻〕

【註釋】

①就是田賦。

②戎旃是指軍中旗幟，這裏是說過軍隊生活。

③典，鎮守的意思。

④使臣指那時的租庸使，是政府派出到各州縣徵收各種捐稅的官。次山在刺史任內，曾奏請不宜加賦。這裏是說使臣奉了王命，到焚燒殺掠幾盡的州縣來收捐稅，這豈不是同盜賊一般的殘酷嗎？

⑤意思是說，誰人肯壓迫民眾，百般剝削，以取得為時代所稱道的官吏？

⑥委，放棄的意思。符節，即做官的印信。《孟子》：「若合符節」，註：「符節」以玉為之，篆

刻文字，而中分彼此各藏其半，有故則左右相合。

⑦竿，就是篙。刺，就是撐。

【作意】

這是一首敘事詩，是敘自己從出山到做刺史，遇到蠻賊劫亂的情形。在事平以後，又遇到政府的橫徵暴斂，自己不肯做殘害百姓的官吏，寧可棄了官職，告老回家。

【作法】

「昔年——得眠」為第一段，是追敍從前在山林的樂趣，其中以「井稅有常期」句為後文的伏線。「忽然——得全」為第二段，是敍出來做官的時候，偏逢喪亂，並說明道州獨能得全的原因。「使臣——世賢」為第三段，是敍亂之後，不應該再加重民眾的負擔，以「徵斂」照應上文「井稅」，「絕人命」照應上文「人貧傷可憐」。「思欲——湖邊」為第四段，是敍在這樣矛盾的環境下，自己寧可棄官歸隱，不肯做對不住民眾的事，是作者對官吏們坦白表示自己的心跡。全詩前半部分是敍事，後半部分是抒情，敍事明白，抒情直率。

柳宗元

字子厚，河東人。德宗貞元初，舉博學宏詞科，因善王叔文，升禮部員外郎。及叔文事敗，宗元貶官為永州司馬。後徙為柳州刺史。有《柳柳州集》。

晨詣超師院讀《禪經》——詣，到的意思。超師，僧人。禪經，釋家的經典。

汲井漱寒齒，清心拂塵服。①閒持貝葉書②，步出東齋讀。真源了無取，妄跡世所逐。③遺言冀可冥，繕性何由熟？④道人庭宇靜，苔色連深竹。日出霧露餘，青松如膏沐⑤。淡然離言說，悟悅心自足！⑥〔入聲屋沃韻〕

【註釋】

①汲取井水漱洗牙齒，可以清心。拂去衣服的灰塵，可以去垢。是說內外清淨，才可讀經。

②西域從前沒有紙，常用貝多樹的樹葉寫經文，所以佛經也稱貝葉經。

③是說在佛經中儒家真實的大道，他們了無所取，而一切迷信妄誕的事跡，反為世人所追求和樂道。

④倘然熟讀了佛經中的遺言，可以希冀冥冥中的福佑，但是我對於修養本性的工夫，何從達

到精審圓滿的目的呢？
⑤膏，是潤髮的東西。是說青松經霧露的滋潤後，彷彿像人梳洗過一般。
⑥是說到此清淨境地，心中非常沖淡，竟使我沒有話可說。但在這種環境下，也可以悟到從前的塵俗不堪，眼前的清淨可悅，我心中也很暢快了。

【作意】

這是一首抒寫感想的抒情詩，是敍述他對於禪經的懷疑，同時描寫了佛院中的清淨可愛。在那個佛教盛行的時代，作者抱着這種態度，也可見他光明的立場。

【作法】

前四句是總說，是寫用十二分的誠心去讀禪經。中四句是止寫讀禪經，寫出他對禪經懷疑之點，是承上文的說法。末六句是轉入一層說法，意思是不能熟讀禪經，但是看到僧院中景物的清淨幽閒，卻使他心滿意足。其中以「庭宇」應「東齋」，「日出」扣住題目「晨」字。以「離言說」推倒上文「貝葉書」「妄跡」「遺言」，暗寫作意。

溪居

久為簪組束①，幸此南夷謫②。閒依農圃鄰，偶似山林客。曉耕翻露草，夜傍③響谿石。來往不逢人，長歌楚天碧！（入聲陌韻）

【註釋】

①簪，用來插戴帽子的。組，音祖。絲帶，用來繫縛印信的。簪組束，意思是為官職所束縛。

②謫，音摘。降官外放到僻遠的地方叫謫。這是自指貶官永州。

③別本作榜，作放船解。

【作意】

這首詩是子厚貶官永州，自幸得居住在這閒適的佳境，獨來獨往、無拘無束的情形。

【作法】

此首分為二段，前四句為一段，首二句是述之所以到這裏的原因，三四句是說自己的行徑。後四句為第二段，是敍早夜的行動。其中以「耕草」應「農圃」，「傍石」應「山林」，「楚天」應「南夷」。全詩都是從一「幸」字出發，結句尤其警闢。

樂府

十一首

王昌齡

塞上曲——《晉書樂志》：「出塞入塞曲，李延年造。」

蟬鳴空桑林，八月蕭關①道。出塞復入塞，處處黃蘆草。從來幽并②客，皆向沙場老。莫作遊俠兒，矜誇紫騮好③！〔上聲皓韻〕

【註釋】

①在甘肅固原縣東南，為關中四關之一。

②幽，今河北省地。并，今山西省地。

③騮，音留。毛片紫色的好馬。

【作意】

這種樂府歌曲，大半是非戰的，本篇主旨亦在警戒遊俠兒，不要矜誇武力。請看從來征戍幽并的人，有幾個能生還呢？

【作法】

前四句是敍塞上蕭條的情景。後四句是敍征戍塞上的人，不可恃強。

塞下曲

飲馬渡秋水，水寒風似刀。平沙日未沒，黯黯見臨洮①。昔日長城戰，咸言意氣高。黃塵足②今古，白骨亂蓬蒿。〔平聲豪韻〕

【註釋】

①臨洮，今甘肅岷縣治，以地臨洮水，故名。秦蒙恬築長城，起臨洮至遼東。

②滿的意思。

【作意】

這詩主旨和《塞上曲》相同，也有非戰之意。

【作法】

前四句敍塞外晚秋時節，平沙日落的荒涼景象。後四句是說古今許多戰役，死於沙場的無人收斂，只見白骨散雜在蓬蒿之中，觸目驚心。

李白

關山月——此係《樂府》中《橫吹曲》詞，樂府解題說是「傷離別」。

明月出天山①，蒼茫雲海間。長風幾萬里，吹度玉門關②。漢下白登道③，胡窺青海灣④。由來征戰地，不見有人還！戍客望邊色，思歸多苦顏。高樓當此夜，歎息未應閒！（平聲刪韻）

【註釋】

①就是祁連山，從前匈奴人叫「天」為「祁連」，主峯在今甘肅張掖縣西南。
②關，在今甘肅燉煌縣西一百五十里陽關的西北。
③白登，山名，在山西大同縣東。匈奴冒頓（音墨突）曾經在這裏圍困漢高祖七日之久。
④即今青海。

【作意】

此詩也含有非戰的意思。看到關山的月，想到古代邊塞戰爭的地方，不見有幾人能夠生還。用意和前面出塞入塞詩相同。

【作法】

首四句將題目字一一拆出，敘明其地。中間四句是敘從前邊關的戰爭，轉出「由來征戰地，不見有人還」的意思。末四句是敘現在邊關情形，並寫戍客望歸的痛苦。

《子夜歌》（四首）——

《唐書樂志》：「子夜歌者，晉曲也。晉有女子名子夜造此聲，聲過哀苦。」《樂府解題》：「後人更為四時行樂之詞，謂之《子夜四時歌》。」此歌屬於《樂府》的吳聲曲詞。

秦地羅敷女①，採桑綠水邊。素手青條上，紅粧白日鮮。蠶飢妾欲去，五馬②莫留連！（平聲光韻）

鏡湖③三百里，菡萏④發荷花。五月西施採，人看隘⑤若耶。回舟不待月，歸去越王家！⑥（平聲麻韻）

長安一片月，萬戶擣衣聲。秋風吹不盡，總是玉關情！何日平胡虜？良人罷遠征。（平聲庚韻）

明朝驛使⑦發，一夜絮⑧征袍。素手抽鍼冷，那堪把剪刀！裁縫寄遠道，幾日到臨洮？（平聲豪韻）

【註釋】

①《古辭》：「秦氏有好女，自名為羅敷。羅敷善蠶桑，採桑城南隅。……使君從南來，五馬立踟躕！……使君謝羅敷：『寧可共載不？』羅敷前致詞：『使君一何愚！使君自有婦，羅敷自有夫！』」

②《漢官儀》：「四馬載車，此常禮也，惟太守出，則增一馬，故稱五馬。」
③鏡湖一名鑑湖，又名賀監湖，係唐賀知章采地，在今浙江紹興縣東南境。
④菡，音漢。萏，音但。就是未曾開放的荷花。
⑤隘，滿的意思。
⑥是說西施為越王所選取，不能再見。
⑦驛，音亦。驛使是古時用馬傳遞文書的人。
⑧絮，裝棉的意思。

【作意】

第一首是《子夜春歌》，雖是咏羅敷，卻是詩人借來代表一般美豔的女子，拒絕貴顯的引誘。
第二首是《子夜夏歌》，也是以西施來代表一般美女，有「豔色天下重，西施寧久微」之意。
第三首是《子夜秋歌》，是寫女子在秋夜思念遠征良人（丈夫）的情緒。
第四首是《子夜冬歌》，是寫女子在冬夜趕製征袍的情形。

【作法】

《樂府》中的《子夜歌》，本來只有四句，太白摹倣其體制，改為六句，可說是《子夜歌》

的一種變體。這種《子夜歌》，大抵多描寫男女間的情感糾葛，其中尤以戀歌為多。造語必須輕鬆流利，音節也須和諧，或用平聲字壓韻，或用仄聲字押韻，都可以。這裏第一首連用「綠素青紅白」等字，設色非常豔麗。第二首中用的「隘」字，非常奇妙。「隘」本字的解釋，是兩邊有山的狹路，用在這裏，是形容在若耶溪兩旁看西施採蓮的情形。第三首用「玉關」「胡虜」等，還是不脫邊塞詩的作法，可和上面《關山月》一首參考着看。第四首中「素手抽鍼冷，那堪把剪刀」兩句，是承上「絮征袍」，分作兩層來寫，上句比較淺，下句又深一層。

《長干行》（二首）

——長干，地名，在江寧縣。《輿地紀勝》云：「建康（南京）南五里有山岡，其間平地，民庶雜居，有大長干小長干。」按此曲在《樂府》屬於《雜曲》歌詞。

妾髮初覆額，折花門前劇①。郎騎竹馬來②，繞床弄青梅。同居長干里，兩小無嫌猜。十四為君婦，羞顏未嘗開。低頭向暗壁，千喚不一回。十五始展眉③，願同塵與灰。④常存抱柱信⑤，豈上望夫臺⑥！十六君遠行，瞿唐灩澦堆⑦；五月不可觸，猿聲天上哀⑧！門前遲行跡，一一生綠苔。苔深不能掃，落葉秋風早。八月蝴蝶來，雙飛西園草。感此傷妾心，坐愁紅顏老！早晚下三巴⑨，預將書報家。相迎不道遠，直至長風沙⑩！

憶妾深閨裏，煙塵不曾識。嫁與長干人，沙頭候風色⑪。五月南風興，思君下巴陵⑫；八月西風起，想君發揚子⑬。去來悲如何，見少別離多！湘潭⑭幾日到？妾夢越風波！昨夜狂風度，吹折江頭樹。淼淼⑮暗無邊，行人在何處？好乘浮雲驄⑯，佳期蘭渚⑰東。鴛鴦綠蒲上，翡翠⑲錦屏中。自憐十五餘，顏色桃花紅。那作商人婦，愁水又愁風！

【註釋】

①劇，音屐，遊戲的意思。
②跨着竹竿當馬騎。
③展開蹙皺的雙眉，表示歡喜。
④意思是說願和灰塵一般和合相依。
⑤《莊子》「尾生與女子期於梁（橋）下，女子不來，水至不去，抱柱而死。」

⑥望夫臺在四川忠縣南十里。

⑦瞿唐峽在四川奉節縣，亦名西陵峽，兩崖對峙，長江流經其中。灩，音豔。澦，音預。是瞿塘峽口的礁石。冬日水淺，露出百餘尺。夏日水漲，沒數十丈，舟人有「灩澦大如馬，瞿唐不可下；灩澦大如襆，瞿唐不可觸」等測水行舟的歌謠。

⑧長江三峽，兩岸山中多猿，鳴聲甚哀。

⑨巴郡、巴東、巴西，統叫三巴，即今四川省東北部。

⑩本集註：「長風沙，隸池州」，今安徽貴池縣。

⑪沙頭，就是江邊的沙嘴。風色就是風信風向。

⑫今湖南岳陽縣，在長江南岸。

⑬揚子長江在鎮江，附近叫揚子江。

⑭泛指湖南，非專指湖南湘潭縣。

⑮淼，音渺。淼淼，形容水大。

⑯浮雲，漢文帝的良馬名。

⑰蘭渚指湖南的澧水，多蘭，一名蘭江。

⑱翡翠，水鳥，像燕子，毛色赤而雄的叫翡，青而雌的叫翠。

【作意】

這兩首樂府詩，是詩人代商人婦自白她自幼到嫁後的經過，並抒寫遠別的情緒。第一首述幼時，直說到望郎的歸來為止。第二首接連上首自望而不見歸說起，直說到自憐自恨為止。敘述是坦白的，情緒是摯愛的，詩人能夠設想得如此貼切，也是不容易的事。

【作法】

以前各詩，每首都是押一個韻到底的，或押平聲韻，或押仄聲韻。這兩首詩，都不是一韻到底，而是隔幾句另換一個韻，並且平韻和仄韻，相間着互押。大抵篇幅比較長的詩歌，自以換韻為宜，但也有一韻到底的，篇幅短的，總以一韻到底不換韻為多。第一首「妾髮——嫌猜」為第一段，是敘幼時兩小無猜的情景。「十四——大臺」為第二段，是敘初嫁時羞澀的情狀，和嫁後滿望偕老的情緒。「十六——顏老」為第三段，是送別之後感觸的情形。「早晚——風沙」為第四段，是敘妄想有歸來的音信，竟想遠道去迎接，可見其癡情。其中「常存抱柱信，豈上望夫臺」兩句，為全詩關鍵所在，承上啟下。第二首「憶妾——揚子」為第一段，是敘時時望候風色，懸想歸來的情形。「去來——何處」為第二段，是敘結想成夢，冒險相尋的情形。「好乘——愁風」為第三段，是敘思念深切，見了鴛鴦翡翠，都未免增加感觸，並自憐青春虛度，悔不該嫁作商人婦，言下充滿怨意。

孟郊

字東野，湖州武康人。貞元中舉進士，官溧陽尉，後為鄭餘慶參謀。有《孟東野集》。

烈女操

——《樂府》屬《琴曲》歌詞。烈女，是有貞節烈性的婦女。

梧桐相待老，鴛鴦會雙死。貞婦貴殉①夫，捨生亦如此！波瀾誓不起，妾心古井水！②〔上聲紙韻〕

【註釋】

①殉，音徇，在別人死時，自己甘心去同死，叫做殉。

②井水沒有波瀾，比喻自己心性堅定，不易為外物所誘。

【作意】

這是表彰節烈自誓的女子的詩，貞節這種美德，是我國古來詩人非常樂於吟咏的。

【作法】

操是琴曲名，也是詩體的一種。大多是用他物興起本意。此詩以梧桐的偕老，鴛鴦的雙死，興起貞婦的殉夫，亦應如此。結末再用井水不波來比喻守節不嫁，又是詩中的比體。

遊子吟——東野自註「迎母溧上作」。

慈母手中線，遊子身上衣。臨行密密縫，意恐遲遲歸！誰言寸草①心，報得三春暉②？（平聲微韻）

【註釋】

①微細的草。

②春天的陽光。

【作意】

此詩是說母親愛兒子的密切真摯，在最微細的地方，也會流露出來。這種母愛，做兒子的哪能報答得完呢？

【作法】

前四句是直敍母愛。末二句是以寸草不能報答春光照臨的恩德，比喻做兒子的報不盡母恩。這也是詩中的比體，並且故作問句，使讀的人自己去體會，尤其得神。

七言古詩

二十八首

杜甫

《丹青行》贈曹將軍霸

——丹青，指畫，因畫時多用紅綠着色。曹霸，魏曹髦的子孫，玄宗天寶末，每奉詔去畫御馬和功臣像，官左武衛將軍。

將軍魏武①之子孫，於今為庶為清門②。英雄割據雖已矣，文彩風流③今尚存。學書初學衛夫人④，但恨無過王右軍⑤。丹青不知老將至，富貴於我如浮雲！開元之中常引見，承恩數上南薰殿⑥。淩煙功臣少顏色⑦，將軍下筆開生面⑧。良相頭上進賢冠⑨，猛將腰間大羽箭⑩。褒公鄂公⑪毛髮動，英姿颯⑫爽來酣戰。先帝天馬玉花驄⑬，畫工如山⑭貌不同。是日牽來赤墀⑮下，迥立閶闔⑯生長風。詔謂將軍拂絹素，意匠慘淡經營中。斯須九重真龍⑰出，一洗萬古凡馬空。玉花卻在御榻上，榻上庭前屹相向。至尊含笑催賜金，圉人太僕⑱皆惆悵。弟子韓幹早入室⑲，亦能畫馬窮殊相。幹惟畫肉不畫骨，忍使驊騮氣凋喪。將軍畫善蓋有神，偶逢佳士亦寫真⑳。即今漂泊干戈際，屢貌尋常行路人。途窮反遭俗眼白㉑，世上未有如公貧！但看古來盛名下，終日坎壈㉒纏其身！

【註釋】

①曹丕受漢禪，追尊曹操為太祖武皇帝。

②庶，平常百姓；清門，寒素之家。玄宗末年，霸得罪，削籍為庶人。

③文彩，指文章的華美；風流，指儀表和態度。

④張懷瓘《書斷》：衛夫人名鑠，字茂猗，衛展之女弟，李矩之妻，隸書尤善，右軍嘗師之。

⑤《晉書王羲之傳》，王羲之字逸少，善隸書，為古今之冠。官右軍將軍。

⑥《長安志》：南薰殿在南內興慶宮內。

⑦《唐書》太宗貞觀十七年二月，畫功臣二十四人像於淩煙閣，閣在西內三清殿。少顏色，指舊書漫漶。

⑧猶言境界。此指將軍重新摹畫。

⑨《漢書輿服志》：進賢冠，古緇布冠，為文儒者之服。

⑩《酉陽雜俎》：太宗好用四羽大笴長箭，嘗一抉射洞門闔。

⑪褒國公段志玄，鄂國公尉遲敬德。

⑫颯，音薩，蕭瑟的意思。

⑬先帝指玄宗，天馬一本作御馬，《明皇雜錄》：上所乘馬有玉花驄、照夜白。
⑭如山，多的意思。
⑮也叫丹墀，宮殿階上的地方。
⑯《文選注》：紫微宮門多閶闔。
⑰指馬。馬八尺以上為龍。
⑱圉，音語。圉人掌養馬芻牧之事。太僕，掌輿馬。
⑲幹，藍田人，少時為賣酒家送酒，嘗徵債於王右丞家，戲畫地為人馬，右丞見其畫，推獎之。善寫人物，尤工鞍馬。玄宗好大馬，西域大宛歲有來獻者，命幹悉圖其驄，有玉花驄、照夜白等，見《名畫記》。《論語》：「由也升堂矣，未入於室也。」韓幹初師曹霸，後乃別自成家。
⑳描繪一個人的面貌。
㉑晉阮籍能為青白眼，見禮俗的人，常對之以白眼。
㉒坎，音砍。壈，音懶。坎壈，不得志的意思。

【作意】

此詩是敘曹霸畫馬的神妙，和遭遇的隆盛，以及晚年的不得意。子美漂泊干戈之中，自己也很不得意，因此借曹霸的畫馬來寫自己的不平，這層意思，在篇末可以見到。

【作法】

「行」是詩體的一種。宋張表臣《珊瑚鉤詩話》，說須「步驟馳騁斐然成章」。明王世貞《藝苑卮言》說：「歌行有三難：起調一也，轉節二也，收結三也。惟收為尤難。結須為雅詞，勿使不足，令有一唱三歎意。奔騰洶湧驅突而來者須一截便住，勿留有餘，中作奇語峻語，奪人魄者，須令上下脈相顧，一起一伏一頓一挫，有力無跡，方成篇法。」此詩可分為六段：「將軍——尚存」為第一段，是先敘將軍的家世。「學書——浮雲」為第二段，是用書來陪襯畫。是承前起後的章法。「開元——酣戰」為第三段，這是敘將軍奉詔圖畫功臣的情形，先伏下「常」「數」「承恩」等字，為末段「漂泊」「坎壈」作照應。這一段又是用繪功臣來陪襯畫馬。「先帝——凋喪」為第四段，這一大段是全篇的中心，是極力鋪敘將軍畫馬的神妙，並提弟子韓幹作陪。這一段就是深合「步驟馳騁」的意思。「將軍——其身」為第五段，是敘畫馬之後坎壈不得意的情形，其中仍用「寫真」「屢貌」回應前文圖功臣繪馬先後榮枯的不同。總之全詩句句是寫畫，也句句是寫傷感。結句一截便住，實有一唱三歎之妙。

陳子昂

字伯玉，梓州射洪人，睿宗文明初舉進士，武后時遷右拾遺，有《陳拾遺集》。

登幽州臺歌——幽州，古九州之一，今河北省地。

前不見古人，後不見來者！念天地之悠悠，獨愴然①而涕下！（上聲馬韻）

【註釋】

①愴，音創，悲傷悽涼的意思。

【作意】

這是詩人用抑鬱悲憤的語調，來抒發生不逢時、鬱鬱不得志的傷感。這裏所說的「古人」，大家都說是指古代的堯舜禹湯文武周公孔子，我們不必拘泥，只作登幽州臺時，想到一切古人罷了。

【作法】

歌也是詩體的一種，有短歌和長歌之別，這是屬於短歌的一種。五七言句可以隨便使用。篇中兩用「不見」，引起下文一「獨」字，想到古今人物的不同，天地依然渺遠，不竟愴然涕下了。

李頎

東川（今四川會澤縣）人，開元十三年登進士，官新鄉尉。

古意

男兒事長征，少小幽燕客。賭勝馬蹄下，由來輕七尺①。殺人莫敢前，鬚如蝟毛磔。②黃雲隴底白雲飛③，未得報恩不得歸。遼東少婦年十五，慣彈琵琶解歌舞。今為羌笛④出塞聲，使我三軍淚如雨！

【註釋】

①身體的長度，此指生命。

②蝟，音胃，像鼠，渾身有刺毛。磔，音折，開張的樣子。這是說鬍鬚像蝟毛那樣攢起。

③黃雲般的田畝，馬匹像白雲飛馳而去。

④西羌的笛，三孔。

【作意】

此詩是寫一個意氣豪爽的戍邊軍士，聽到羌笛出塞的聲音，情不自禁地落淚。其中蘊蓄着離別之情和征戰之苦。

【作法】

「男兒事長征」句，是獨立的，並不聯屬於下文，因為下文「少小——得歸」是追敘男兒長征以前的情形。倘若將「男兒事長征」「由來輕七尺」這兩句放在「遼東」句之前，那就可以作為前後段的鎖句，次序也比較順了。因為後段是寫軍士出征以後思歸不得，聽到羌笛聲而感傷的情形。

送陳章甫

四月南風大麥黃，棗花未落桐葉長。青山朝別暮還見，嘶馬出門思舊鄉。陳侯立身何坦蕩，虬鬚虎眉仍大顙①，腹中貯書一萬卷，不肯低頭在草莽。東門酤酒飲我曹，心輕萬事如鴻毛。醉臥不知白日暮，有時空望孤雲高！長河浪頭連天黑，津吏②停舟渡不得！鄭國遊人③未及家，洛陽行子④空歎息！聞道故林⑤相識多，罷官昨日今如何！

【註釋】

①虬，蟠曲的意思。仍，通乃，有並且意。顙，面額。
②津，渡頭。津吏，管理渡頭的小官。
③陳章甫或係鄭人。
④李頎那時或在洛陽。
⑤故鄉。

【作意】

這是送友人罷官歸去的詩，因為對方是一個磊落不羈的人，並不在意得失，所以作者給他送行，也故作豪放曠達，這叫做「文如其人」。而惜其不遇的意思，也隱在言外。

【作法】

此詩分四段，「四月——舊鄉」為第一段，是敍送別的時候正當四月天氣。「陳侯——草莽」為第二段，是敍述陳章甫的文武全才，不肯低頭事人。「東門——雲高」為第三段，是敍餞別時陳章甫豪爽的情態，和上文「坦盪」「不肯」相照應。「長河——如何」，為第四段，是敍陳侯走了之後，想到途中的情形，用「遊人」「行子」並寫兩地兩人，並結出陳侯此去的原因是罷官，用今昨對比，略抒感慨。

琴歌

主人有酒歡今夕，請奏鳴琴廣陵客①。月照城頭烏半飛，霜淒萬木風入衣。銅爐華燭燭增輝，初彈《淥水》後《楚妃》②。一聲已動物皆靜，四座無言星欲稀。

清淮③奉使千餘里，敢告雲山從此始！④

【註釋】

①《廣陵散》是琴曲名，晉嵇康獨擅此，聲調絕倫。這裏是借用為善彈琴的人。

②《淥水》《楚妃》都是琴曲名，嵇康《琴賦》有「初涉《淥水》」一句，晉石崇有《楚妃歎》序。

③李頎曾為新鄉尉，新鄉是今河南新鄉，地近淮水。

④辭官歸隱的意思。

【作意】

這是完全咏「琴」的詩歌，説琴聲可以改換人的性情，聽了美妙琴聲之後，竟生歸隱之情。

【作法】

首兩句用飲酒陪起彈琴，「月照」二句，是寫未彈以前的夜景。「華燭」兩句是寫初彈。「一聲」兩句是寫彈時的情形。末二句是寫聽到琴聲之後，忽然觸動鄉情。全詩寫時寫景，寫人寫琴，並寫感觸，章法非常整齊。

聽董大彈胡笳兼寄語弄房給事

——蔡文姬在胡，感笳之音，作胡笳十八拍。按唐史，董庭蘭善鼓琴，為房琯（天寶五載，琯攝給事中）門客，曾以琴寫胡笳聲，為《胡笳弄》。題中「弄」字應在「胡笳」下。因「弄」是琴曲的別名。

蔡女昔造胡笳聲①，一彈一十有八拍。胡人落淚沾邊草，漢使斷腸對歸客。古戍蒼蒼烽火寒②，大荒陰沈飛雪白。先拂商絃後角羽③，四郊秋葉驚摵摵④。董夫子，通神明，深松竊聽來妖精。⑤言遲更速皆應手，將往復旋如有情；空山百鳥散還合，萬里浮雲陰且晴；嘶酸雛雁失羣夜，斷絕胡兒戀母聲；川為淨其波，鳥亦罷其鳴。烏珠部落⑥家鄉遠，邏娑⑦沙塵哀怨生。幽音變調忽飄灑，長風吹林雨墮瓦；迸泉颯颯飛木末，野鹿呦呦走堂下。長安城連東掖⑧垣，鳳凰池對青瑣門⑨；高才脫略名與利，日夕望君抱琴至！

【註釋】

①蔡琰，字文姬，漢末為胡人所虜去，作胡笳十八拍，笳似觱栗而無孔，像簫，捲虜葉吹之。

②褒姒不好笑，周幽王無故舉烽火，諸侯以為有寇，大家都領兵而來，一到卻並沒有寇，褒姒乃大笑。烽火在山上燒起來，為警報之用。

③《三禮圖》：琴第一絃為宮，次為商，次為角，次為羽，次為徵，次為少宮，次為少商，共七絃。

④摵，音戚。摵摵，落葉的聲音。

⑤是說琴聲可以感召鬼物。

⑥舊蒙古地，今內蒙古自治區錫林郭勒盟一單位。

⑦邏娑，一作邏些，唐時吐蕃的都城，今西藏的拉薩。

⑧給事中屬於門下省，省在東掖。掖，宮殿旁的房屋。

⑨《通典》：魏晉以來中書監令掌贊詔命，以其地在禁近，謂之鳳凰池，亦稱鳳池。青瑣門，天子之門，謂列如連鎖，文用青色塗之。

【作意】

此詩是寫董大用琴來彈胡笳的聲音，描摹的是琴聲的音節，重在寫琴聲，讀者勿誤認為胡笳聲。

【作法】

「蔡女——摵摵」為第一段，先從胡笳聲的悲切敍起，以明來歷，然後用「先拂」兩句，渡入琴聲，引起後文。「董夫——堂下」為第二段，這一大段文字完全是摹寫董大彈胡笳弄的琴聲。從各方面來比喻來烘托，其中只有「言遲」句，是說彈琴的手法。用「胡兒」「烏珠」「邏娑」等寫本地風光的詞，是因為是用琴寫胡笳的聲音。須知這些句子，都是聽出來摹想出來的。末四句為第三段，「長安」兩句切題「給事」，「高才」兩句切題房琯。

聽安萬善吹觱篥歌

——安萬善，涼州胡人。觱，音必。觱篥，胡人的樂器，截竹成管，用蘆為頭，九孔，形如喇叭角音，其聲悲。

南山截竹為觱篥，此樂本自龜茲①出。流傳漢地曲轉奇，涼州胡人為我吹。傍鄰聞者多歎息，遠客思鄉皆淚垂！世人能聽不能賞，長飆風中自來往。枯桑老柏寒颼飀②，九雛鳴鳳亂啾啾。龍吟虎嘯一時發，萬籟百泉相與秋。忽然更作漁陽摻③，黃雲蕭條白日黯。變調如聞楊柳春，上林④繁花照眼新。歲夜⑤高堂列明燭，美酒一杯聲一曲。

【註釋】

①龜茲讀作鳩慈，漢時西域國名，今新疆庫車沙雅二縣地。
②飀飀讀作休留，風聲。
③《後漢書．禰衡傳》：「曹操聞衡善擊鼓，大會賓客，衡為漁陽摻（擊鼓之法），音節悲壯。」
④上林，秦的舊苑，周三百里，地當今西安盩厔鄠縣境。
⑤歲夜，除夕。

【作意】

此詩大旨和前詩相同，是摹狀觱栗的音節，也是重在「聽」字。

【作法】

「南山——淚垂」為第一段，先敍觱栗的來源，並總説其音節的極哀。「世人——眼新」為第二段，是摹狀觱栗的聲音，極言其可以為秋，可以為春，可見音節的動人。末二句是點出聽的時候，表達異鄉孤客歲夜傷感的意思。

孟浩然

夜歸鹿門歌——鹿門，山名，在今湖北襄陽縣東南三十里。

山寺鳴鐘晝已昏，漁梁渡頭爭渡喧。人隨沙岸向江村，余亦乘舟歸鹿門。鹿門月照開煙樹，忽到龐公[1]棲隱處。巖扉松逕[2]長寂寥，唯有幽人自來去！

【註釋】

①即龐德公。《後漢書．逸民傳》：「龐公者，襄陽人也。荊州刺史劉表數延請，不能屈，後攜妻子登鹿門山，採藥不返。

②巖壁當門，松林夾道。

【作意】

此詩是寫夜歸時一路所見的情景。幽人是作者自比。

【作法】

前半部分虛寫，是擬歸時所見。後半部分實寫，是歸後興感。前半部分用四韻，在五七言古詩中所罕見。後半部分接連用兩個「鹿門」，這叫做「頂針法」，音節格外流暢。篇中「長寂寥」是平仄平，「自來去」是仄平仄，七言古句尾平仄，大多如此。

李白

《廬山謠》寄盧侍御虛舟

——廬山，在今江西星子縣西北。周時有匡俗兄弟七人，皆好道術，結廬於此，後皆成仙，故名廬山，又稱匡廬山。盧虛舟，范陽人，官殿中侍御史。

我本楚狂①人，鳳歌笑孔丘②。手持綠玉杖，朝別黃鶴樓③。五嶽④尋仙不辭遠，一生好入名山遊。廬山秀出南斗傍，屏風九疊雲錦張⑤。影落明湖青黛光，金闕前開二峯長⑥。銀河倒挂三石梁⑦，香爐瀑布遙相望⑧。迴崖沓障凌蒼蒼。翠影紅霞映朝日，鳥飛不到吳天長。登高壯觀天地間，大江茫茫去不還。黃雲萬里動風色，白波九道⑨流雪山。好為《廬山謠》，興因廬山發。閒窺石鏡⑩清我心，謝公行處⑪蒼苔沒。早服還丹⑫無世情，琴心三疊⑬道初成。遙見仙人彩雲裏，手把芙蓉朝玉京⑭。先期汗漫九垓上，願接盧敖遊太清⑮！

【註釋】

①《論語》：楚狂接輿歌而過孔子曰：「鳳兮鳳兮！何德之衰！」《正義》：接輿，楚人，姓陸名通，字接輿，佯狂不仕，時人謂之「楚狂。」

②孔子，名丘，字仲尼。

③黃鶴樓故址在今湖北武昌縣。費文褘登仙，常乘黃鶴，在此憩駕，樓因此得名。

④東嶽泰山在山東，西嶽華山在陝西，南嶽衡山在湖南，北嶽恆山在山西，中嶽嵩山在河南。

⑤廬山五老峯的東北為九疊雲屏，亦稱屏風疊，其下為九疊谷。雲錦比喻山光。

⑥廬山西南有石門山，狀若雙闕（就是門），二峯就是香爐峯和雙劍峯。

⑦廬山上有三石梁，長數十丈，闊不到一尺，下望深谷，不見底。

⑧香爐峯在廬山西南，圓聳像香爐，旁有瀑布。

⑨《禹貢》註：「江（長江）於此州（九江）界分為九道。」

⑩廬山東有石鏡峯，有一圓石，懸崖，明淨照見人形。

⑪晉謝靈運《入彭蠡湖口詩》:「攀崖懸石鏡。」可知謝靈運曾遊廬山。
⑫道家煉丹,燒丹成水銀,再煉水銀成丹,所以叫還丹。
⑬《黃庭內景經》:「琴心三疊舞胎仙」,梁邱子注,「琴,和也,疊,積也,存三丹田,使和積如一。」
⑭《枕中書》:「元始天王在天中心之上,名曰玉京。」
⑮《淮南子》:盧敖遊於北海,到於蒙谷,見一士,欲與為友,士笑曰:「吾當汗漫期於九垓之外,吾不可以久駐。」舉臂竦身,遂入雲中。汗漫,不可知的意思。九垓,九天之外。

【作意】

這首詩是歌咏廬山風景的幽奇,到此仙境,不覺飄飄然產生學道成仙的願望,並希望盧侍御跟自己一塊學道。

【作法】

「謠」也是詩體的一種,不合樂器的徒歌叫謠。此詩分為四段:「我本——山遊」為第一段,是敍自己天性好遊又好仙,作為全篇的張本。「廬山——天長」為第二段,自名山承轉到廬山,是敍從下面望到上面廬山的勝景。「山映湖光」,「瀑布相望」,「鳥飛不到」等句,都是寫仰望。「登高——苔沒」為第三段，這是敍從廬山上面望到下面的風景。其中邀約曾和廬山有關的謝公作陪，是詩中使用故事的作法。「早服——太清」為第四段，從「清我心」「蒼苔沒」轉入尋仙學道的話，並和第一段的「尋仙」相照應。末寫盧敖遊仙，邀盧侍御同遊。其中特地尋出一個和盧侍御同姓的仙人盧敖出來，尤覺親切巧合。詩中用典，要切地切人、切時切事，大可以此為法。

夢遊天姥吟留別

——姥音母。天姥山在浙江新昌縣東五十里，是括蒼山脈的餘支。《道書》列為第十六洞天福地。

海客談瀛洲[1]，煙濤微茫信難求。越人語天姥，雲霞明滅或可覩。天姥連天向天橫，勢拔五嶽掩赤城[2]。天台四萬八千丈[3]，對此欲倒東南傾。我欲因之夢吳越，一夜飛度鏡湖[4]月。湖月照我影，送我至剡溪[5]。謝公宿處[6]今尚在，綠水盪漾清猿啼。腳着謝公屐[7]，身登青雲梯[8]。半壁見海日，空中聞天雞[9]。千巖萬壑路不定，迷花倚石忽已暝。熊咆龍吟[10]殷岩泉，慄深林兮驚層巔。雲青青兮欲雨，水澹澹兮生煙。列缺霹靂，邱巒奔摧；洞天石扉，訇然中開[11]。青冥浩盪不見底，日月照耀金銀臺。霓為衣兮風為馬，雲之君⑫兮紛紛而來下。虎鼓瑟兮鸞回車，仙之人兮列如麻。忽魂悸以魄動，怳驚起而長嗟！惟覺時之枕席，失向來之煙霞！世間行樂亦如此，古來萬事東流水！別君去兮何時還？且放白鹿青崖間，須行即騎向名山！安能摧眉折腰事權貴，使我不得開心顏？

【註釋】

①《史記．秦始皇本紀》：「齊人徐市具書言海中有三神山，名曰蓬萊、方丈、瀛洲，仙人居之。」《十洲記》：「瀛洲在東海中，對會稽去西岸七十萬里。上生神芝仙草，洲上多仙家。」

②赤城在浙江天台縣北六里，土色皆赤，狀似雲霞，望之如雉堞。

③天台山主峯在浙江天台縣，晉葛洪鍊丹得道處。別本或作一萬八千丈。

④見《子夜歌》註。

⑤剡，音啖。剡溪，曹娥江的上源，在浙江嵊縣南。

⑥晉謝靈運詩，有「暝投剡中宿，明登天姥岑」句。

⑦《晉書謝靈運傳》：「尋山涉嶺，必造幽峻，岩障數十里，莫不備登。登躡常着要屐，上山則去其前齒，下山則去其後齒。」

⑧是說山嶺高峻，一級級上入青雲，彷彿登梯一般。按靈運亦有「共登青雲梯」詩句。
⑨《述異記》，桃都山有大樹，曰桃都，日初出，照此木，天雞則鳴，天下之雞皆隨之而鳴。
⑩咆，音跑，怒喊聲。殷，響的意思，此是用熊咆龍吟形容岩泉的響聲。
⑪揚雄《校獵賦》：「霹靂列缺」，霹靂，雷聲。列缺，天隙電光。訇，音轟，大聲。
⑫雲之君即《楚辭》中的雲中君，雲神名豐隆。

【作意】

此詩可和前詩互看，前詩是實寫，志在尋仙。此詩是虛寫天姥山的佳勝，主旨在「世間行樂亦如此，古來萬事東流水」二句。因夢遊名勝而悟道，不再折腰事權貴，作此來留別一般世人。

【作法】

吟也是詩體的一種，大概宜於吁嗟慨歎悲愛深思。此詩體制非常開放，其中有四言五言六言七言九言句。除古詩句法外，又參用「騷體」，連用好幾個「兮」字。最奇者其中又有像辭賦的語句，如「忽魂悸……煙霞」等句。這可見太白才氣奔放，興到筆隨，不受任何體律的拘束。這般作品，只可賞鑒它的氣勢，不能加以尋常繩墨。全詩章法，卻很整齊：「海客——南傾」為第一段，是先用瀛洲陪襯天姥，再將五嶽赤城天台諸山，極力抑低，托出天姥山，是為借賓定主法。「我欲——銀臺」為第二段，從人語天姥而入夢，繼續描寫夢中在天姥山中所見所聞的景物，其中引出「謝公宿處」「半壁見海」「洞天石扉」，又是虛中有實，句句寫夢境，卻是句句寫山景。「霓為——煙霞」為第三段，是因洞天而轉入遇到神仙，也是題中夢中應有的文章，接着寫夢醒，也很自然。「世間——心顏」為第四段，是寫夢醒後的回味警悟，「世間」兩句，是因夢中的幻象不常，悟出古今萬事亦是如此。是詩文中的關鈕句，用以結束上文，再振起下文留別之意，而以不肯再事權貴主旨作結。

金陵酒肆留別

風吹柳花滿店香，吳姬壓酒①勸客嘗。金陵子弟來相送，欲行不行各盡觴。請君試問東流水，別意與之誰短長？（平聲陽韻）

【註釋】

①壓酒，意思是將酒和合起來，或說將糟壓去的意思，亦可解。

【作意】

這是一首在酒席間留別送行人的詩。雖然只有短短六句，其惜別的情意卻很深長。

【作法】

第一句寫風景，第二句寫酒肆，第三句寫送別的人，第四句寫留別之情。末二句故作問語，格外得神。

宣州謝朓樓餞別校書叔雲

——宣州即今安徽宣城縣。謝朓（字玄暉，陽夏人）為宣城太守時，郡治後有高齋，一名北樓，後人因稱為謝公樓，唐刺史獨孤霖改為疊障樓。校書，官名，一本作「陪侍御叔華登樓歌」。

棄我去者昨日之日不可留，亂我心者今日之日多煩憂！長風萬里送秋雁，對此可以酣高樓。蓬萊文章建安骨①，中間小謝②又清發。俱懷逸興壯思飛，欲上青天覽日月。抽刀斷水水更流，舉杯消愁愁更愁。人生在世不稱意，明朝散髮弄扁舟。

【註釋】

①蓬萊，海中神仙，為仙府，藏幽經祕錄，此指叔雲掌校典籍。建安，漢獻帝年號。那時曹操曹植，（操子）和孔融、王粲、陳琳、徐幹、劉楨、應瑒、阮瑀等建安七子，皆善詩賦，以曹氏父子為首。其詩稱「建安體」，風骨遒上，最饒古氣。見嚴羽《滄浪詩話》。

②南朝宋謝靈運和族弟惠連，並稱「大小謝」。鍾嶸《詩品》稱惠連「才思富捷」。這裏是以惠連比擬謝朓。

【作意】

這詩主旨是以謝朓比擬叔雲，惜其在世不稱意，故語近消極。

【作法】

開首兩句，一腔鬱勃牢落的情緒，分做一個個字吐出來，所以第一句十一個字接連着用九個仄聲字，第二句即用三個平聲字來救轉，就有一瀉千里之勢。這種句法，雖然奇特，在古詩中卻時常用到。第三四句，用一「送」字和一「酣」字，貼切題目的「餞別」。五六七八句是寫叔雲和送別的人。末四句抒寫感慨，仍用送別作結。

岑參

《白雪歌》送武判官歸京——《唐書職官志》，節度觀察皆有判官掌書記。

北風捲地白草折，胡天八月即飛雪。忽如一夜春風來，千樹萬樹梨花開。散入珠簾溼羅幕，狐裘不暖錦衾薄。將軍角弓不得控①，都護鐵衣②冷猶着。瀚海闌干③百丈冰，愁雲慘澹萬里凝。中軍置酒飲歸客，胡琴琵琶與羌笛。紛紛暮雪下轅門④，風掣紅旗凍不翻。輪臺⑤東門送君去，去時雪滿天山路⑥。山迴路轉不見君，雪上空留馬行處！

【註釋】

①角弓是用角質裝飾的弓。控，拉弓叫控。

②都護，官名，漢宣帝時置西域都護，管理西域三十六國，唐時置安東安西安南安北單于北庭六大都護。鐵衣，就是鎧甲。

③瀚海就是沙漠。闌干，縱橫的樣子，這是形容冰的裂紋。

④將兩乘車子倒轉來，使車前的轅木交叉着當作門，叫做轅門，就是現在的營門。
⑤輪臺，漢唐時為西域縣名，今新疆輪臺縣。
⑥天山，即今新疆的天山。

【作意】

此詩是咏北地飛雪的情景，並寫雪中送別武判官的心情。全詩句句咏雪，別意自見。

【作法】

此詩分兩大段，自「北風——里凝」為上段，是泛咏胡天的雪景，覺得冷氣逼人。下段「中軍——行處」是正寫送別武判官歸京，仍從「雪」字生發出來。全詩關鍵在四個「雪」字，第一個「雪」字是寫送別以前的雪景，第二個「雪」字是寫餞別時候的雪景，第三個「雪」字是寫臨別時候的雪景，第四個「雪」字是送別之後的雪景。

《輪臺歌》奉送封大夫出師西征——封常清，猗氏人，時官安西四鎮節度副大使，知節度事。見《唐書本傳》。按岑參曾從封常清屯兵於輪臺，所以封大夫當是封常清。

輪臺城頭夜吹角①，輪臺城北旄②頭落。羽書昨夜過渠黎③，單于已在金山④西。戍樓西望煙塵黑，漢兵屯在輪臺北。上將擁旄西出征，平明吹笛大軍行。四邊伐鼓雪海湧，三軍大呼陰山動⑤。虜塞兵氣連雲屯，戰場白骨纏草根。劍河風急雲片闊，沙口石凍馬蹄脫。亞相勤王⑥甘苦辛，誓將報主靜邊塵！古來青史⑦誰不見？今見功名勝古人。（二句一換韻）

【註釋】

①角，軍中樂器，長五尺，形如竹筒，或用竹木製，或用皮製。

②旄，音毛，用犛牛的尾裝飾的旗。

③羽書，就是用木筒做書信的檄，用以徵召。如有急事，再加以鳥羽，叫做羽書。渠黎，今新疆輪臺縣西南，漢西域三十六國之一。

④金山即今阿爾泰山。蒙古人稱「金」為「阿爾泰」。

⑤陰山，崑崙山的北支，起於河套，綿亙內蒙古自治區東南，匈奴常藉此來侵略邊疆。

⑥漢代御史大夫，職位次於宰相，世稱亞相。勤王是說盡力於王事。

⑦古以竹簡記事叫殺青，後因稱史冊叫青史。

【作意】

這首詩雖重在送行，但就篇中敘述看來，卻旨在西征，希望他「靜邊塵」而立功名。

【作法】

此詩大約可分三段，「輪臺——軍行」為第一段，從懸想輪臺告警說起，敘述封大夫的出師，這是實寫。「四邊——蹄脫」為第二段，是懸想西征時候軍士的勇猛無畏，是虛寫。「亞相——古人」為第三段，是希望封大夫掃靖邊塵，立功異域，以頌揚作結，非常得體。

《走馬川行》奉送封大夫出師西征

君不見走馬川行雪海邊，平沙莽莽黃入天。輪臺九月風夜吼，一川碎石大如斗，隨風滿地石亂走。匈奴草黃馬正肥，金山西見煙塵飛，漢家大將西出師，將軍金甲夜不脫，半夜軍行戈相撥，風頭如刀面如割。馬毛帶雪汗氣蒸，五花連錢旋①作冰，幕中草檄硯水凝。虜騎聞之應膽懾，料知短兵不敢接，軍師西門佇獻捷②。（三句一換韻）

【註釋】

①五花、連錢，均馬名。旋，就是馬身的旋毛。

②捷，打勝仗。古時軍隊凱旋回京，要舉行獻捷的典禮。

【作意】

此詩和前詩相同，前詩以敍征戰為主，此詩卻以敍胡地的寒冷為主。暗中含有冒雪征戰之意，末了也同以希望奏凱獻捷作結。

【作法】

「君不見——亂走」為第一段，是敍西域風沙的險惡，見得行軍之艱苦。「匈奴——出師」為第二段，是敍匈奴寇邊，封大夫因此出師。「將軍——水凝」為第三段，是敍將軍冒雪出征，不怕苦寒的情形。「虜騎——獻捷」為第四段，是敍封大夫的威猛，必能制勝匈奴。這首詩有一個特別的地方，是除首二句外，都是三句一換韻，而這三句又是每句押韻，和尋常的隔句押韻或雙數換韻，大不相同。但是它的聲調並不急促，讀了也很順口，這是因為所押的韻是平仄聲相間着的緣故。

杜甫

韋諷錄事宅觀曹將軍畫馬圖

——韋諷居成都時，為閬中錄事。曹將軍註見《丹青行贈曹將軍霸》一首。

國初已來畫鞍馬，神妙獨數江都王①。將軍得名三十載，人間又見真乘黃②。曾貌先帝照夜白③，龍池④十日飛霹靂。內府殷紅瑪瑙盤，婕妤⑤傳詔才人索。盤賜將軍拜舞歸，輕紈細綺⑥相追飛。貴戚權門得筆跡，始覺屏障生光輝。昔日太宗拳毛騧⑦，近時郭家獅子花⑧。今之新圖有二馬，復令識者久歎嗟！此皆騎戰一敵萬，縞素漠漠開風沙。其餘七匹亦殊絕，迥若寒空動煙雪。霜蹄蹴踏長楸⑨間，馬官廝養⑩森成列。可憐九馬爭神駿，顧視清高氣深穩。借問苦心愛者誰？後有韋諷前支遁⑪。憶昔巡幸新豐宮⑫，翠華⑬拂天來向東；騰驤磊落三萬匹，皆與此圖筋骨同。自從獻寶朝河宗⑭，無復射蛟江水中⑮。君不見金粟堆⑯前松柏裏，龍媒⑰去盡鳥呼風！

【註釋】

①《名畫記》：「江都王緒，太宗猶子。多才藝，善書，畫鞍馬擅名。」
②神馬，《管子》：「地出乘黃。」
③見《丹青行贈曹將軍霸》首註。
④龍池在南內南薰殿北。
⑤婕，音捷。妤，音餘。婕妤，才人，都是宮中女官。
⑥紈、綺是細緻的絹，這是指別的賞賜。
⑦騧，音瓜，太宗六馬之一，黃馬黑喙。
⑧馬名，就是九花虬。
⑨古時道旁種楸，故叫長楸。
⑩馬官，是管馬的官。廝養，是養馬的兵士。
⑪《世說新語》：「支道林嘗養數匹馬，或言道人畜馬不韻。支曰：貧道重其神駿耳。」
⑫宮在長安驪山下。
⑬大旗，用翠羽飾於旗上。
⑭穆天子西征，河伯與天子披圖視典，以觀天子之寶器。穆王視圖，乃導以西邁。這是比喻玄宗的死。

⑮漢武帝元封五年，自潯陽浮江，親射蛟江中。
⑯玄宗葬於金粟山，號泰陵。
⑰漢武帝《天馬歌》：「天馬徠兮龍之媒。」

【作意】

此詩可和《丹青行》並看，前詩除讚歎畫馬之妙外，並感傷曹將軍晚景不好。這首詩也是讚歎《九馬圖》的好，卻追想到先帝的馬。有無限的感慨，在字句間流露。

【作法】

「國初——乘黃」為第一段，先請江都王作陪客，見得曹將軍是江都王之後的畫馬的第二高手。「曾貌——光輝」為第二段，是追敍將軍應詔畫馬時所得到的光寵。「昔日——支遁」為第三段，用「昔日近時」兩句，轉入正文，敍賞鑒《九馬圖》的神妙。其中又將九馬拆開分敍，愈見章法的錯綜。「借問」二句是末筆，總結九馬。「憶昔——呼風」為第四段，此段是照應第二段「先帝」的伏脈，因九馬而生今昔之感。子美念念不忘先帝的忠悃，亦可想見。

古柏行——柏，在四川奉節縣武侯廟。田況《古柏記》：「自唐季凋瘁，宋乾德丁卯，枯柯復生。」

孔明廟①前有老柏，柯如青銅根如石。霜皮溜雨四十圍，黛色參天二千尺。雲來氣接巫峽②長，月出寒通雪山白。君臣已與時際會，樹木猶為人愛惜。③憶昨路遶錦亭④東，先主武侯同閟宮⑤。崔嵬⑥枝榦郊原古，窈窕丹青⑦戶牖空。落落盤據雖得地，冥冥孤高多烈風。扶持自是神明力，正直原因造化功。大廈如傾要樑棟⑧，萬牛迴首邱山重！不露文章世已驚，⑨未辭剪伐⑩誰能送？苦心豈免容螻蟻，香葉終經宿鸞鳳。志士幽人莫怨嗟，古來材大難為用！

【註釋】

①孔明，姓諸葛，名亮，瑯琊人。隱於隆中，蜀漢先主劉備三顧草廬，請他出山。亮感其誠意，始出，佐先主成帝業，為丞相。後輔後主劉禪，封武鄉侯。亮志在恢復中原，常出師北伐，後病死軍中。謚忠武。廟在今四川奉節縣八陣臺下。

②三峽之一，在奉節縣西長江中。

③上句是說先主與武侯相得，如魚得水。下句言老柏至今依然無恙。
④錦江邊的亭子。錦江在成都縣。
⑤閟，音閉。幽深閒靜的意思。按成都先主廟，附有武侯祠堂，所以說同閟宮。
⑥嵬，音圍。崔嵬，高大的樣子。
⑦此指廟內所漆繪。
⑧《文中子》：「大廈之傾，非一木所支。」這是比喻漢運已終，武侯也難以為力。
⑨《文木賦》：「既剝既刊，見其文章。」比喻不同於浮華炫露，自有深遠器識。
⑩《詩經》：「蔽芾甘棠，勿剪勿伐。」

【作意】

此詩多用興體，主旨在以古柏的孤高，比喻武侯的忠貞。雖句句咏古柏，但句句是說武侯，這就是「詩中有人，呼之欲出。」

【作法】

「孔明——愛惜」為第一段，以古柏直起，形容其古老高大，並以興起君臣的際會。「憶昨——化功」為第二段，是因夔州的古柏，想到成都先主廟中的古柏，「落落」兩句，也是比方武侯的佐蜀未竟全功。末二句是人或是柏，竟融成一片，不能分辨。「大廈——為用」為第三段，是因物及人，大發感想，咏古柏的遭遇就是包括武侯的一生，末句是全篇主旨所在，語意雙關。意思是大材大用，用則多命世之臣，不用就是志士幽人。這裏子美也流露出了自己的感慨。

寄韓諫議——諫議大夫，官名，掌諫議得失。韓諫議，不詳其名。

今我不樂思岳陽[1]，身欲奮飛病在牀！美人[2]娟娟隔秋水，濯足洞庭望八荒。鴻飛冥冥日月白，青楓葉赤天雨霜。玉京羣帝集北斗[3]，或騎麒麟翳鳳凰[4]。芙蓉旌旗煙霧落，影動倒景搖瀟湘。星宮之君醉瓊漿，羽人[5]稀少不在旁。似聞昨者赤松子[6]，恐是漢代韓張良[7]。昔隨劉氏定長安，帷幄[8]未改神慘傷！國家成敗吾豈敢，色難腥腐餐楓香。[9]周南[10]留滯古所惜，南極[11]老人應壽昌！美人胡為隔秋水，焉得置之貢玉堂[12]？（平聲陽韻）

【註釋】

①岳陽即今湖南岳陽縣。韓諫議大概是楚人。

②美人，比方君子，這裏是指韓諫議。
③《晉書天文志》：北斗，七星，在太微北，人君之象，號令之主。
④《集仙錄》：羣仙畢集，位高者乘鸞，次乘麒麟。翳，語助詞。
⑤飛仙。
⑥仙人名號。神農時為雨師，常至西王母石室，隨風雨上下。見《漢書張良傳》註。
⑦張良，字子房，先世為韓相，後佐劉邦定天下，封留侯。後辟穀，從赤松子遊。
⑧《漢書高帝紀》：「夫運籌帷幄之中，決勝千里之外，吾不如子房。」
⑨《鮑照傳》：「何時與爾曹，啄腐共吞腥。」是指酒肉之徒。楓香，道家用來合藥，所以可「餐」。這兩句意思是說，國家的成敗我豈敢說，但是不想看到這樣齷齪塵濁的世界，不如潔身退去，尋仙訪道。
⑩《史記太史公自序》註：古之周南，今之洛陽。
⑪星名，天下治平，星就出現，並非祝其多壽。
⑫即玉殿，在未央宮。

【作意】

此詩按清錢謙益的考證，說是為李泌而作，說當鄴侯隱衡山之時，勸勉韓諫議欲其貢之玉堂，殊屬附會。現從本篇字句間尋求旨趣，大概韓諫議曾有功於國家，那時已去官歸鄉，子美希望他重新出山，置之玉堂。

【作法】

此詩體制，近於遊仙詩，是用仙家情景，來比喻所不能直道其詳的時事，貴在隱約含蓄，旨趣需讀者自己去尋悟。本篇可分為四段：「今我——雨霜」為第一段，先敍自己懷念韓諫議遠在洞庭的心情。「玉京——在旁」為第二段，先以「羣帝」比喻在朝權貴近臣的沾恩。末以「羽人」比喻遠臣的去國，見得那時韓諫議已解官而去，不在帝旁了。「似聞——楓香」為第三段，是從傳聞聽到韓諫議解官的原因。其中以張良的為韓，切其姓，子房從赤松子遊，照應上段的設喻，仍是仙家故事，在此等處，可見文心的周密。「周南——玉堂」為第四段，是抒寫自己感想，希望他老成宿望，再出來濟世匡君。

觀公孫大娘弟子舞劍器行（並序）

大曆（代宗年號）二年十月十九日，夔府別駕元持宅，見臨潁（今河南臨潁縣）李十二娘舞劍器（古武舞的曲名，其舞用女伎雄妝空手而舞）壯其蔚跂（舞態）問其所師，曰：「余公孫大娘（玄宗時人，善舞，姸妙冠絕於時）弟子也。」開元（玄宗年號）三載，余尚童稚，記於郾城（今河南郾城）觀公孫氏舞劍器渾脫（渾脫亦舞曲名）瀏灕頓挫，獨出冠時。自高頭宜春梨園二伎坊內人（唐設左右教坊，多歌舞伎女入宜春院，謂之內人。天寶中，上命宮女數百人為梨園弟子，皆居宜春北院）洎外供奉舞女，曉是舞者，聖文神武皇帝（玄宗尊號）初，公孫一人而已。玉貌錦衣，況余白首。今茲弟子，亦匪盛顏。既辨其由來，知波瀾莫二。撫事慷慨，聊為《劍器行》。昔者吳人張旭（蘇州人，嗜酒，大醉，下筆或以頭濡墨，自視為神世號張顛，自言始見公主擔夫爭道而得筆法，又觀公孫舞劍器而得其神）善草書，書帖數，嘗於鄴縣（今河南臨漳縣西）見公孫大娘舞劍器，自此草書長進，豪盪感激。即公孫可知矣。

昔有佳人公孫氏，一舞劍器動四方。觀者如山色沮喪，天地為之久低昂。㸌如羿射九日落①，矯如羣帝驂龍翔。來如雷霆收震怒，罷如江海凝清光。絳脣珠袖兩寂寞，晚有弟子傳芬芳。臨潁美人在白帝②，妙舞此曲神揚揚。與余問答既有以，感時撫事增惋傷！先帝侍女八千人，公孫劍器初第一。五十年間似反掌③，風塵澒洞④昏王室。梨園子弟⑤散如煙，女樂餘姿映寒日。金粟堆南木已拱⑥，瞿塘石城草蕭瑟。玳絃急管曲復終，樂極哀來月東出。老夫不知其所往，足繭⑦荒山轉愁疾！

【註釋】

①爟，音霍，火光。《淮南子》：堯時十日並出，堯命羿射中九日，日烏皆死。

②白帝城在今四川奉節縣東。公孫述時，殿前井有白龍出，自以承漢土運，因號山為白帝山，城為白帝城。

③是說時間過得快，像手掌一反。

④澒，音汞。澒洞，相連的意思。此指安祿山反，攻陷長安事。

⑤開元二年，明皇選坐部伎子弟，教於梨園，聲調有誤的，帝必覺察加以糾正。號稱皇帝梨園弟子。

⑥金粟註見《韋諷錄事宅觀曹將軍畫馬圖》。《左傳》：「爾墓之木已拱矣。」

⑦足起厚皮。

【作意】

這首詩是敘看到李十二娘舞劍器，想到公孫大娘當時舞態的美妙並抒發自己的感傷之情。全篇主旨在「感時撫事」，總是念念不忘先帝，稱憶從前的盛，傷感現時的衰。

【作法】

「昔有——清光」為第一段，是追敍公孫大娘的舞態，首句説她的妙舞不但驚人，並且可以感動天地。後四句是寫舞態，㸌如形容舞時的下垂，矯如形容上騰，其來像雷過而尚留其響，其罷像江海的停波。「絳唇——惋傷」為第二段，從公孫氏的去世，寫出其弟子李十二娘，寫舞的姿態只用「神揚揚」三字，很得前後詳略的方法。「與余問答」照應題序，「感時撫事」逼出後段文字。「先帝——寒日」為第三段，是傷感往事，從公孫氏想到梨園弟子。其中「風塵」暗指安祿山之反。「餘姿」就是臨潁的舞態，仍歸宿到舞的本題。「金粟——愁疾」為第四段，是歎世事的荒涼，又傷自己的走投無路，其中「金粟」應「先帝」，「瞿塘」應「白帝」，「樂極」應「妙舞」，「哀來」應「撫事」，照應周密，句句咏歎。老杜古詩的章法，首首都可作學者的楷模，就表現在這些地方。

元結

石魚湖上醉歌（並序）

漫叟（次山自號）以公田米釀酒，因休暇則載酒於湖上，時取一醉。歡醉中，據湖岸，引臂向魚取酒，使舫載之，徧飲坐者，意疑倚巴邱（山名，在湘水右岸）酌於君山（在洞庭湖中）之上，諸子環洞庭而坐，酒舫泛泛然，觸波濤而往來者，乃作歌以咏之。

石魚湖[1]，似洞庭，夏水欲滿君山青。山為樽，水為沼，酒徒歷歷坐洲島。長風連日作大浪，不能廢人運酒舫。我持長瓢坐巴邱，酌飲四座以散愁！

【註釋】

①元結《石魚湖上》詩序：「漶泉南上有獨石，在水中，狀如游魚。魚凹處，修之可以貯（同貯）酒。水涯四匝，多攲石相連。石上堪人坐。水能浮小舫載酒，又能繞石魚洄流，乃命湖曰石魚湖，鐫銘於湖上，顯示來者，又作詩以歌之。」按石魚湖在湖南道縣東。元結又有詩：「吾愛石魚湖，石魚在湖裏；魚背有酒樽，繞魚是湖水。」

【作意】

此詩表面雖是為石魚湖風景而放歌，其實也可說是次山在唐末時，看到天下擾擾，自己澹於仕進，大有歸隱之意，同時可以看出作者胸襟的闊大。

【作法】

凡是「歌」，往往字句長短沒有定數，乘興而發，毫無拘束。本詩就用三字句和七字句組成。起首用洞庭湖來比擬石魚湖，用君山來比擬石魚。接着述從石魚尋出行樂的方法，再進一層說明就是有長風大浪，也不能阻止我的飲酒行樂。結句以「愁」字收住，就可見他有歸隱的意思。

韓愈

字退之，昌黎人。德宗貞元八年進士，歷官監察御史。元和時，裴度討淮西，為行軍司馬。後因諫迎佛骨，謫為潮州刺史。穆宗立，為兵部侍郎轉吏部。卒謚為「文」，有《昌黎先生集》。昌黎詩別開境界，履險如夷，有時又硬語盤空，有散文的氣勢。他喜歡押用險韻，未免露出斧鑿痕跡。論者說他的詩上接杜詩，下開宋派，在詩史上有相當地位。

山石

山石犖确①行徑微，黃昏到寺蝙蝠飛。升堂坐階新雨足，芭蕉葉大梔子②肥。僧言古壁佛畫好，以火來照所見稀。鋪牀拂席置羹飯，疏糲③亦足飽我飢。夜深靜臥百蟲絕，清月出嶺光入扉。天明獨去無道路，出入高下窮煙霏。山紅澗碧紛爛漫，時見松櫪④皆十圍。當流赤足踏澗石，水聲激激風生衣。人生如此自可樂，豈必局促為人鞿⑤。嗟哉吾黨二三子，安得至老不更歸！（平聲微韻）

【註釋】

①犖，音落。确，音殼。犖确，山石不平的樣子。
②梔，音支，也叫山梔，高丈餘，夏開黃花，其實橢圓，色黃，可作染料。
③糲，音厲，疏糲，粗飯。
④櫪，音歷，同櫟。高二三丈，花黃褐色，實即橡實，也可作染料。
⑤鞿，音基，同羈，馬的籠頭。

【作意】

此詩是寫遊山寺時所遇所見所聞的事情，主旨在「人生如此自可樂，豈必侷促為人鞿」二句。

宋蘇軾嘗同客遊南溪，醉後相與解衣濯足，因咏此篇，慨然知其所樂，而忘其在數百年以外，曾有和韻。足見此詩寫景處足以感人。

【作法】

古來作家的詩題，很多取全詩第一首的兩個字作題，不另立題目。此詩也是如此，因為全詩是記遊山寺，不是咏山石。全詩層次，從黃昏到寺，夜深留寺，到天明辭去，有三個時間段。首四句是敍黃昏到寺之所見，並點出初夏。「僧言——我饑」是敍黃昏時山僧招呼款待的情意。「夜深」二句是敍留宿時的夜景，「天明」下六句，是寫天明辭去，一路所見所聞的朝景。「人生」下四句，以感歎作結，其中字句，很有前後照應之處，讀者可仔細尋求。

八月十五夜贈張功曹

——張功曹，即張署，字公撰，河間人。時與韓愈及李方叔三人同遭貶謫江陵，俟命於郴州（今湖南郴縣）功曹，係參與軍事主管文官簿書的官。

纖雲四捲天無河，清風吹空月舒波。沙平水息聲影絕，一盃相屬君當歌。君歌聲酸辭且苦，不能聽終淚如雨！「洞庭連天九疑①高，蛟龍出沒猩鼯②號。十生九死到官所，幽居默默如藏逃。下牀畏蛇食畏藥③，海氣溼熱熏腥臊。昨者州前搥大鼓，嗣皇繼聖登夔皋④。赦書一日行千里，罪從大辟⑤皆除死。遷者追迴流者還，滌瑕盪垢清朝班。州家申名使家抑⑥，坎軻祇得移荊蠻⑦。判司⑧卑官不堪說，未免捶楚⑨塵埃間。同時輩流多上道，天路幽險難追攀！」君歌且休聽我歌，我歌今與君殊科。⑩一年明月今宵多，人生由命非由他，有酒不飲奈明何！

【註釋】

①九疑，山名，在湖南寧遠縣南。

②猩，狀如貛，聲像小兒啼。鼯，音吾，狀如小狐，像蝙蝠，有翅能飛，聲如人呼。

③南方多蛇，又多毒蟲，所以飲食常須留心。

④德宗貞元二十一年正月，順宗即位，二月甲子大赦。及八月憲宗即位，改貞元二十一年為永貞元年，自八月五日以前天下死罪降從流，流以下遞減一等。夔，音逵。皋，音高。夔，堯時的臣子。皋即皋陶，舜時的司法官。

⑤大辟，死刑。

⑥州家，指郴州。申名，意思是將名字報告上去。使家，指湖南觀察使。抑，謂壓住不報。

⑦湖南北古時為荊蠻的地方。
⑧按永貞元年，韓愈為江陵府法曹參軍，張署為功曹參軍，那時雖沒有到任，但是官職已定，所以稱判司。
⑨捶，音垂。捶楚，打人的板子。唐制，參軍簿尉有過，即受笞杖之刑。
⑩殊科，不同的意思。此句別本作「我今與君豈殊科。」

【作意】

此詩是敘張功曹從被謫到赦回，其間所受的困苦艱難。因為作者是和他有一樣的遭遇，所以詩中所說的困苦，也是作者身受的困苦，因此也可說是作者的自述。篇末五句，雖然故意作達觀語，但並不能掩蓋他倆的牢愁。

【作法】

此詩可分為三大段，自「纖雲——如雨」為第一段，是即景生情的開場白。自「洞庭——追攀」為第二段，這一大段文字，都是作者代張功曹說話，歷述種種困苦。其中寫到官所之苦，敘得赦的原因，敘功曹小官的無聊，層次一點不亂。自「君歌——明何」為第三段，別出新意，自勸自解，破涕為笑，這就是一般文章中的翻案方法，都是從第一段中「聲酸辭苦」中翻騰而出的。

謁衡嶽廟遂宿嶽寺題門樓——湖南衡山為五嶽中的南嶽，主峯在衡山縣西北。

五嶽祭秩皆三公[1]，四方環鎮嵩當中[2]。火維地荒[3]足妖怪，天假神柄專其雄。噴雲泄霧藏半腹，雖有絕頂誰能窮？我來正逢秋雨節，陰氣晦昧無清風。潛心默禱若有應，豈非正直能感通。須臾靜掃眾峯出，仰見突兀撐青空。紫蓋連延接天柱，石廩騰擲堆祝融[4]。森然動魄下馬拜，松柏一徑趨靈宮。粉牆丹柱動光彩，鬼物圖畫填青紅。升階傴僂薦脯酒[5]，欲以菲薄明其衷。廟內老人識神意，睢盱[6]探伺能鞠躬。手持盃珓[7]導我擲，云此最吉餘難同。竄逐蠻荒幸不死，衣食纔足甘長終。侯王將相望久絕，神縱欲福難為功。夜投佛寺上高閣，星月掩映雲朣朧。猿鳴鐘動不知曙，杲杲[8]寒日生於東。〔平聲東韻一韻到底〕

【註釋】

①《衡山縣志》：「南嶽秩視三公，唐加王爵，宋崇帝號，明洪武中改曰南嶽衡山之神。」秩指爵位。祭秩，指祭時的典禮。三公，西漢以大司馬、大司徒、大司空為三公，是那時政府中最高的軍政長官。

②中嶽嵩山在河南登封縣北。

③南方屬火，衡主南嶽，所以說「火維」。地荒，即荒遠的地方。

④紫蓋、天柱、石廩、祝融，都是衡山的高峯，其中以紫蓋峯為最高。

⑤傴，音雨。僂，音樓。傴僂，曲背俯身的樣子。脯，音甫，乾的肉類。

⑥睢，音雖。盱，音吁。睢盱，瞪着眼睛的樣子。

⑦珓，音教。古時杯珓用玉雕製，是用以占卜吉凶的東西。

⑧杲，音稿。杲杲，太陽出來時的光亮。

【作意】

作者那時正當貶謫南方，路過衡山，誠心謁祭，此詩就是作者敘述他謁祭南嶽占卜休咎和投宿廟中的情形。此詩是一首敘事兼抒情的詩。

【作法】

此詩分為四段：「五嶽——其雄」為第一段，是泛說南嶽在那時的崇高地位。自「噴雲——靈宮」為第二段，首二句寫遠望，「我來」後是寫登謁時的誠心，看見衡嶽諸峯的偉大，這一段是正寫衡嶽。自「粉牆——為功」為第三段，首二句是進嶽寺後四壁的所見。「升階」兩句寫祭謁，接着又寫持珓卜終身的休咎，同時又寫自己的人生觀和感想。這一段是全詩中心所在，因為謁衡嶽的目的，一半雖為賞玩風景，一半卻在向神取決自己的窮通。我們從「幸不死」三字中可以看出作者的滿腹牢騷。自「夜投——於東」為第四段，是寫「宿寺」作結。並以「寒日」照應「秋雨」「陰氣」，這就是宋蘇軾《潮州韓文公廟碑記》中「公之精誠能開衡山之雲」句的來歷。

石鼓歌

——歐陽修《集古錄》：「石鼓文久在岐陽（今陝西岐山縣）初不見稱於前世，至唐人始盛稱之，韋應物以為周文王之鼓，至宣王刻詩，韓退之直以為宣王之鼓，在今鳳翔孔子廟中。其文可見者四百六十五，磨滅不可識者過半。……退之好古不妄者，予姑取以為信耳。至於字畫，亦非史籀不能作也。」

張生①手持《石鼓文》②，勸我試作《石鼓歌》。少陵無人謫仙死，才薄將奈石鼓何？周綱陵夷[3]四海沸，宣王[4]憤起揮天戈。大開明堂[5]受朝賀，諸侯劍佩鳴相磨。蒐[6]於岐陽騁雄俊，萬里禽獸皆遮羅。鐫功勒成告萬世，鑿石作鼓隳[7]嵯峨。從臣[8]才藝咸第一，揀選撰刻留山阿。雨淋日炙野火燎，鬼物守護煩撝呵[9]。公從何處得紙本？毫髮盡備無差訛。辭嚴義密讀難曉，字體不類隸與蝌[10]。年深豈免有缺畫，快劍斫斷生蛟鼉。鸞翔鳳翥[11]眾仙下，珊瑚碧樹交枝柯，金繩鐵索鎖紐壯，古鼎躍水龍騰梭。[12]陋儒編詩不收入，二雅褊迫無委蛇[13]。孔子西行不到秦，掎摭星宿遺羲娥。[14]嗟余好古生苦晚，對此涕淚雙滂沱！憶昔初蒙博士徵，其年始改稱元和[15]。故人從軍在右輔[16]，為我度量掘臼科[17]。濯冠沐浴告祭酒[18]，如此至寶存豈多？氈包席裹可立致，[19]十鼓祇載數駱駝[20]。薦諸太廟比郜鼎[21]，光價豈止百倍過。聖恩若許留太學，諸生講解得切磋。觀經鴻都尚填咽[22]，坐見舉國來奔波。剜苔剔蘚露節角，安置妥帖平不頗[23]。大廈深簷與蓋覆，經歷久遠期無佗[24]。中朝大官老於事，詎肯感激徒媕婀[25]！牧童敲火牛礪角，誰復着手為摩挲？日銷月鑠就埋沒，六年西顧空吟哦！羲之俗書趁姿媚，數紙尚可博白鵝[26]。繼周八代[27]爭戰罷，無人收拾理則那[28]？方今太平日無

事，柄任儒術崇丘軻㉙。安能以此尚論列，願借辨口如懸河㉚。石鼓之歌止於此，嗚呼吾意其蹉跎！㉛〔平聲歌韻〕

【註釋】

①張生指張籍，字文昌，烏江人。第進士，韓愈薦為國子博士。
②石鼓文可見的，其略曰：「我車既攻，我馬既同」，又曰：「我車既好，我馬既駒，君子負獵，負獵負遊，麀鹿速速，君子之求。」又曰：「其魚維何？維鱮維鯉。何以橐之？維楊與柳。」按此就可知為頌揚那時漁獵之事。
③陵夷，是說衰敗像丘陵漸漸平下去一樣。
④宣王名靖，嗣厲王即位。周公召公輔佐他行政，效法文武成康，諸侯復來朝周。
⑤明堂是天子施行政治的地方。
⑥蒐，音搜，春天去打獵叫蒐。
⑦石鼓高二尺，廣徑一尺餘，共有十個，其形像鼓。古代召集民眾，常用鼓。後人因此削石成鼓形，刻辭紀功。隳，音灰，破壞的意思。
⑧指宣王時的仲山甫、尹吉甫、方叔、召虎等臣子。
⑨撝，同揮。呵，呵斥。

⑩秦程邈作隸書，以便隸人書寫。周時古文，頭粗尾細，晉人謂之科斗文。科斗即蝌蚪。

⑪是形容字體的美妙。

⑫《水經注》：周顯王四十二年，九鼎淪沒泗淵。《晉書陶侃傳》：「侃少時漁於雷澤，網得一織梭，以掛於壁，有頃雷雨，自化為龍而去。」此句或說是形容字體的遒勁，但似含有磨滅漫漶之意。

⑬二雅指《詩經》的大小雅，其中很多稱頌周宣王征伐的事。褊，狹小；迫，侷促。是說二雅不載石鼓文。莊子《達生》：「委蛇之狀其大若轂，其長若轅，柴衣而朱冠，見之者殆乎霸。」意為取小遺大。蛇，應讀作陀，纔叶韻。

⑭掎，音几。摭，音職。掎摭，取引之意。羲，羲和，指日；娥，嫦娥，指月。這句意思是只取了星宿（音秀），反將日月忘了。

⑮按《唐書本傳》，韓愈在憲宗元和初，被召為國子博士。

⑯故人或以鄭餘慶曾為國子祭酒，但無從軍右輔的事情，右輔即右扶風，今鳳翔。

⑰就是埋沒石鼓的地方。

⑱祭酒，《禮》：「食必祭先，飲酒亦然，以席中一人當祭耳。」後因以為官名。

⑲這句是說《石鼓文》的拓本，輕便可立刻取到。

⑳此句是說要取十個石鼓，也只要用幾匹駱駝去裝運來。

㉑《左傳》：桓公二年夏四月，取郜大鼎於宋，戊申，納於太廟。

㉒漢靈帝光和元年，始置鴻都門學士。又熹平四年，詔諸儒正五經文字，命蔡邕為古文篆隸三體書之，刻石於太學門外。碑始立，其觀見及摹寫者，車乘填塞街陌。此處就並用兩事。

㉓頗，不平的的樣子。

㉔佗，同他。

㉕婀，音庵。娿，音阿。婀娿，猶疑不決的意思。

㉖王羲之，字逸少，善書，愛鵝，為山陰道士寫《道德經》，換鵝而歸。

㉗漢、魏、晉、宋、齊、梁、陳、隋。

㉘豈有此理。

㉙孔子名丘，孟子句軻。

㉚《晉書郭象傳》：「王衍每云聽象話如懸河瀉水，注而不竭。」

㉛蹉跎，過時的意思。是說六年來錯過了時機，不能償他搜求石鼓寶藏的願望。

【作意】

此詩主旨是昌黎可惜石鼓的廢棄，建議當局要保存好古物。所以在詩裏考究石鼓的來歷和它文義字體的古奧。大概那時昌黎曾有保存的建議，不為當局所採納，所以有感而作此詩。

【作法】

本詩章法整齊，其迴護照應之處，也可當得「辭嚴義密」四個字。就段落講，可分為七段。「張生——鼓何」為第一段，是總起，自謙沒有李杜的大才，不敢作歌。「周綱——撝呵」為第二段，是追敘石鼓的來歷很古，末二句是承上啟下的鎖句。「公從——勝椽」為第三段，是敘石鼓文的文義和字體，見得它有保存的價值。「陋儒——滂沱」為第四段，是懷疑這樣的古文字，為什麼不收入《詩經》？這裏有怪孔子刪詩時的粗心的意思。在敘事後忽夾入一段議論，足見昌黎的才氣。「嗟余」二句又引起下半篇的文字，是為全篇樞紐所在。「憶昔——無佗」為第五段，是敘自己曾發現石鼓的經過，建議應留置太學，其中又用「拓本」「郜鼎」「石經」來作陪襯，目的是在久遠。「中朝——則那」為第六段，是敘當局不採其諫，可惜石鼓的廢棄，又用羲之俗書來作反襯，並以「敲火礪角」照應前文的「雨淋日炙」，「六年」直接上文的「憶昔」。「方今——蹉跎」為第七段，是敘到現在，還希望在尊崇儒術的時候，能夠將石鼓列在太學。末用「嗚呼」歎息作結，並照應上文「嗟余」兩句，有「一唱三歎」之妙。

柳宗元

漁翁

漁翁夜傍西岩宿，曉汲清湘然①楚竹。煙消日出不見人，欸乃②一聲山水綠。迴看天際下中流③，岩上無心雲相逐④。

【註釋】

①然，同燃。

②欸，音愛，欸乃，是搖船時櫓或槳發出的聲音，或說是舟子搖船時應櫓的歌聲。

③是指岩上的瀑布。

④陶潛《歸去來辭》：「雲無心以出岫」，故此句應「雲」字一逗，為上五下二句法。

【作意】

這首詩題目雖是漁翁，但其主旨卻在寫景，且神韻獨步千古。

【作法】

這首詩，蘇東坡曾說：「熟味之，此詩有奇趣，結二語雖不必亦可。」究竟奇趣在什麼地方呢？我們可說全在一個「綠」字。尋常所謂「詩眼」，就是指這等字面。試問不用「綠」字，換一個其他什麼字，能勝過它嗎？韓昌黎所謂「六字尋常一字奇。」讀者試閉目一想，就會覺得勝景在目，奇趣盪胸了。

白居易

字樂天，下邽人，或作太原人。貞元中進士，因言事，貶江州司馬。後再起用，歷官杭蘇二州刺史，遷刑部侍郎，晚年自號香山居士，有《白氏長慶集》。其詩多至數千篇，大概多規諷得失，忠君愛國之情，很像少陵的作風，不過他的詩顯得更平易近人。

長恨歌

——按陳鴻《長恨歌傳》云：「元和元年冬十二月，太原白樂天自校書郎尉於盩厔，鴻與琅琊王質夫家於是邑。暇日相攜遊仙遊寺，話及此事（玄宗與楊貴妃事），相與感歎。質夫舉酒於樂天前曰：『夫希代之事，非遇出世之才潤色之，則與時消滅，不聞於世。樂天深於詩多於情者也，試為歌之如何？』樂天因為長恨歌。」

題名即取詩末「天長地久有時盡，此恨綿綿無絕期」意。

漢皇重色思傾國①，御宇多年求不得。楊家有女初長成，②養在深閨人未識。天生麗質難自棄，一朝選在君王側。③回頭一笑百媚生，六宮粉黛④無顏色。春寒賜浴華清池⑤，溫泉水滑洗凝脂；侍兒扶起嬌無力，始是新承恩澤時。雲鬢花顏金步搖⑥，芙蓉帳暖度春宵；春宵苦短日高起，從此君王不早朝。承歡侍宴無閒暇，春從春遊夜專夜。⑦後宮佳麗三千人，三千寵愛在一身。金屋⑧妝成嬌侍夜，玉樓宴罷醉和春。姊妹弟兄皆列土⑨，可憐光彩生門戶。遂令天下父母心，不重生男重生女。⑩驪宮⑪高處入青雲，仙樂風飄處處聞，緩歌謾舞凝絲竹，盡日君王看不足。漁陽鼙鼓動地來⑫，驚破《霓裳羽衣曲》⑬。九重城闕煙塵生，千乘萬騎西南行⑭。翠華⑮搖搖行復止，西出都門百餘里。六軍不發無奈何，⑯宛轉娥眉馬前死！⑰花鈿委地無人收，翠翹金雀玉搔頭⑱。君王掩面⑲救不得，回看血淚相和流。黃埃散漫風蕭索，雲棧縈紆登劍閣⑳。峨嵋山㉑下少人行，旌旗無光日色薄。蜀江水碧蜀山青，聖主朝朝暮暮情。行宮見月傷心色，夜雨聞鈴㉒腸斷聲。天旋日轉迴龍馭㉓，到此躊躇不能去！馬嵬坡下泥土中，不見玉顏空死處！君臣相顧盡霑衣，東望都門信馬歸。歸來池苑皆依舊，太液㉔芙蓉未央㉕柳。芙蓉如面柳如眉，對此如何不淚垂？春風桃李花開日，秋雨梧桐葉落時。西宮南內㉖多秋草，落葉滿階紅不掃。梨園弟子白髮新，椒房阿監青娥老㉗！夕殿螢飛思悄然，孤燈挑盡未成眠。遲遲鐘鼓初長夜，耿耿星河欲曙天。鴛鴦瓦冷霜華重，翡翠衾寒誰與共？悠悠生死別經年，魂魄不曾來入夢。臨邛道士鴻都客㉘，能以精誠致魂魄。為感君王輾轉思，遂教方士殷勤覓。排空馭氣奔如電，升天入地求之徧。上窮碧落下黃泉㉙，兩處茫茫皆不見。忽聞海上有仙山，山在虛無縹緲間。樓閣玲瓏五雲起，其中綽約多仙子。中有一人字太真，雪膚花貌參差㉚是。金闕西廂叩玉扃㉛，轉教小玉報雙成㉜。聞道漢家天子使，九華帳裏夢魂驚。攬衣推枕起徘徊，珠箔銀屏迤邐開㉝。雲髻半偏新睡覺，花冠不整下堂來。風吹仙袂飄颻舉，猶似霓裳羽衣舞。玉容寂寞淚闌干㉞，梨花一枝春帶雨。含情凝睇㉟謝君王：「一別音容兩渺茫！昭陽殿㊱裏恩愛絕，蓬萊宮中日月長。回頭下望人寰處，不見長安見塵霧。惟將舊物表深情，鈿合金釵㊲寄將去。釵留一股合一扇，釵擘

黃金合分鈿。但教心似金鈿堅，天上人間會相見」！臨別殷勤重寄詞，詞中有誓兩心知。七月七日長生殿㊳，夜半無人私語時㊴：「在天願作比翼鳥，在地願為連理枝㊵。」天長地久有時盡，此恨綿綿無絕期！

【註釋】

①唐人詩中，多稱唐帝為漢皇，是因為有所顧忌。漢《李延年歌》：「北方有佳人，絕世而獨立；一顧傾人城，再顧傾人國。」

②妃係蜀州司戶楊玄琰的女兒。名玉環，號太真。

③玄宗開元二十四年，惠妃死後，後宮數千人，沒有一個稱心。有人奏稱玄琰的女兒姿色很美麗，召見的時候，玄宗大喜。

④粉用來敷面。黛，音代，是用來畫眉的。

⑤天寶六年，換溫泉宮為華清宮，治湯井為華清池。池在今陝西臨潼縣南驪山上。

⑥步搖，首飾的一種，上有垂珠，行走時就搖動。

⑦是說無論何時總是一同遊玩，不論哪夜總是一人專房。

⑧漢武帝小時候，長公主抱着問他，「你要娶妻嗎？」回答說：「要的」，長公主就指自己女兒阿嬌說：「她好嗎？」武帝笑道：「倘得阿嬌，當用金子造的屋藏起來！」

⑨楊貴妃有姊三人，大姨封韓國夫人，三姨封虢國夫人，八姨封秦國夫人。妃父玄琰，贈齊國公。母封涼國夫人。從兄銛為鴻臚卿，錡為侍御史。從祖兄釗，賜名國忠，授金吾兵曹參軍。

⑩貴妃姊妹兄弟，富比王室，恩澤勢力，過於大長公主，可以自由出入宮禁，京師中百官都又羨又恨，當時就有一種歌謠說：「生女勿悲酸，生男勿喜歡。」又歌：「男不封侯女作妃，看女卻為門上楣。」或作「生男勿喜女勿悲，君今看女作門楣。」

⑪就是華清宮。

⑫天寶十四載，冬十一月，安祿山以討伐楊氏為名，反於范陽，引兵南侵，附和的有盧龍、密雲、汲、鄴、漁陽等郡。漁陽今河北薊縣平谷縣等地。

⑬《唐書禮樂志》：「河西節度使楊敬述獻《霓裳羽衣曲》十二遍」，按係舞曲。

⑭天寶十五載，祿山破潼關，楊國忠首倡玄宗逃到四川，玄宗乃命大將陳元禮領六軍及馬九萬餘匹出發。早上，玄宗獨與貴妃姊妹皇子妃皇孫和親近宦官，出延秋門，向西南而去。

⑮天子的旗用翠羽裝飾，所以叫翠華。

⑯玄宗一行人到了馬嵬驛（在陝西興平縣西，離長安百餘里），將士又餓又疲乏，都恨禍從楊國忠兄妹而起，六軍就停頓不肯前進，軍士故意誣說國忠與胡虜謀反，遂將他殺了。

⑰國忠既死，陳元禮奏玄宗說：「國忠謀反，貴妃也不應再在左右，請陛下割恩，一同正法。」

玄宗無奈，使宦官高力士牽貴妃到佛堂，用白練縊死。

⑱都是婦女的首飾。

⑲貴妃牽出時，玄宗反袂掩面，不忍見其死。

⑳雲棧就是高峻的棧道。棧道是在山岩險絕的地方，鑿了洞，架起木板，作通路。劍閣，今四川劍閣縣，因有大小劍山得名。

㉑在四川峨嵋縣西南。

㉒《太真外傳》：「上至斜谷口，屬霖雨彌旬，於棧道中聞鈴（屋簷上的鈴）聲，隔山相應，上既悼念貴妃，因採其聲為《雨淋鈴曲》，以寄恨焉。」

㉓龍馭是天子的車騎。肅宗至德二載九月，郭子儀收復西京，十二月玄宗還京，那時玄宗已經傳位給肅宗了，所以說「天旋日轉」。

㉔漢武帝作大池、漸臺二十餘丈，名曰太液池。

㉕漢蕭何作未央宮，故址在今長安西北十里。

㉖西宮，甘露殿。南內，興慶宮。

㉗椒房，皇后所居。阿監，宮監。青娥，宮婢。

㉘邛，音窮。臨邛，今四川邛崍縣。《漢書靈帝紀》：「光和元年，始置鴻都門學士。」

㉙道家稱天空叫碧落。黃泉，即地下。

㉚差讀作雌。參差，有「不相上下」的意思。
㉛扃，音坰，門閂。
㉜小玉，吳王夫差的女兒。《漢武帝內傳》：「王母命侍女董雙成吹雲和之笙。」報，就是通報。
㉝箔，簾。鉤，簾鉤。迤邐讀作移麗，連接的樣子。
㉞闌干，是借喻涕淚的縱橫。
㉟睇，音第，微微地看。
㊱漢時宮名，貴妃生時所居。
㊲明皇與貴妃定情的晚上，明皇給貴妃金釵和鈿合。鈿合，金飾的盒子。
㊳天寶元年十月造長生殿，名集仙臺以祀神。
㊴陳鴻《長恨傳》：「天寶十載，避暑驪山宮，秋七月，牽牛織相見之夕，夜始半，妃獨侍上，憑肩而立，因仰天感牛女事，密相誓心，願世世為夫婦，言畢，執手各嗚咽。」
㊵《爾雅釋地》：「南方有比翼鳥，其名為鶼鶼。」一枝幹相連的樹為連理枝。

【作意】

這是一首很長的記事詩，是咏歎唐玄宗寵幸楊貴妃始末的事情。主旨在開首「重色思傾國」五字，是用以警戒帝王的不可妄思妄動。因為重色就得傾國，傾國就得遺恨。其中敍述祿山反叛，明皇幸蜀等，又可作詩史讀。

【作法】

本篇可分為九段。「漢皇——顏色」為第一段，是敍貴妃的出身和姿色，暗埋長恨的根。「春寒——生女」為第二段，是貴妃的承恩專寵，已伏長恨的機，並且連帶述及皇宮親戚百官的懷恨。「驪宮——衣曲」為第三段，是敍貴妃的能歌善舞，而以漁陽兩句承上啟下，為全篇過脈之處。樂極悲來，已見長恨之端。「九重——和流」為第四段，是略述明皇的出奔，貴妃的慘死，寫長恨之始。「黃埃——馬歸」為第五段，是敍明皇入蜀的艱苦，和從蜀歸長安的情形。隨地所遇，無非長恨。「歸來——入夢」為第六段，是敍明皇返京以後，觸景傷情，日夜懷恨的情形。「臨邛——差是」為第七段，自此以下為後半篇，另一格局，這段是敍臨邛道士尋覓太真，層次分明。「金闕——帶雨」為第八段，是敍道士尋到太真，從道士眼中描出另一太真來。「含情——絕期」為第九段，是敍太真託道士致意於明皇的許多言語，寫得情致纏綿悱惻，言外有無窮隱恨。結末二句，點出題目「長恨」，又有悠然無盡之意。通篇純係敍事，不着一句議論，而褒貶的意思，自在言外。全詩文字哀豔動人，聲調悠揚婉轉，使人百讀不厭。

琵琶行（並序）

元和十年，余左遷（貶官叫左遷）九江郡（今江西九江縣）司馬。明年秋，送客湓浦口（湓水入江處）。聞舟中夜彈琵琶者，聽其音，錚錚然，有京都聲。問其人，本長安倡女，嘗學琵琶於穆曹二善才（善才曲師之稱）。年長色衰，委身為賈人婦。遂命酒，使快彈數曲。曲罷憫然，自敘少小時歡樂事，今漂淪顦顇，轉徙於江湖間。余出官二年，恬然自安，感斯人言，是夕覺有遷謫意，因為長歌以贈之，凡六百一十六言，命曰《琵琶行》。

潯陽江[1]頭夜送客，楓葉荻花秋瑟瑟。主人下馬客在船，舉酒欲飲無管絃。醉不成歡慘將別，別時茫茫江浸月。忽聞水上琵琶聲，主人忘歸客不發。尋聲闇問彈者誰？琵琶聲停欲語遲。移船相近邀相見，添酒回鐙[2]重開宴。千呼萬喚始出來，猶抱琵琶半遮面。轉軸[3]撥絃三兩聲，未成曲調先有情。絃絃掩抑聲聲思，似訴平生不得志。低眉信手續續彈，說盡心中無限事，輕攏慢撚抹復挑[4]，初為《霓裳》後《六么》[5]。大絃嘈嘈如急雨，小絃切切如私語。嘈嘈切切錯雜彈，大珠小珠落玉盤。閒關[6]鶯語花底滑，幽咽泉流水下灘。水泉冷澀絃凝絕，凝絕不通聲漸歇。別有幽愁暗恨生，此時無聲勝有聲。銀瓶乍破水漿迸，鐵騎突出刀槍鳴，曲終收撥當心畫，四絃一聲如裂帛。東船西舫悄無言，唯見江心秋月白。沈吟放撥插絃中，整頓衣裳起斂容。自言「本是京城女，家在蝦蟆嶺⑦下住。十三學得琵琶成，名屬教坊第一部。曲罷常教善才服，妝成每被秋娘⑧妒。五陵年少爭纏頭⑨，一曲紅綃不知數。鈿頭銀篦擊節⑩碎，血色羅裙翻酒污。今年歡笑復明年，秋月春風等閒度。弟走從軍阿姨死，暮去朝來顏色故。門前冷落車馬稀，老大嫁作商人婦！商人重利輕別離，前月浮梁⑪買茶去，去來江口守空船，繞船明月江水寒。夜深忽夢少年事，夢啼妝淚紅闌干！」我聞琵琶已歎息，又聞此語重唧唧！同是天涯淪落人，相逢何必曾相識！我從去年辭帝京，謫居臥病潯陽城；潯陽地僻無音樂，終歲不聞絲竹聲。住近湓江⑫地低溼，黃蘆苦竹繞宅生。其間旦暮聞何物？杜鵑啼血猿哀鳴。春江花朝秋月夜，往往取酒還獨傾。豈無山歌與村笛，嘔啞嘲哳⑬難為聽。今夜聞君琵琶語，如聽仙樂耳暫明。莫辭更坐彈一曲，為君翻作琵琶行。感我此語良久立，卻坐促絃絃轉急。淒淒不似向前聲，滿座重聞皆掩泣。座中泣下誰最多？江州司馬青衫溼。

【註釋】

①長江在江西九江為潯陽江。
②鐙同燈。
③琵琶上端有四軸，用來縛絃，旋轉時可以使絃線寬緊如意。
④攏撚抹挑，都是彈琵琶的指法。
⑤《霓裳》就是唐玄宗所制的《霓裳羽衣曲》，《六么》本名《錄要》。《琵琶錄》：「樂工進曲錄出要者，名《錄要》，誤為《錄腰》、《六么》。」
⑥閒關，鳥聲。
⑦在今陝西臨潼縣南。
⑧秋娘，係李太尉姬謝秋娘，此處通稱美女。
⑨纏頭，是指賞賜歌人樂工的錢帛。《舊唐書郭子儀傳》：「魚朝恩出錢三十萬，置宴於子儀第，朝恩出羅錦二百匹為子儀纏頭之費。」
⑩鈿，首飾。篦，用來理髮。擊節，就是敲拍子。
⑪浮梁，今江西縣名，治景德鎮。
⑫湓水源出江西瑞昌縣清湓山，東經九江縣城下，又名湓浦港，北流入長江。
⑬嘲哳讀若佾哲。

【作意】

此詩雖是咏商婦琵琶，寫琵琶的聲調，寫商婦的身世，但着眼在「同是天涯淪落人」句，所謂「感斯人言，是夕覺有遷謫意」，就是本詩的大意。

【作法】

這首詩可分為三個大段落。第一段「潯陽——月白」，是寫邀商婦彈琵琶的情形和細寫琵琶的聲調。其中寫時令，寫船上主客，寫商婦身分，寫彈琵琶時的姿勢手法等等，都非常細膩貼切。尤其描寫琵琶聲時，用別的事物來比喻，悠揚、幽咽、激烈等等不同聲調，使人讀了，都彷彿如聞其聲。第二段「沈吟——闌干」，是代商婦自訴身世，由青春而老大，如泣如訴，也像琵琶聲的激揚幽抑。第三段「我聞——衫濕」，是作者自己抒寫傷感之情，遭謫之苦，以潯陽無音樂，愈見今聽琵琶為難得。然後以更彈一曲作為餘韻，與前段相照應。這一篇《琵琶行》彷彿江潮湧處，餘波盪漾，有悠然不盡之妙。凡作長題，須步步映襯，處處點綴，在組織處，在悠揚處，筆意總須層出不窮，並須處處顧到主旨，要細膩熨貼，要連貫迴護，才能盡長篇歌行之妙。

李商隱

字義山，懷州河南人。文宗開成二年進士。調弘農尉。歷佐幕府，終於東川節度使判官，檢校工部員外郎。有《李義山詩集》。義山詩雖縟麗，然寄託深微，多寓忠憤，尚風人之旨。王安石以為「唐人學杜而得其藩籬者，惟義山一人。」到了宋時，楊大年輩承續他的風格，就是西崑體。

韓碑

——唐憲宗時，宰相裴度為淮西宣慰處置等使，愈為行軍司馬，淮蔡平，隨度還朝，詔撰《平淮西碑》。公以吳元濟之平，由度能固天子意，卒擒之，多歸度功。而李愬恃以入蔡功居第一。愬妻，唐安公主女也，出入禁中，訴碑不實，帝詔斷其文，更命翰林學士段文昌為之。

元和天子[1]神武姿，彼何人哉軒與羲[2]，誓將上雪列聖恥，坐法宮中朝四夷。淮西有賊五十載[3]，封狼生貙貙生羆。[4]不據山河據平地，長戈利矛日可麾。帝得聖相相曰度，賊斫不死神扶持[5]。腰懸相印作都統[6]，陰風慘澹天王旗。愬武古通[7]作牙爪，儀曹外郎[8]載筆隨。行軍司馬[9]智且勇，十四萬眾猶虎貔。入蔡縛賊[10]獻太廟，功無與讓恩不訾[11]，帝曰：「汝度功第一，汝從事愈宜為辭。」愈拜稽首蹈且舞，「金石刻畫臣能為。古者世稱大手筆[12]，此事不係於職司，當仁自古有不讓[13]。」言訖屢頷天子頤[14]。公退齋戒坐小閣，濡染大筆何淋漓！點竄《堯典》《舜典》字[15]，塗改《清廟》《生民》詩[16]。文成破體[17]書在紙，清晨再拜鋪丹墀。表曰：「臣愈昧死上。」咏神聖功書之碑。碑高三丈字如斗，負以靈鼇蟠以螭[18]。句奇語重喻者少，讒之天子言其私[19]。長繩百尺拽碑倒，麤砂大石相磨治。公之斯文若元氣，先時已入人肝脾。《湯盤》《孔鼎》有述作[20]，今無其器存其辭。嗚呼聖王及聖相，相與烜赫流淳熙！公之斯文不示後，曷與三五相攀追。願書萬本誦萬遍，口角流沫右手胝[21]。傳之七十有二代[22]，以為封禪[23]玉檢明堂基。〔平聲支韻〕

【註釋】

①唐憲宗。

②黃帝姓公孫，名軒轅。太昊帝伏羲氏，姓風。古代聖主，比喻憲宗的神聖。

③韓愈碑文云：「蔡帥之不廷授，於今五十年。」按自肅宗寶應初，以李忠臣鎮蔡州，大曆末，為軍中所逐。歷李希烈、陳仙奇、吳少城、吳少陽、吳元濟等，據有淮西，凡五十餘年。至元和九年，彰義軍節度使吳少陽卒，其子元濟，匿喪不報，自領軍務。十年正月，

吳元濟反，夏五月，遣御史中丞裴度宣慰淮西行營。
④封狼，大狼。貙，音踰，似貍，虎屬。羆，音皮，人熊。比喻淮西諸帥勇猛不馴。
⑤裴度字中立，河東聞喜人。元和六年知制誥。久之，進宮御史中丞，並刑部侍郎。王承宗李師道謀緩征蔡的兵，使盜刺京師用事大臣，已害宰相武元衡，又擊度，傷骨，得不死。帝怒曰：「度得全，天也。」即拜中書侍郎同平章事。
⑥裴度除拜相外，又兼彰義軍節度，淮西宣慰招討處置使。度因韓宏領都統，乃上還招討以避宏，然實行都統事。見《唐書本傳》。
⑦指當時武臣李愬、韓公武、李道古、李文通。
⑧儀曹郎、員外郎，任軍中書記。
⑨韓愈充行軍司馬。
⑩《韓碑》：「十月壬申李愬用所得賊將自文城，因天大雪，疾馳百二十里，夜半到蔡，破其門，取元濟以獻。盡得其屬人卒。辛巳，丞相度入蔡，……斬元濟於京師。」
⑪訾，音貲。不訾，無量的意思。
⑫大手筆，意思是大著作。
⑬《論語》：「當仁不讓於師。」
⑭頤，面頰。頷頤，就是點頭。

⑮《書經》篇名。《堯典》《舜典》，指《韓碑》筆法有仿效《堯典》《舜典》處。
⑯《清廟》《生民》，《詩經》篇名，指《韓碑》後的頌，有似《詩經》。
⑰是指別具體裁的文章。
⑱靈鼉，指載石碑的龜。螭，音癡，沒有角的龍。蟠螭，指碑的兩旁所雕的龍。
⑲見題註。
⑳《湯盤》指商湯沐浴盤刻的銘為戒，《孔鼎》指孔氏正考父鼎的刻文：比喻碑石雖毀，文章不滅。
㉑胝，音知，手上厚繭。
㉒《漢書郊祀志》：「管仲曰：古者封泰山禪梁父者七十二家。」
㉓古時君主易姓即位時，必封泰山，禪梁父。秦漢時很重視這種典禮。按在泰山上築土為壇以祭天，報天之功，叫做封。在泰山下小山上除地，報地之功，叫做禪。

【作意】

此詩是敍韓文公撰《平淮西碑》的始末，竭力推文公文章的典雅及其價值，和訓謨典誥相同。同時詩中也有摹倣典謨之處，所謂以文入詩，別具一種古茂神貌。

【作法】

此詩分為五段。「元和——可麾」為第一段，是敘吳少誠盤據淮西五十餘年的情形。「帝得——為辭」為第二段，是敘裴度討平淮西的情形。其中並敘諸將而側重於韓愈的參贊軍機。「愈拜——以螭」為第三段，是敘韓愈受詔撰文以及進呈刻石的情形，為全文中心所在。「句奇——其辭」為第四段，是敘碑文雖遭讒而毀，但是終難掩沒其文章之美。「嗚呼——堂基」為第五段，是歎惜聖王聖相之功已烜赫人間，而公文竟不能傳後，並點出自己的願望。作此等敘事詩，雖在敘次平順，尤須不失中心思想。因題是咏「韓碑」，應以韓文為中心，若多敘平蔡事情，就有輕重倒置之嫌。同時用字造句，也應相當的樸茂，才可和韓文相配。這也是作詩時應該注意的。

樂府

十六首

唐詩三百

王維

老將行——樂府中新樂府辭。

少年十五二十時，步行奪得胡馬騎①。射殺山中白額虎②，肯數鄴下黃鬚兒③。一身轉戰三千里，一劍曾當百萬師。漢兵奮迅如霹靂，虜騎崩騰畏蒺藜④。衛青不敗由天幸，⑤李廣無功緣數奇。⑥自從棄置便衰朽，世事蹉跎成白首。昔時飛箭無全目⑦，今日垂楊生左肘。⑧路旁時賣故侯瓜⑨，門前學種先生柳⑩。蒼茫古木連窮巷，寥落寒山對虛牖。誓令疏勒出飛泉⑪，不似潁川空使酒⑫。賀蘭山⑬下陣如雲，羽檄⑭交馳日夕聞。節使三河⑮募年少，詔書五道出將軍⑯。試拂鐵衣如雪色，聊持寶劍動星文。願得燕弓射大將⑰，恥將越甲鳴吾君⑱。莫嫌舊日雲中守⑲，猶堪一戰取功勳！

【註釋】

①《漢書李廣傳》:「胡騎得廣，廣佯死，睥其旁有一兒騎善馬，暫騰而上胡兒馬，鞭馬南馳

數十里。」

②《晉書周處傳》：「處少不修細行，為人所惡。父老歎曰：『三害未除。』處曰：『何謂也？』曰：『南山白額猛獸，長橋下蛟，并子而三矣。』處乃入山射殺猛獸，因投水搏蛟。」

③曹彰字子文，少善射，膂力過人。數從征伐，所向皆破。太祖在長安召彰，彰自代過鄴（今河南臨漳縣），歸功諸將，太祖喜，持彰鬚曰：「黃鬚兒竟大奇也。」見《魏志任城威王傳》。

④《爾雅翼》：「軍旅以鐵作茨，布敵路，謂之鐵蒺藜。」

⑤衞青，漢平陽人。凡七次出擊匈奴，斬首五萬餘級。按《霍去病傳》云敢深入，亦有天幸，未嘗困絕。此或借用。

⑥《史記李廣傳》：「廣，隴西成紀人，從大將軍出擊匈奴，諸將多以功為侯，而廣軍無功。大將軍亦陰受上誡，以為李廣老，數奇，毋令當單于，恐不得所欲。」按奇讀作基，作事數不偶也。

⑦《帝王世紀》：「羿與吳賀北遊，賀使羿射雀左目，羿引弓誤中右目，抑首而媿。」

⑧《莊子》：「支離叔與滑介叔觀於冥伯之印，崑崙之虛，黃帝之所休，俄而柳生其左肘。」柳指瘡節。

⑨《史記蕭何世家》：「召平故秦東陵侯，秦破，為布衣，貧，種瓜於長安城東，世稱東陵瓜。」

⑩晉陶潛著《五柳先生傳》以自況，有云：「宅邊有五柳，因以為號焉。」

⑪《後漢書耿恭傳》：「恭以疏勒城旁有澗水，引兵據之，匈奴擁絕澗水。恭穿井不得水，向井再拜，水泉奔出。」

⑫《史記灌夫傳》：「灌夫，潁陰人，為人剛直，使酒，不好面諛。」使酒，謂因酒而使氣也。

⑬賀蘭山在寧夏。

⑭羽檄用以徵召天下兵，檄以木簡為書，長尺二寸，如有急事，則加插鳥羽，表示速遞。

⑮河南河東河內為三河。

⑯《漢書常惠傳》：「五將軍分道出。」註：「祁連將軍田廣明，蒲類將軍趙充國，武牙將軍田順，度遼將軍范明友，前將軍韓增。」

⑰《列子》「紀昌乃以燕角之弧，朔蓬之簳射之。」

⑱《說苑》：越甲至齊雍門，子狄請死之，曰：「昔王田於囿，左轂鳴，王曰：『工師之罪也。』車右曰：『不見工師之乘而見其鳴吾君也』，刎頸而死。今越甲至，其鳴吾君，豈左轂之下哉！」遂刎頸而死。

⑲《史記馮唐傳》：「魏尚為雲中守，匈奴遠避，不近雲中之守。」

【作意】

老將雖然衰老，但是戎馬餘生，雄心未死，本詩就是敘老將自少至老的情形，意在希望其老而能夠復用。大概樂府題多是咏的本題，就題生情，不必他求。

【作法】

本詩可分為三段。「少年——數奇」為第一段，是敍老將在少年時候的英勇。運用古來名將史事來形容，以「數奇」二字轉入第二段。「自從——使酒」為第二段，是敍老將的棄置而勿用。「賀蘭——功勳」為第三段，是希望老將老而復起，為國家立功。全篇差不多句句用典使事，見得將軍的可敬可惜。此詩最可注意的地方是句法對偶的工整，其中如「白額虎黃鬚兒」「三千里百萬師」「天幸數奇」「全目左肘」「故侯瓜先生柳」「飛泉使酒」「三河五道」「燕弓越甲」等等尤為工巧。本來在古詩中是忌對偶太多的，此詩卻幾乎句句相對，而仍不失古風，這就得在聲調平仄上和排律或律詩相比較，有甚麼不同的地方了。

桃源行——此係樂府中新樂府詞，根據晉陶潛《桃花源記》而作。其記略云：「晉太原中，武陵人沿溪捕魚，忽逢桃花林，夾岸數百步，中無雜樹。……漁人甚異之，復前行，林盡水源，得一山，山有小口，髣髴有光，乃捨船而入，……行數十步，豁然開朗。土地平曠，屋舍儼然。有良田美池桑竹之屬，阡陌交通，雞犬相聞。其中往來種作，男女衣着，悉如外人。黃髮垂髫，怡然自樂。見漁人，大驚，問所從來，邀還家，為設酒殺雞。自云：『先世避秦亂，率妻子邑人來此，不復出，遂與外人隔絕，問今何世？乃不知有漢，無論魏晉。』漁人為具言，皆歎惋。停數日，辭去，曰：『此中人語，不足為外人道也。』既出，得船，復由向路，處處誌之，其後欲往，迷不復得路云。」

漁舟逐水愛山春，兩岸桃花夾古津。坐看紅樹不知遠，行盡青溪忽值人。山口潛行始隈隩①，山開曠望旋平陸。遙看一處攢②雲樹，近入千家散花竹。樵客初傳漢姓名，居人未改秦衣服。居人共住武陵源，還從物外③起田園。月明松下房櫳④靜，日出雲中雞犬喧。驚聞俗客爭來集，競引還家問都邑。平明閭巷掃花開，薄暮漁樵乘水入。初因避地去人間，更問神仙遂不還。峽裏誰知有人事，世中遙望空雲山。不疑靈境⑤難聞見，塵心未盡思鄉縣。出洞無論隔山水，辭家終擬長遊衍⑥。自謂經過舊不迷，安知峯壑今來變。當時只記入山深，青溪幾度到雲林。春來遍是桃花水，不辨仙源何處尋！

【註釋】

①隈隩，山水彎曲的地方。

②攢，簇集的樣子。

③意思是另一個世界。
④櫳，窗戶。
⑤仙境。
⑥遊歷。

【作意】

此詩作者原註「時年十九」。摩詰本是愛好山水的作家，世稱他「詩中有畫，畫中有詩」，在這首詩中就可證實這句話。不過這詩是作者一向憧憬「靈境」的抒寫，不過借了淵明的《桃花源記》作一個描寫的對象罷了。

【作法】

這首詩從散文演譯為樂府古詩，只取其事實意義，不完全襲取文中的字句，也可說是一種意譯。其段落方面，和陶記的順序也大概相同。「漁舟——值人」是開頭。「山口——衣服」是敍漁人始入桃源仙境。「居人——水入」是敍桃源中的景色人物。「初因——雲山」是敍仙境非人間可比。「不疑——處尋」是寫漁人還家後迷不得路。

洛陽女兒行

——這也是樂府中新樂府詞。梁武帝《河中之水歌》云：「河中之水向東流，洛陽女兒莫愁，莫愁十三能織綺，十四採桑南陌頭，十五嫁為盧家婦，十六生兒字阿侯。」

洛陽女兒對門居，纔可容顏十五餘。良人玉勒乘驄馬①，侍女金盤膾②鯉魚。畫閣朱樓盡相望，紅桃綠柳垂簷向。羅幃送上七香車③，寶扇迎歸九華帳④。狂夫富貴在青春，意氣驕奢劇季倫⑤。自憐碧玉⑥親教舞，不惜珊瑚持與人。春窗曙滅九微火⑦，九微片片飛花璅⑧。戲罷曾無理曲時，妝成祇是熏香坐。城中相識盡繁華，日夜經過趙李家⑨。誰憐越女⑩顏如玉，貧賤江頭自浣紗！

【註釋】

①良人即夫婿。玉勒是玉製的馬勒頭。驄馬是青白雜毛的馬。

②膾，切細的肉。

③華貴的車子。

④錦繡的帳子。

⑤「晉石崇字季倫，財產豐積，室宇宏麗，後房庖膳窮極奢靡。有別館在河陽之金谷，出為

征虜將軍，送者傾都帳飲於此。」見《晉書本傳》。

⑥碧玉，宋汝南王妾名。

⑦九微，燈名。《漢武內傳》：「燃九光九微之燈以待王母。」

⑧瑣同瑣，細小的樣子。

⑨阮籍《咏懷詩》：「西遊咸陽中，趙李相經過。」按指趙飛燕及李平二女寵的家。

⑩指西施。

【作意】

此詩是咏洛陽女兒的豪貴，借以譏刺當時京師中一般的豪貴之家的女兒。看了末二句，就可知其意旨之所在。

【作法】

「洛陽——華帳」為首段，是敍女兒的出身驕貴，和起居飲食行止的富麗豪貴。「狂夫——香坐」為第二段，是敍女兒的良人的豪俠，和女兒的嬌媚。「城中——浣紗」為三段，是敍女兒所交盡是貴戚，用西施的出身微賤來反襯，言下非常感慨。

李頎

古從軍行——從軍行在樂府中係相和歌詞的平調曲，大概是咏軍旅中愁苦怨恨的事。

白日登山望烽火，黃昏飲馬傍交河①。行人刁斗②風砂暗，公主琵琶③幽怨多。
野營萬里無城郭，雨雪紛紛連大漠。胡雁哀鳴夜夜飛，胡兒眼淚雙雙落。聞道
玉門猶被遮，應將性命逐輕車。年年戰骨埋荒外，空見蒲萄入漢家④！

【註釋】

①交河，古漢時車師前王國京城，故城在今新疆吐魯番縣西。
②刁斗，軍中用的更鑼，並可用來燒飯。
③漢王昭君嫁烏孫王，令琵琶馬上作樂以慰道路之思。
④《漢書西域傳》：「大宛左右以蒲萄為酒，宛貴人立蟬封為王，遣子入侍，歲獻天馬二匹，漢使採葡萄種歸。」

【作意】

此詩是敘從軍之苦，末了說出戰爭的罪惡，戰骨埋荒的結果，只換得蒲萄歸來，可說是得不償失。這種詩大多充滿非戰思想，可和王昌齡的《塞下曲》、李白的《關山月》同看。

【作法】

本篇首四句是寫塞外征戍的苦情。次四句是寫塞外的苦境和所聞的悲聲。末四句是寫征戰之不能生還，以蒲萄感慨作結。本詩凡三換韻，平仄相間，聲調自然激越。

李白

蜀道難

——此在樂府中係相和歌詞的瑟調曲，是說四川地方道路的險阻。梁陳間已有人擬作，並不創自李白。

噫吁嚱危乎高哉！蜀道之難難於上青天！蠶叢及魚鳧①，開國何茫然！爾來四萬八千歲，乃與秦塞通人煙②。西當太白有鳥道③，可以橫絕峨眉④巔。地崩山摧壯士死，然後天梯石棧⑤方鉤連。上有六龍迴日之高標⑥，下有衝波逆折之迴川；黃鶴之飛尚不得過，猿猱欲度愁攀緣。青泥何盤盤⑦，百步九折縈巖巒。捫參歷井仰脅息⑧，以手撫膺⑨坐長歎！問君西遊何時還？畏途巉巖不可攀。但見悲鳥號古木，雄飛雌從繞林間。又聞子規啼夜月，愁空山。蜀道之難難於上青天，使人聽此彫朱顏。連峯去天不盈尺，枯松倒掛倚絕壁，飛湍瀑流爭喧豗⑩，砯⑪崖轉石萬壑雷。其險也如此，嗟爾遠道之人胡為乎來哉？劍閣崢嶸而崔嵬⑫，一夫當關，萬夫莫開。所守或匪親，⑬化為狼與豺。朝避猛虎，夕避長蛇，磨牙吮血，殺人如麻。錦城⑭雖云樂，不如早還家！蜀道之難難於上青天，側身西望長咨嗟！

【註釋】

①揚雄《蜀王本紀》：「蜀王之先名蠶叢、柏灌、魚鳧、蒲澤、開明。是時人民椎髻，哤言不曉文字，未有禮樂，從開明上至蠶叢，積三萬四千歲。」

②《成都記》：「秦惠王討滅蜀王杜宇，封公子通為蜀侯。惠王二十七年，以李冰為守，蜀人始通中國。」

③太白山在陝西郿縣東南，當入蜀之衝。鳥道是說連山高峻，其少低缺處，惟飛鳥過此，以為徑路。是說人跡所不能到。

④峨眉見《長恨歌》註㉑。

⑤《華陽國志》：「秦惠王知蜀王好色，許嫁五女於蜀，蜀遣五丁迎之。還到梓潼，見一大蛇入穴中，五人相助大呼拽蛇，山崩，壓殺五丁及五女，而山分為五嶺。」天梯石棧指高峻的棧道，按《郡國志》褒城縣斜谷及褒谷一帶，有棧道二千九百八十九間，板閣二千八百九十二間。

⑥《淮南子》註：「日乘車駕以六龍，羲和御之，日至此而薄於虞泉，羲和至此而回六螭。」高標指羅山之最高者。

⑦青泥嶺在興州（今陝西略陽縣），上多雲雨，行者屢逢泥淖，為入蜀的通路。盤盤是形容道路的曲折險阻。

⑧參、井，兩星名，此句是說仰視天上的星星，似乎離人很近，可以用手去摸。脅息是說仰首上望致透不過氣來。

⑨膺，是胸口。

⑩豗，音灰。喧豗，水石相撞的聲響。

⑪砯，音烹，水擊石上的聲音。

⑫崔，音催。嵬，音圍。山勢高大的樣子。

⑬意思是在重要的關口，應用親信的將士把守。宋張載《劍閣銘》，因說：「形勝之地，匪親勿居。」

⑭成都在蜀時，是錦官處，號錦里城，所以成都別名錦官城，故城在縣南十里。

【作意】

此詩作意向來有許多人加以揣摩，有說是諷刺嚴武鎮蜀時的放恣橫行，有說是譏評玄宗幸蜀的失策。按之事實和時代，都不能自圓其說。總之李白是生長在蜀地，以蜀人歌咏蜀地的風景，何必問他有甚麼寓意。不過其中有「所守或匪親，化為狼與豺」的話，就可知詩人意在警戒當局者在形勢險要的地方，應該好好地用人防守。

【作法】

本詩可分六段。「噫吁——鉤連」為第一段，是敍蜀道的來歷。「上有——長歎」為第二段，是描寫蜀道的高峻。「問君——朱顏」為第三段，是敍蜀道的難行，非但親歷者認為危險，就是耳聽的也覺得駭異。「連峯——來哉」為第四段，是敍蜀道中最危險的地方，遊人不宜去的。「劍閣——如麻」為第五段，再申述劍閣的危險，逼出「所守匪親」的正意。「錦城——

咨嗟」為第六段，是說蜀地不可久居。大概樂府詩往往有向人告誡或提問的口氣，像本詩中「問君西遊保時還？」「嗟爾遠道之人胡為來哉？」「不如早還家」等句，詩中有這種句子，常使後人疑為意有所指，其實在這裏完全是作詩的技巧問題。這詩的特點，是句法的參差，有四字句，有五字句，有七字句，有八字句，有九字句，甚至有十一字句，錯落相間着用，非但聲調格外鏗鏘，而且氣勢也很盤鬱。並且其中句法竟有用散文的句法，如「上有……下有……」等句，卻又越破了七古樂府詩的藩籬，而不為格律平仄所束縛。

將進酒——此係樂府鼓吹曲辭中的漢鐃歌，此篇太白大略以飲酒放歌為主，所以一作《惜空酒樽》。

君不見黃河之水天上來[1]，奔流到海不復回！君不見高堂明鏡悲白髮，朝如青絲暮成雪。人生得意須盡歡，莫使金樽空對月！天生我材必有用，千金散盡還復來。烹羊宰牛且為樂，會須一飲三百杯。岑夫子[2]，丹邱生[3]，將進酒，杯莫停！與君歌一曲，請君為我傾耳聽！鐘鼓饌玉[4]不足貴，但願長醉不願醒！古來聖賢皆寂寞，唯有飲者留其名。陳王昔時宴平樂[5]，斗酒十千恣歡謔。主人何為言少錢，徑須沽取對君酌！五花馬，千金裘⑥，呼兒將⑦出換美酒，與爾同銷萬古愁！

【註釋】

①黃河源出青海。天上來，是說其發源於高遠處。
②指岑參，杜甫詩有云：「岑生多新語，性亦嗜醇酎。」或云即李白集中之岑徵君。
③指元丹邱，太白有元丹邱《山居詩序》。
④古時大宴會，常鳴鐘伐鼓作樂。饌玉是說餚饌的珍美，可比於玉。
⑤魏曹植封陳王。平樂，觀名。曹植《名都篇》：「歸來宴平樂，美酒斗十千。」
⑥《史記孟嘗君傳》：「孟嘗君有一狐白裘，直千金，天下無雙。」
⑦將，執持的意思。

【作意】

太白曠達不羈，視富貴如浮雲，此詩差不多是他自己的寫照。詩意雖在人壽幾何，及時行樂，聖賢寂寞，飲者留名。但就「天生我材必有用」句看去，在絕對的消極之中，卻又含有積極的深意。

【作法】

本詩可分三段。「君不見——對月」為第一段，是用黃河之水奔流到海比喻人生的壽命也是去而不返，應該及時行樂，莫辜負光陰。「天生——其名」為第二段，是敍富貴不能長保，就是聖賢也是身後寂寞，只有飲者卻能留名千古。「陳王——古愁」為第三段，承上飲者留名，請出陳王作證，仍以曠達意作結。其中句句咏的是飲酒，卻句句中有這樣一個曠達欲仙的人在。至於其脈絡貫串處，如「千金散盡」之與「不足貴」，「須盡歡」「且為樂」之與「恣歡謔」「少錢」之與「五花馬千金裘」，「寂寞」之與「留名」。最奇的是上文寫了許多飲酒的歡樂，在末尾卻結出一個「愁」字來，章法警闢出奇，而且借酒澆愁，可見太白雖達觀，也跳不出這個愁城呢！

行路難（三首）

——此係樂府詩中的雜曲歌詞。大多是咏世路艱難和離別傷感的事情。太白這三首詩，都是為辭官還家放浪江湖而作。

金樽清酒斗十千，玉盤珍羞直①萬錢。停杯投筯②不能食，拔劍四顧心茫然。欲渡黃河冰塞川，將登太行③雪暗天。閒來垂釣坐溪上，忽復乘舟夢日邊④。行路難，

行路難，多歧路，今安在？長風破浪⑤會有時，直掛雲帆濟滄海。

大道如青天，⑥我獨不得出。羞逐長安社中兒，赤雞白狗賭梨栗⑦。彈劍作歌奏苦聲，曳裾王門不稱情⑧。淮陰市井笑韓信⑨，漢朝公卿忌賈生⑩。君不見昔時燕家重郭隗，⑪擁篲折節無嫌猜。劇辛樂毅感恩分⑫，輸肝剖膽效英才。昭王白骨縈蔓草，誰人更掃黃金臺⑬？行路難，歸去來！

有耳莫洗潁川水⑭，有口莫食首陽蕨⑮。含光混世貴無名，何用孤高比雲月？吾觀自古賢達人，功成不退皆殞身。子胥既棄吳江上，⑯屈原終投湘水濱。⑰陸機雄才豈自保，⑱李斯稅駕苦不早。⑲華亭鶴唳詎可聞，上蔡蒼鷹何足道。君不見吳中張翰稱達生，秋風忽憶江東行。⑳且樂生前一杯酒，何須身後千載名！

【註釋】

①羞同饈。珍羞，好的菜餚。直，通值。

②筯，同箸，就是筷子。晉何曾性豪奢，日食萬錢，猶曰無下箸處。

③太行，山名，在長城黃河之間的山，統叫太行山脈。主峯在山西晉城縣南。

④《宋書》「伊摯將應湯命，夢乘船過日月之旁。」又晉明帝曰：「只聞人自長安來，不聞人自日邊來。」後人遂以日邊為帝都。

⑤《宋書宗慤傳》：「宗慤少時，叔父炳問其志，慤曰：『願乘長風破萬里浪。』」

⑥是說世道之大，猶如青天。

⑦鬥雞走狗，是古時的一種賭博。

⑧《史記》：馮驩客孟嘗君家，常彈其劍而歌：「長鋏歸來乎！無以為家。」《漢書》鄒陽曰：「飾固陋之心，則何王之門，不可曳長裾乎？」裾，長裾。

⑨《史記》：「韓信，淮陰人，市中少年眾辱之，使出胯下，信熟視之，俯出胯下。」

⑩賈誼，洛陽人，漢文帝召為博士，時賈誼只有二十多歲。他請帝易正朔，改服色，制法度，興禮樂。朝中像絳灌等均忌之。時進讒言，於是出為長沙王太傅。

⑪《史記》燕昭王於破燕之後即位，厚幣以招賢者，郭隗曰：「王必欲致士，先從隗始。況賢於隗者，豈遠千里哉？」於是昭王為隗改築宮而師事之。樂毅自魏往，鄒衍自齊往。劇辛自趙往。

⑫鄒衍至燕，昭王擁篲（掃帚，掃除塵埃，表示敬意）先驅。折節，屈折肢節的樣子。劇辛，趙人。樂毅，魏人，昭王拜為上將軍，率諸侯兵攻下齊七十餘城，號昌國君。

⑬黃金臺在易水東南，燕昭王置千金於臺上，以延天下之士。

⑭《高士傳》：「許由耕於中嶽，潁水之陽，箕山之下。堯如為九州長，由不欲聞之，洗耳於潁水之濱。」

⑮《史記》：伯夷叔齊聞周武王伐紂，叩馬而諫，隱於首陽山（在今河南偃師縣），採薇蕨而食。終餓死不食周粟。

⑯《吳越春秋》：伍子胥（名員）諫吳王不聽，吳王賜屬鏤之劍，子胥伏劍而死，吳王取其屍，盛以鴟夷之器（皮袋），投於江中。

⑰屈原，楚大夫，名平，字靈均。懷王重其才，靳尚輩進讒言於王，遂被放逐。原乃作《離騷》《漁父》諸篇以見志。於五月五日自沉於汨羅江而死。

⑱《晉書》：「成都王穎起兵討長沙王，以陸機為後將軍，河北大都督，督王粹牽秀等諸軍戰於鹿苑，機軍大敗。宦官孟玖讒機有異志，穎怒，使秀收機，機臨刑神色自若，歎曰，華亭鶴唳，豈可復聞乎？」華亭，今江蘇松江地，機兄弟曾遊此。

⑲李斯，上蔡人，說秦始皇為丞相，嘗曰：「斯乃上蔡布衣，上不知其駑下，遂擢至此，當今人臣之位無居臣上者，可謂富貴極矣。物極則衰，吾未知稅駕（解駕車之馬而休息）也。後以趙高之讒，得罪棄市，臨刑謂其子曰：吾欲與汝，牽黃犬臂蒼鷹出上蔡東門，不可得矣。」

⑳張翰，字季鷹，吳人。齊王冏辟為大司馬東曹掾，翰因見秋風起，乃思吳中菰菜蓴羹鱸魚膾，曰：「人生貴適志，何能羈宦千里以要名爵乎？」遂命駕而歸。後冏敗，人皆謂之見機。或謂之曰：「卿乃可縱適一時，獨不為身名耶？」答曰：「使我有身後名，不如即時一杯酒。」時人稱其曠達。

【作意】

這三首詩主旨是寫太白辭官還家放浪江湖的感想。一個人的榮枯得失，都不足為憑，富貴功名也不能長保，還不如認定時機急流勇退為妙。從詩中可以看出太白的人生觀，着眼在「曠達」兩個字。

【作法】

這種樂府詩，在作法上有一個特點，就是詩中往往用到「君不見」三字，意思是引用古事和現實來對證比較，題目雖是「行路難」，作者往往就題字約略加以敷衍，如「冰塞川」「雪照山」「行路難——多歧路」等句，這是詩詞中所謂「本意」的作法。不過此詩卻是以「行路難」引出世路的崎嶇和官途的危險，合於詩義的比興。所以第一首直接從居官奉養的富厚寫起，感到行路的艱難，決意掛帆渡海他去，大有孔子「道不行乘桴浮於海」的感慨。第二首是寫世道雖大，我還感到侷促，不能出去，還不如長安的社中兒來得自由。因此請出馮驩鄒陽韓信賈誼四個古人的不得志的情形來作陪襯。接着再舉出郭隗鄒衍劇辛樂毅四個得志於燕昭王的古人來做引證，可見他們四人雖然得志，但等到昭王一死，各人分奔離散，結果仍是白辛苦一場，還不如歸去為好。第三首又痛論不慕富貴，孤高自賞像許由伯夷這些人，也未免怪僻，就是熱心利祿，留戀爵位像子胥屈原陸機李斯這些人也未免愚闇。倒不如張翰只樂生前不顧身後的自由自在，可以遠禍避害。看他請出這許多古人，歸結到張翰的曠達，實是太白的自況，第二、三首看上去似乎覺得引用古人未免繁重。但是非如此不能透闢出歸隱的主旨，在尋常散文中也有這種借賓定主的作法。至於三首詩中作為線索的字面，完全是就題生發，如「渡河登山」「乘船渡海」「不得出」「歸去來」「功成不退」「江東行」，卻和「行路」二字有密切的呼應。太白才氣奔放，看他行文的細心，真不愧是一個大家。

長相思（二首）

——此係樂府中的雜曲歌詞，原本於漢時古詩「客從遠方來，遺我一書札，上言『長相思』，下言『久離別』。」到了六朝時，才用來作為樂府篇名。

長相思，在長安。絡緯秋啼金井闌①，微霜淒淒簟色寒。孤燈不明思欲絕，卷帷望月空長歎！美人如花隔雲端，上有青冥之長天，下有淥②水之波瀾；天長地遠

魂飛苦，夢魂不到關山難！長相思，摧心肝！（平聲寒韻）

日色欲盡花含煙，月明如素愁不眠。趙瑟初停鳳凰柱③，蜀琴欲奏鴛鴦絃④。此曲有意無人傳，願隨春風寄燕然⑤。憶君迢迢隔青天。昔時橫波目⑥，今作流淚泉，不信妾腸斷，歸來看取明鏡前！（平聲先韻）

【註釋】

①絡緯一名促織，叫起來像紡織的聲音，就是秋天的紡織娘。闌通欄，金井闌是指井上的欄杆的華貴。

②淥音綠，水清的意思。

③趙女善鼓瑟，漢楊惲曰：「婦趙女也，雅善鼓瑟。」所以說趙瑟。瑟柱刻鳳凰做裝飾。

④司馬相如曾遊蜀，以琴聲向卓文君傳情，所以說蜀琴。鴛鴦絃含有成匹求偶之意。

⑤燕然山即今蒙古杭愛山。後漢竇憲追北單于，登燕然山刻石勒功而還。此借以指塞外。

⑥是說目光斜視像水的橫流。

【作意】

這二首詩只不過敍相思之苦，沒有其他寄託，完全是咏「長相思」本意。

【作法】

這種樂府詩的作法，起首大多用「長相思」三字句，結尾也往往重複「長相思」作結，是為正格。有人說這兩首詩本不在一起，格調既不相同，所思的人又不在一處，所咏也不在一時。——第一首是秋，第二首是春——所以格調方面，兩首也截然不同。第一首是用秋聲秋景感物而起興。美人就是所思的人，但是天長地遠，兩相隔絕，就是夢魂也越不過關山，可見相思之苦。其中「上有——波瀾」兩句，形式上是文句，而非詩句。樂府中不避忌這等句法，反見得自然而流利。第二首也是感物起興，望月不眠，起弄琴瑟，欲藉春風，寄曲燕然，可見相思之深，流露出一片痴情，下半寫憶君之切，但並無恨意，可見詩人忠厚之意。就詩意講，第一首是男思女，第二首是女思男，且都是由詩人代言。這是我國古代文學上最普遍的作風，且總以婉轉入情為歸。

高適

字達夫，一字仲武，渤海蓨（今河北景縣）人。舉有道科，曾為哥舒翰掌書記。歷官西川節度使、刑部侍郎、散騎常侍，封渤海縣侯。卒謚曰忠。有《高常侍集》。適年過五十始學作詩，其詩多咏邊塞情形，格調很高。

燕歌行（並序）

開元二十六年，客有從元戎出塞而還者，作《燕歌行》（此係樂府中相和歌詞的平調曲。燕，地名，今河北等地，大概多寫塞北苦寒、思鄉心切。）以示適，感征戍之事，因而和焉。

漢家煙塵在西北，漢將辭家破殘賊。男兒本自重橫行，天子非常賜顏色。摐金①伐鼓下榆關②，旌旗逶迤碣石③間。校尉④羽書飛瀚海⑤，單于獵火照狼山⑥。山川蕭條極邊土，胡騎憑陵雜風雨。戰士軍前半死生，美人帳下猶歌舞。大漠窮秋塞草衰，孤城落日鬬兵稀。身當恩遇恒輕敵，力盡關山未解圍。鐵衣遠戍辛勤久，玉筯⑦應啼別離後。少婦城南欲斷腸，征人薊北⑧空回首。邊風飄颻那可度，絕域蒼茫更何有？殺氣三時作陣雲，寒聲一夜傳刁斗。相看白刃血紛紛，死節從來豈顧勳！君不見沙場征戰苦，至今猶憶李將軍⑨。

【註釋】

①摐，音窗，撞的意思。金，就是鑼。
②榆關即今山海關。
③逶迤音委移，延長之意。碣石，山名，在今河北昌黎縣之北。
④《漢書百官表》：「自司隸至虎賁，凡八校尉，皆武帝初置。」
⑤瀚海即今蒙古大沙漠。
⑥狼山在河北清苑縣。一說狼山即狼居胥山，在綏遠五原縣西北。漢霍去病曾擊敗匈奴於此。
⑦玉筯指淚流下像玉製的筷。
⑧薊，音計。河北地方，唐為蘇州，今河北蘇縣。
⑨《史記李廣傳》：「廣居右北平（漢置郡名，地當今河北北部及熱河境。），匈奴聞之，號曰漢之飛將軍，避之數歲，不敢入右北平。」

【作意】

此詩雖寫塞北征戰，意在感慨征戍之苦，仍歸重於「死節從來豈顧勳」，為國禦敵，哪計辛勤，不得看作是非戰詩。

【作法】

此詩可分為三段。「漢家——狼山」為第一段，是從奉命出征寫到邊塞的軍容，着眼在辭家破敵。「山川——解圍」為第二段，是寫忠憤的軍士和敵戰鬥的情形，着眼在「身當恩遇常經敵」。「鐵衣——將軍」為第三段，是寫征夫思婦久別之苦，和邊塞氛圍的緊張情形，並說出征戰苦的本意，以李將軍的威武，使匈奴不敢窺邊作反結。這首詩最應注意之點，是在用事遣詞各方面，處處顧到「燕」字，像「榆關」「碣石」「瀚海」「狼山」「薊北」等詞，都和燕地有密切的關係。結末用李廣事，因廣守右北平，也和燕地有關。可見在詩中用事，總要切地、切時、切人，使得這首詩移不到他處，才見精彩和綿密。否則只是泛咏征戰之苦，不能切題，就沒有甚麼意義了。

杜甫

兵車行——此係樂府中新樂府詞，大概多咏邊塞征戰之事。

車轔轔①，馬蕭蕭②，行人弓箭各在腰，爺娘妻子走相送，塵埃不見咸陽橋③。牽衣頓足攔道哭，哭聲直上干雲霄。道旁過者問行人，行人但云：「點行頻④。或從十五北防河⑤，便至四十西營田⑥。去時里正⑦與裹頭，歸來頭白還戍邊。邊亭流血成海水，武皇⑧開邊意未已。君不聞漢家山東二百州⑨，千村萬落生荊杞。縱有健婦把鋤犂，禾生隴畝無東西。況復秦兵⑩耐苦戰，被驅不異犬與雞。長者雖有問，役夫敢申恨？且如今年冬，未休關西卒⑪。縣官急索租，租稅從何出？信知生男惡，反是生女好；生女猶得嫁比鄰，生男埋沒隨百草。君不見青海頭⑫，古來白骨無人收。新鬼煩怨舊鬼哭，天陰雨溼聲啾啾！」

【註釋】

①轔，音隣，車行聲。

②蕭蕭，馬鳴聲。
③咸陽橋在咸陽西南渭水上，秦漢時名便橋。
④仇兆鰲注引師氏曰：「點行，漢史謂之更行，以丁籍點照上下更換差役。」按即現代的徵召軍人。
⑤開元十五年，因吐蕃侵擾黃河以西各地，於是徵召隴右、關中、朔方諸軍十餘萬人，集合各地防秋，至冬初始罷，所以說防河。
⑥《唐書食貨志》：「開軍府以捍要衝，因隙地以置營田，有警則以軍若夫若干人助役。」按即屯田之制，無事種田，有事出戰。「十五」「四十」是指年紀而言。
⑦唐制：「凡百戶為一里，里置正一人」，按即今之保甲長。
⑧唐時詩人多稱唐明皇為武皇。
⑨山東謂太行山以東之地，今河北省地。據《十道四蕃志》：「關以東七道，凡二百一十七州。」
⑩即關中之兵，堅勁耐戰。
⑪也就是關中之兵。
⑫《舊唐書》云：「吐谷渾有青海（今青海省）周圍八九百里，高宗時為吐蕃所併，開元中王君㚟、張忠亮、王忠嗣等先後破吐蕃，皆在青海。天寶中，哥舒翰築神威軍於青海上，又築城龍駒島，吐蕃始不敢近青海。」

【作意】

此詩意在諷刺明皇用兵吐蕃，百姓們苦於征役，充滿着非戰色彩，和《燕歌行》的主旨，略有不同。

【作法】

此詩可分為三段。「車轔──雲霄」為第一段，是寫軍人家屬送別兒子或丈夫出征時的悲慘情形，是詩人眼中所見到的。「道傍──與雞」為第二段，是寫征夫從軍服役，婦女在家代耕，連年征戰導致農村衰落的情形。「長者──啾啾」為第三段，是寫役夫久役不得休息和縣官催租急迫的苦況，可見生男不如生女，完全從一「恨」字直瀉而出。第二、三兩段，是詩人借行人的話，抒寫武皇開邊影響民生。其中以「君不聞」「君不見」二語作呼應。又以「戍卒未休」應上「開邊未已」，「租稅何出」應上「村落荊杞」，「生男」四句又應第一段爺娘妻子的送別。「青海鬼哭」又應「攔道哭聲」，寫得滿目悽慘，如見其人，如聞其語。又此詩第一段，只用一韻，第二三段各四換韻，各十四句，所不同的是第二段七言到底，第三段五言居多──這是因為是役夫申恨之詞，意苦而聲自促。這種章法，叫做「一頭兩腳」體，在條理井然之中，仍能曲折變化，可以說是新樂府詩的典範。

麗人行——此係樂府中之雜曲歌詞。

三月三日①天氣新，長安水邊多麗人。態濃意遠淑且真，肌理細膩骨肉勻。繡羅衣裳照暮春，蹙金孔雀銀麒麟②。頭上何所有？翠微㔩葉垂鬢脣③。背後何所見？珠壓腰衱穩稱身④。就中雲幕椒房親⑤，賜名大國虢與秦⑥。紫駝之峯出翠釜⑦，水精之盤行素鱗。⑧犀筋厭飫久未下⑨，鸞刀縷切空紛綸。⑩黃門飛鞚⑪不動塵，御廚絡繹送八珍⑫。簫鼓哀吟感鬼神，賓從雜遝實要津⑬。後來鞍馬何逡巡⑭！當軒下馬入錦茵。楊花雪落覆白蘋⑮，青鳥飛去銜紅巾⑯。炙手可熱⑰勢絕倫，慎莫近前丞相嗔⑱！〔平聲真韻幾每句用韻〕

【註釋】

①三月三日為上巳，習俗多踏青修禊（辟除不祥）。

②衣服上用金銀線繡出孔雀麒麟等物。

③翠，即翡翠；微，一本作「為」。㔩，音鴿。葉，婦人的首飾。鬢脣，即髮邊。

④衱，音劫。腰衱，就是長裙。

⑤雲幕是說鋪設帳幕像雲霧。椒房見《長恨歌》註㉗，這裏是說皇后的親戚。

⑥《舊唐書楊貴妃傳》：「有妹三人，皆有才貌，玄宗併封為國夫人之號，長曰大姨封韓國，三姨封虢國，八姨封秦國。併承恩澤，出入宮掖，勢傾天下。」

⑦駞，通駝，即橐駝，其背有高出之峯，味甚美。翠釜即翡翠之釜。

⑧水精即水晶，此句指用水精的盤盛白色的魚。

⑨犀筯用犀牛角飾製的筷。飫，音芋，吃飽之意。

⑩鸞刀，有鸞鈴的刀。紛綸，忙亂之意。這兩句是說任你用刀切得很細的珍貴餚饌，他們已吃得厭膩了，竟不能下筷。

⑪黃門，就是宦官。鞚，音控，馬的勒頭。《明皇雜錄》載虢國夫人出入宮廷，常乘紫驄，使小黃門為御者。

⑫八珍是說八種珍貴的東西。照《周禮》所載，指淳熬、淳母、炮豚、炮牂、擣珍、蹟、熬、肝膋。

⑬遝，音踏，通沓。雜遝，多的意思。要津，就是要路，意思是重要的官職。

⑭逡，音金。逡巡，行不進之意。

⑮按蘅塘退士原註云：「楊花入水為蘋（見《廣韻》），《爾雅翼》：『萍之大者曰蘋，根生水底，不若小浮萍無根漂浮。國忠實張易之之子，冒姓楊，與虢國通（姦），是無根之楊花覆有根

之白蘋也。』」又按南北朝魏太后逼通楊華，華懼禍，降梁，太后思之，作《楊白花歌》，有「春風一夜入閨闥，楊花飄盪落南家……春去秋來雙燕子，願銜楊花入窠裏」之句。少陵用事以譏楊氏。

⑯《史記司馬相如傳》：「幸有三足烏之使。」三足烏，青鳥也，後藉以喻使者。這句是說青鳥為楊氏遞消息。

⑰《唐語林》：會昌中，語曰「楊鄭段薛，炙手可熱。」此指楊氏的勢燄薰灼。

⑱天寶十一載李林甫死，以楊國忠為右相，十二載加司空。瞋，音真，瞪目怒視的樣子。

【作意】

此詩意在譏刺虢國夫人與楊國忠的奢侈淫亂。按《舊唐書楊貴妃傳》：「玄宗每年十月幸萬清宮，國忠姊妹五家扈從，每家為一隊着一色衣。而國忠私於虢國，每入朝或聯鑣方駕不施帷幔。」少陵作此詩時當在十二載春天，因國忠拜右丞相在十一載十一月。

【作法】

此詩分為三大段。「三月——稱身」為第一段，是泛寫上巳日曲江邊遊春的諸位佳麗。三句寫姿態，四句寫體貌，五六句寫服色。頭背四句寫上下前後通身的佳麗。此詩本為譏刺楊氏姊妹，起首反從一般麗人說起，是詩家含蓄的作法。「就中——要津」為第二段，就中一轉，轉入秦虢本題。因上文已盛言麗人的體貌服色，所以這段就寫飲食車馬的豪華。「駞峯」二句是寫味窮水陸，「犀筯」二句是寫暴殄天物，「黃門」二句寫明皇寵賜的優厚。簫管言聲樂之盛，賓從寫趨附眾多。「後來——相瞋」為第三段，這段是緊接秦虢，寫國貴聲勢的煊赫，鞍馬逡巡寫扈從之多，當軒下馬寫意氣之驕。楊花兩句雖點暮春景物，而寓意深遠，也可解作只有花鳥可以相親，遊人不敢仰視，見得丞相氣燄的可怕。末句以反跌法結出丞相的驕恣。這首詩詞語雖然極力鋪排，非常富麗，但是意含譏刺，在富麗之中特有清剛之氣。這是樂府詩中的又一格。

哀江頭——此係樂府中的新樂府辭。

少陵野老①吞聲哭，春日潛行曲江②曲。江頭宮殿鎖千門，細柳新蒲為誰綠？憶昔霓旌下南苑③，苑中萬物生顏色。昭陽殿裏第一人④，同輦⑤隨君侍君側。輦前才人⑥帶弓箭，白馬嚼齧黃金勒。翻身向天仰射雲，一箭正墜雙飛翼。明眸皓齒今何在，血污遊魂歸不得⑦。清渭東流劍閣深，去住彼此無消息！⑧人生有情淚齧臆，江水江花豈終極？黃昏胡騎塵滿城，欲往城南望城北⑨。

【註釋】

①少陵（許后之陵）在今陝西長安縣杜陵（漢宣帝之陵）東南。杜甫家居少陵西，因自號杜陵布衣，或少陵野老。

②曲江，池名，在今陝西長安東南，漢武帝所造，名為宜春苑，其水曲折，故名。

③霓旌，是說旗張像五彩的霓虹。南苑即芙蓉苑，在曲江東南。

④見《長恨歌》註㊱，此指楊貴妃。

⑤輦，音碾，皇帝坐的車子。

⑥才人，宮中女官。

⑦此指楊貴妃縊死馬嵬坡事，參閱《長恨歌》。

⑧清錢謙益註謂「玄宗由便橋渡渭水，自咸陽望馬嵬而西，由武功入大散關河池劍閣以達成都。」下句謂楊妃藁葬渭濱，上皇巡行劍閣，去住東西，兩無消息。

⑨曲江在城南，地勢最高。肅宗在靈武即位，地在長安之北。望城北，望王師北來恢復京師。

【作意】

此詩意在哀悼楊貴妃之死，少陵不敢直說，所以特借貴妃從前時常遊幸的曲江頭，標為樂府詩題。前詩意含諷刺，此詩卻旨在哀悼，可以併讀。

【作法】

此詩分為三段。「少陵——誰綠」為第一段，是少陵潛行曲江，想到舊日繁華。按此詩作於至德（肅宗年號）二載，少陵陷於賊中，長安猶未恢復。所以說「潛行」「鎖門」「誰綠」，可見一片荒涼的情景。「憶昔——飛翼」為第二段，這是追憶貴妃生前遊幸曲江的盛事，寫得流利自然。「明眸——城北」為第三段，這一段轉入貴妃死事，為全篇主旨之所在。妃子遊魂，明皇幸蜀，死別生離，孰能忘情，正面寫哀悼之情。結末北望王師，志存恢復，又可見詩人忠君愛國之懷。從這些地方，處處都可以看出少陵的志趣。

哀王孫——此係樂府中新樂府詞。

長安城頭頭白烏①，夜飛延秋門②上呼。又向人家啄大屋，屋底達官③走避胡。金

鞭斷折九馬④死，骨肉不得同馳驅⑤。腰下寶玦⑥青珊瑚，可憐王孫⑦泣路隅！問之不肯道姓名，但道困苦乞為奴。已經百日竄荊棘，身上無有完肌膚。高帝子孫盡隆準⑧，龍種⑨自與常人殊。豺狼在邑龍在野⑩，王孫善保千金軀。不敢長語臨交衢，且為王孫立斯須⑪。昨夜東風吹血腥，東來橐駝滿舊都⑫。朔方健兒好身手⑬，昔何勇銳今何愚？竊聞天子已傳位⑭，聖德北服南單于⑮。花門剺面⑯請雪恥，慎勿出口他人狙⑰！哀哉王孫慎勿疏，五陵佳氣無時無！（上聲麌韻）

【註釋】

①《三國典略》：「侯景篡位，令飾朱雀門，其日有白頭烏萬計集於門樓。童謠曰：「白頭烏，拂朱雀，還與吳。」這裏是將侯景比喻安祿山之反。」

②延秋門即長安苑西門，玄宗天寶十五載六月潼關不守，京師大駭，乙未凌晨，自延秋門出。

③《禮記檀弓》註：「受命於君者，名達於上，謂之達官。」

④《西京雜記》：「文帝自代來，有良馬九匹。」

⑤《唐鑑》：「楊國忠首倡幸蜀之策，帝然之，甲午既夕，命陳元禮選比六軍選廄馬九百餘，外人皆莫知也。乙未黎明，帝獨與貴妃姊妹王子妃主皇孫楊國忠陳元禮及親近宦官宮人，

出延秋門，妃主王孫之在外者，皆委之而去。」

⑥玦，音決，半環為玦，是一種玉珮。

⑦《史記淮陰侯傳》：漂母曰：「吾哀王孫而進食，豈望報乎？」王孫猶言公子，因秦末多失國，故多尊稱為王孫。樂府命題，也就根據於此。

⑧隆，高聳貌。準，鼻頭。《史記高祖紀》：高祖為人，隆準而龍顏。

⑨帝王的子孫叫龍種。

⑩豺狼在邑，指安祿山據長安，龍在野指玄宗奔蜀。

⑪斯須，暫時之意。

⑫安祿山攻陷兩京，以橐駞運御府珍寶於范陽。長安時為祿山所佔，所以說舊都。

⑬那時哥舒翰將河隴朔方兵及蕃兵共二十萬拒賊於潼關，敗績。

⑭天寶十五載八月癸巳，明皇禪位，皇太子即皇位於靈武（今寧夏靈武縣地）。

⑮《後漢書光武紀》：匈奴薁鞬日逐王比，自立為南單于。此指肅宗即位，九月，遣使與回紇和親，二載二月，其首領入朝。

⑯《唐書地理志》：居延海又北三百里，有花門山堡，又東北千里，至回紇衙帳。剺，音黎，割的意思。《後漢書耿秉傳》：匈奴聞秉卒，舉國號哭，或至剺面流血。

⑰狙，音雎。猴類，暗中襲擊之意。

【作意】

肅宗至德元載七月，祿山使人殺公主王妃駙馬王孫及郡縣主等百餘人。詩云「已經百日竄荊棘」，計時當在九月間。那時少陵尚陷賊中，眼見王孫們流落竄匿的可哀情況。所以作詩寫哀，意在警誡王孫們善保千金軀，慎勿疏忽，致落賊手。

【作法】

此詩分為三段。「長安——避胡」為第一段，是追憶禍亂未發生以前的徵兆。呼於門上，所以明皇出京，啄於大屋，所以達官逃避。「金鞭——金軀」為第二段，「金鞭」二句寫明皇急於出奔，委棄王孫而去；「問之」四句，寫王孫痛苦狼狽之狀。「高帝」四句，寫恐其相貌特殊，為賊所得，所以叫他善保身體。「不敢——時無」為第三段，是密告王孫此時內外情勢。「不敢」二句，為承上啟下句，可以想見兩人立談機密的情況。「昨夜」二句，敍祿山的猖獗，和哥舒翰的失計。「竊聞」四句，是敍太子現已即位，和回紇助唐討賊的好消息。末二句，又再三叮嚀告誡王孫慎勿疏忽，耐心等待山河光復。少陵此詩，好在敍事明淨爽利，其中有寫神情處，有寫語氣處，有議論語，有希望語，使人讀了，如身臨其境。少陵的詩，被稱為「詩史」，就在於這些地方。

五言律詩

八十首

唐詩三百

杜審言

字必簡，襄陽人。登進士第後，為洛陽丞。武后時為著作郎，中宗時為修文館直學士。有集。必簡係杜甫之祖，少陵曾有「詩是吾家事」之句，可見必簡對於詩學的造詣很深。

和晉陵陸丞早春遊望

——晉陵，今江蘇武進縣。陸丞一本作陸丞相，名元方，字希仲，吳人。武后時為相。

獨有宦遊人，偏驚物候新。雲霞出海曙①，梅柳渡江春。淑氣②催黃鳥③，晴光轉綠蘋④。忽聞歌古調⑤，歸思欲沾襟！（平聲真韻襟字通叶）

【註釋】

①曙，音庶，早上的陽光。

②淑氣，就是春天溫和的氣候。

③黃鳥，即黃鸝，亦叫倉庚。

④這是根據梁江淹「江南二月春，東風轉綠蘋」的詩句。

⑤古詩的音調，指陸丞的原唱。

【作意】

此詩由陸丞能夠在鄉園賞玩春光，寫出自己猶宦遊他鄉辜負春光不能歸去之情，所謂因物興感，也就是即景生情。

【作法】

陸丞有早春遊望的詩，寄給杜審言，審言就將自己的感想，寫成了這首詩。通常稱陸作為「原唱」，稱杜作為「和詩」或「和章」。和詩倘用原唱的韻，叫做「和韻」，又叫「步韻」，倘若所用的韻和原唱所用之韻次序毫不變動，如本詩「人新春蘋襟」，又叫「和原韻」或「步原韻」。但有時也可以將五個韻的次序前後變動。不過也有人並不用原唱的韻而在同一韻目中別選他字來壓韻，如上平聲十一真韻目中不用「人新」等字，別用「神塵」等字，也叫做「用韻」。倘若不用同一韻目的韻，而用他韻，那就不能稱為和韻或用韻了。

此詩【作法】非常綿密，全篇關鍵在「偏驚物候新」，「雲霞」「梅柳」「黃鳥」「綠蘋」是「物」，「曙」「春」「淑氣」「晴光」是「候」，開口用一「新」字，扣住題字的「早」，再用「催」「轉」等字來寫「早春」。「雲霞出海」是「望」，「淑氣」兩句是「遊」。「偏」「忽聞」等字，俱能得神。起首「宦遊人」是說自己以下即說所見的如此春景，足以引起「歸思」。「忽聞歌古調」句，指丞相的原作是寫「和」字，結句是道出自己傷春本意。

律詩一稱「近體詩」，又稱「今體詩」，和「古詩」為對應的名詞，因為它的格律，有一定的平仄和對偶，有和諧的音節，有整齊的章句，作者不能自由地逾越他的範圍。所謂對偶，中間四句，必須相對，成為兩聯，三四兩句稱前聯或頷聯，五六兩句稱後聯或頸聯，這對句好比門的雙扉、車的雙輪，凡是虛字和實字，均須銖兩悉稱，並且要虛實相生，大概實字多則意簡而句健，虛字多則意繁而句弱。有意對，有事對，有正對，有反對，方法很多。

唐玄宗

姓李名隆基，唐第六代君主。天寶十五載，安祿山反，陷潼關，玄宗逃奔到四川，傳位給其子肅宗（名亨），在位四十三年。

經魯祭孔子而歎之

——春秋時魯國都城，即今山東省曲阜縣。孔子名丘，字仲尼，魯人，生於周靈王二十一年八月二十七日，卒於周敬王四十一年（公元前五五一—四七九）。生有聖德，學無常師，曾向老聃問禮，向萇弘學樂，向師襄學琴。後為魯司空，又為大司寇，攝行相事，魯國大治。後來又周遊列國十三年，各諸侯都不任用他。回到魯國，他着手刪訂《詩》、《書》、《禮》、《樂》，又解釋《周易》，並著述《春秋》。跟從他的弟子有三千人，能夠通六藝的有七十二人。後世將他奉為儒教之祖，稱為至聖先師，歷代加封為「大成至聖先師文宣王。」

夫子①何為者？栖栖②一代中。地猶鄹氏邑③，宅即魯王宮④。歎鳳嗟身否⑤，傷麟怨道窮⑥！今看兩楹奠⑦，當與夢時同。〔平聲東韻〕

【註釋】

①夫子本為古代一般的通稱。不過《論語》中諸弟子所稱之夫子，多係指孔子而言。因此後來多稱師長為夫子。

②《論語．憲問》：「丘何為是栖栖與？」栖栖，忙碌不安的意思。這是指孔子周遊列國而言。

③鄹，同鄒。孔子父叔梁紇，曾做鄹邑的大夫，地當今山東鄒縣。

④孔子宅在今山東阜縣的闕里。孔安國《尚書序》：「魯恭王壞孔子舊宅，以廣其居，升堂聞金石絲竹之聲，乃不壞宅。」照此，大概玄宗那時親到孔子宅中祭奠。

⑤《論語》：「子曰：鳳鳥不至，河不出圖，吾已矣夫！」

⑥《春秋》：「哀公十有四年春，西狩獲麟。」《公羊傳》：「麟者，仁獸也，有王者則至，無王者則不至。有以告者曰：『有麏而角者』，孔子曰：『孰為來哉？孰為來哉？』反袂拭面，涕沾袍，曰：『吾道窮矣。』自後孔子即絕筆，不著《春秋》。」又《孔叢子》載：「夫子泣曰：麟也，麟出而死，吾道窮矣！」歌云：「唐虞世號麟鳳遊，今非其時來何求！麟兮麟兮我心憂！」

⑦楹，音盈，是廳堂上的柱子。《禮記．檀弓》：「余（指孔子）疇昔之夜，夢坐奠於兩楹之間。夫明王不興，而天下其孰能宗余？余殆將死也！蓋寢疾七日而沒。」這是孔子自己歎生前沒有人尊崇他，夢到殯在兩楹之間坐享，恐怕不久於人世了。玄宗引用孔子的本事，正切當時祭奠的事情。

【作意】

這是玄宗為祭奠孔子而作，意在歎惜孔子際遇。孔子一生之大事，從這詩中可以大概知道，這是何等的大手筆。

【作法】

這是一種弔古的詩，在「使事」或「用典」方面，最好就本地風光，貼切「人」「地」「事」

各項來措詞，本詩就完全運用孔子自身的故事來鋪敘，而以一個「歎」字來作主旨。這個「歎」字含有兩種意義：一種是歎惜的，一種是歎美的。分開來講，一二句是歎惜，三四句是歎美，五六句又是歎惜，七八句又是歎美。將「歎」字的神情，完全托出。再用「嗟」「怨」二字，實寫「歎」字。這種綿密的用字法，最適於摹倣。再就章法講，也整齊有序，一絲不亂。句句切合題目，一二句寫「孔子」，三四句寫「經魯」，五六句寫「歎」字，七八句寫「祭」字。從此可見古人作詩並非隨便胡謅，就是立一題目，也得處處和詩句相關聯。能夠這樣去讀詩、學詩，就覺其味無窮了。

張九齡

望月懷遠

海上生明月，天涯共此時。情人怨遙夜，竟夕起相思。滅燭①憐光滿，披衣覺露滋。不堪盈手贈②，還寢夢佳期。〔平聲支韻〕

【註釋】

①意即熄滅燭光，憐，有愛玩意。按謝靈運《怨曉月賦》中有「滅華燭兮弄曉月」句，詩意本此。

②陸機擬《明月何皎皎》詩，「照之有餘輝，攬之不盈手。」

【作意】

這是一首寫景兼抒情的詩，意在抒寫想念遠人的幽情。所謂遠人，或指好友，或指戀人，不能指定。

【作法】

律詩本來是要講對偶的，這詩的頷聯，從字面上看，似乎對得不甚工切。不過我們要知道，初唐時期律詩還沒有完全成熟，所以有時未免還留存着古詩格調。這首詩重在「望」字和「懷」字，「天涯」「相思」「佳期」等詞都是從這兩個字生發出來的。又因為題目是「月」，所以描寫的就應該是夜景，因此有「滅燭」「露滋」「寢夢」等詞。可見無論做甚麼題目，總得扣住題字，因此拓展，才有好詩。再照章法講，第一句出「月」，三句出「望」，四句出「懷」，五六兩句是「望月」，七八兩句是「懷遠」。全詩層次井然不紊，將情和景融成一片，竟不能分辨出來，所謂景中有情，情中有景，才到做詩的極妙境界。

宋之問

字延清，一名少連，虢州弘農人。武后時分直內散，轉尚方監丞，後附張易之黨，貶官瀧州參軍。後為修文館學士，睿宗立，徙欽州，後賜死。其詩與沈佺期齊名，承齊梁之後，屬對精密，又加靡麗，約句準篇，如錦繡成文，當時學者奉為宗匠，號為沈宋。語曰：「蘇李居前，沈宋比肩。」

題大庾嶺北驛

——大庾嶺在廣東省南雄縣北，嶺上多梅，亦名梅嶺。驛，就是古時用快馬傳遞文書的驛站。

陽月①南飛雁，傳聞至此迴②。我行殊未已，何日復歸來？江靜潮初落，林昏瘴不開。明朝望鄉處，應見隴頭梅③。〔平聲灰韻〕

【註釋】

①陽月，夏曆十月。

②鴻雁在九、十月間南來，故曰隨陽鳥。

③大庾嶺地處亞熱帶，所以梅花早開，所謂「十月先開嶺上梅。」又《荊州記》：陸凱自江南寄梅花一枝給范曄，並贈詩「折梅逢驛使，寄與隴頭人，江南無所有，聊贈一枝春。」按「隴」字據沈德潛云疑作「嶺」。

【作意】

這是一首行旅感懷的詩，意在寫遊子的傷感。那時大概宋氏正是貶徙欽州的時候，路經北驛，感觸成此。

【作法】

此詩用比興法，看到南飛的雁到了庾嶺，還能飛回，想起自己尚在征途，不知何日可以回去。頷聯直承起句，毫不忸怩做作，非常自然而大方。頸聯再將北驛的環境，略加描寫，「江潮」「林瘴」都是就地取材，對得非常工緻。末二句結出題面。但云「明朝」「應見」，可見那時宋氏尚未至大庾嶺，還是揣想的語氣。這裏我們對詩中用典故的問題，還可商酌。「隴頭梅」

照註釋講，用在驛站，是再切貼不過了。但庾嶺本來有梅，那沈氏所疑作「嶺頭梅」，也是本地風光的典故，愈見其用事的巧合。不過就事實講，登了庾嶺，才可看見梅花，在驛站卻無梅可寄贈。所以比較沈氏所疑來得自然。

王勃

字子安，龍門人。麟德（高宗年號）初，年未及冠，即登第。初為沛王修撰，後以事出府，補虢州參軍。父為交趾令，勃往省視，渡海溺水，驚悸成疾，卒年僅二十八歲。有《王子安集》。勃與楊炯盧照鄰駱賓王齊名，號四傑。其詩大都對仗工麗，上下蟬聯，未脫六朝餘習。杜少陵詩云：「王楊盧駱當時體，輕薄為文哂未休，爾曹身與名俱滅，不廢江河萬古流。」即此可以定論初唐之詩品。

杜少府之任蜀州——蜀州一本作蜀川，今四川崇慶縣，唐屬劍南道。

城闕輔三秦①，風煙望五津②。與君離別意，同是宦遊人。海內存知己，天涯若

比鄰。無為在歧路，兒女共沾巾！（平聲真韻）

【註釋】

①城闕指長安。項羽滅秦，分關內地為三，封秦三降將雍王翟王塞王，號曰三秦。輔，夾輔之意。

②《華陽國志》：「蜀大江自湔堰下至犍為有五津：始曰白華津，二曰萬里津，三曰江首津，四曰涉頭津，五曰江南津。」

【作意】

此是送別的詩，意在勸慰勿為離別而悲哀，有一種至交摯情油然而生，伉爽天真，不作悲酸之語，可以想見其為人。

【作法】

起首就離別的地點，引到之任的地點，具有縮地的手腕，堂皇豪邁，開篇不同凡響。頷聯即說欲別之情，二人俱在他鄉，別中送別，意雖悲而語卻達。頸聯推開一層講，是說只要海內有知己的人，就是各處天涯也和比鄰一般，這是轉思別後之情。結句結出不必傷別之意，文字顛倒，意謂不必像兒女一般，在歧路上兩淚共沾巾。此詩起首兩句，亦各相對，唐詩中很多這種格律，只要事實湊得好，開始就可對仗，可加強詩的氣魄。但通常以起首不對為原則。又上聯用實字對，下聯往往用虛字對。總要虛實互用，才見技巧。

駱賓王

義烏人。初為道士，高宗末為長安主簿，武后時棄官。徐敬業舉義，賓王為草檄文，斥武后罪狀。敬業敗，亡命不知所終。有《駱丞集》。

在獄咏蟬（並序）

余禁所（《唐書本傳》云：武后時，數上書言事，下除臨海縣丞，鞅鞅不得志下獄）禁垣西，是法廳事也。有古槐數株焉。雖生意可知，同殷仲文之古樹（桓玄篡位，仲文抗表待罪，乞歸不許，顧府中老槐樹歎曰：槐樹婆娑無復生意。）而聽訟斯在，即周召伯之甘棠。（《詩》：蔽芾甘棠，勿翦勿伐，召伯所茇。）每至夕照低陰，秋蟬疏引，發聲幽息，有切嘗聞。豈人心異於曩時，蟲響悲於前聽？嗟乎！聲以動容，德以象賢。故潔其身也，稟達人君子之高行；

蛻其皮也，有仙都羽化之靈姿。候時而來，順陰陽之數；應節為變，審藏用之機。有目斯開，不以道昏而昧其視；有翼自薄，不以俗厚而易其貞。吟喬樹之微風，韻資天縱；飲高秋之墜露，清畏人知。僕失路艱虞，遭時徽纆（《易》：係用徽纆。）。不哀傷而自怨，未搖落而先衰。聞蟪蛄之有聲，悟平反（昭雪疑獄）之已奏。見螳螂之抱影，怯危機之未安。感而綴詩，貽諸知己。庶情沿物應，哀弱羽之飄零；道寄人知，憫餘聲之寂寞。非謂文墨，取代幽憂云耳。

西陸①蟬聲唱，南冠②客思深。不堪玄鬢影③，來對《白頭吟》④。露重飛難進，風多響易沈。無人信高潔，誰為表予心？（平聲侵韻）

【註釋】

①司馬彪《讀漢書》：「日行西陸謂之秋。」

②《左傳》：晉侯觀於軍府，見鍾儀，問之曰：「南冠而縶者，誰也？」

③《古今注》：「宮人莫瓊樹始製為蟬鬢，望之縹緲如蟬。」

④《西京雜記》：「司馬相如聘茂陵人女為妾，卓文君作《白頭吟》以自絕，相如乃止。」

【作意】

這是咏物詩，用蟬的高潔，來比喻自己的不肯同流合污。咏蟬就是咏自己。我們看了前面的序文，就可見到詩人的意志。

【作法】

此詩也用對起法，開首兩句就對，並且對得很工整。「深」字一本作「侵」。用「南冠」典，切題目的「在獄」。「玄鬢影」切蟬翼，是謂本地風光。「白頭吟」有秋扇見捐之意，喻自己的見棄。此聯緊承開首兩句。頸聯即用蟬自喻，見得小人道長、君子道消之意。露重喻武氏專政，風多喻倖臣在位。結二句表出正意，滿腔忠憤，一瀉而出，至此亦顧不得許多忌諱了。後來賓王替徐敬業草檄討武氏，已在這時蓄意了。咏物詩的作法雖要描寫得真切，但也須有意義，有寄託，並且還要含蓄蘊藉，不要太露筋露骨。像本詩的頸聯，就很有深義，使人讀了，一時推想不出究竟是指甚麼。至於結句，就未免太露了。

沈佺期

字雲卿，內黃人，擢進士第，後為通事舍人，轉考功郎給事中。後坐交結張易之，流貶驩州。神龍中，為太子詹事。

雜詩（三首選一）

聞道黃龍戍①，頻年不解兵。可憐閨裏月，長在漢家營！少婦今春意，良人昨夜情。誰能將旗鼓，一為取龍城②？（平聲庚韻）

【註釋】

①《宋書》馮跋治黃龍城，所以叫黃龍戍。戍，防守也。

②《漢書匈奴傳》：五月，大會龍城。

【作意】

此詩以兒女之情，寫征戍之苦，充滿着非戰色彩。着眼在一「憐」字，說得非常蘊藉。有人評佺期的近體詩，吞吐含芳，安詳合度，此詩就有這種風格。

【作法】

律詩的對句，有的竭力做作，使每字銖兩悉稱，沒有輕重。有的似乎脫口而出，毫不費力。本詩頷聯就是後者的作法。這種對句通常也有人叫做「流水對」，因為它是順流而下，並不停滯，兩句只有一個意思。可以解作漢家營中良人所見的月，就是閨裏少婦所見的月。換言之，又可說當時閨裏團圓之月，現在卻是營中離別之月，此種情景，怎不可憐？頸聯不過承上聯加以補充而已。但也寫出了一種兩地相思之情。結句是希望之詞，遙應起首二句，因為攻取龍城，即可解兵，即可回鄉團聚了。這種詩大概抒情居多，寫景次之，其中以首尾照應，情景互映最好。

王灣

洛陽人，先天中進士，開元中，分校祕書，終洛陽尉。

次北固山下——山在江蘇丹徒縣北長江沿岸。

客路青山下，行舟綠水前。潮平兩岸闊，風正一帆懸。海日生殘夜，江春入舊年。鄉書何處達？歸雁[1]洛陽邊。〔平聲先韻〕

【註釋】

①《漢書蘇武傳》：「天子射上林中得雁，足有繫帛書，言武等在某澤中。」後用來指書信。

【作意】

這是一首寫風景的詩，寫長江的風景，引起旅途的鄉愁，是謂即景生情。

【作法】

這詩也是對起，「青山」指北固山，綠水指長江。尋常用青山綠水，未免覺得遑於俚俗，但此處加了「下」「前」兩字，卻將北固山的位置，確定得不能用於別處。見得旅程介於水陸之間，因此和下聯「兩岸」「一帆」描寫水陸發生密切的關係。頷聯完全是寫景，其中「平」「闊」「正」「懸」都是詩眼。因為潮平兩岸即加闊，風正一帆像掛着。（按《河嶽英靈集》作「潮平兩岸失」，「失」字亦有理。）張燕公非常稱賞該詩頸聯，以為可作文章楷模。因為此聯是即景抒情，見得海日又生殘夜，江春已入舊年，日復一日，年復一年，作客日久，引動歸思，就結出盼望鄉書欲借雁以傳之意。作律體要注重層次分明，倘若將其中兩聯前後互易，那就紊亂而不合理了。

王維

輞川閒居贈裴秀才迪——摩詰有別墅在藍田輞川，其地有奇勝，如華子岡、欹湖、竹里館、柳浪、茱萸淵、辛夷塢。與裴迪遊其中，賦詩相酬為樂。

寒山轉蒼翠，秋水日潺湲①。倚杖柴門外，臨風聽暮蟬。渡頭餘落日，墟里②上孤煙。復值接輿③醉，狂歌五柳前④。〔平聲先韻〕

【註釋】

①潺湲，水流聲。

②墟里，村落。
③見前。
④五柳指陶淵明。

【作意】

這也是一首寫景詩，示幽居山林，蕭然物外之意，故以接輿比裴迪，陶潛比自己。

【作法】

此詩前四句就我個人私見，懷疑它或有顛倒錯亂之處。因為律詩領聯總要對偶，現在「倚杖」雖可對「臨風」，但「柴門外」決不可對「聽暮蟬」。前人硬解為「蜂腰格」，不知何所見而云然。我以為最好將起首一二兩句移作領聯，三四兩句移作起句，那麼對於平仄格律既不失黏，在意義上也比較自然。「倚杖」「寒山」是看，「臨風」「秋水」是聽。頸聯單獨寫看到「落日孤煙」。將薄暮景色盡致描寫，見得風景之可愛。然後再跌出人物的疏狂，尤其可愛。凡是投贈的詩，不必單寫性情、交誼，要能即景生情，才不落言筌。

酬張少府

晚年惟好靜，萬事不關心。自顧無長策，空知返舊林。松風吹解帶，山月照彈琴。君問窮通理，漁歌入浦深。〔平聲侵韻〕

【作意】

這是自述志趣的詩，着意在「好靜」二字。

【作法】

此詩與前詩不同之點，是前詩寫景多於寫情，此詩寫情多於寫景。上四句全是寫情，語雖淺近，卻含至理。自問沒有偉大的策略，可替國家做事，還不如歸隱山林自適本性。頸聯即承寫隱居舊林之樂，景中有情，仍從「好靜」中出發。結句是即景悟情，故作玄解，以不答作答，是問答中別開生面的話。前詩是以比喻作結，此詩以問答作結，可見作詩方法之不一定。

送梓州李使君——梓州，唐屬劍南道，今四川三臺縣。使君，刺史之稱。

萬壑樹參天，千山響杜鵑。山中一夜雨，樹杪百重泉。漢女輸橦布[1]，巴人訟芋田[2]。文翁翻教授[3]，不敢倚先賢。〔平聲先韻〕

【註釋】

①左思《蜀都賦》「布有橦華」註：橦華樹，其華柔毳，可績為布。

②《華陽國志》：「汶山郡都安縣有大芋如蹲鴟也。」訟芋田，未詳。

③《漢書文翁傳》：文翁為蜀郡守，見蜀地僻陋，選郡縣小吏開敏有材而遣詣京師，受業博士。又修起學宮，招下縣子弟以為學宮弟子，由是大化。

【作意】

這是一首投贈詩，是寫當地的風景習俗，並寓歌頌之意。

【作法】

凡做投贈詩，總要切地、切事、切人，能夠把握住這三種，就不是浮泛的作品。此詩首四句是懸想梓州山林之奇勝，是切地。同時頷聯重複「山樹」二字，即是緊承起首「千山萬壑」而來。律詩中用重複字，此可為法。頸聯特寫「漢女巴人」，是敘蜀中風俗，是切事。

有此一聯就移不到別處去。結尾尋出文翁治蜀化民成俗，是切人，以文翁擬李使君，官同事同，是極好的影戲，是切人。這兩句意謂梓州地雖僻陋，然在衣食既足之時，亦可施以教化，不能以人民的難治，就改變文翁教授的政策，想來梓州人民當亦不敢倚仗先賢而不遵使君的命令。

過香積寺——寺在陝西西安市南。

不知香積寺，數里入雲峯。古木無人逕，深山何處鐘？泉聲咽危石，日色冷青松。薄暮空潭曲，安禪制毒龍①。〔平聲冬韻〕

【註釋】

①《法苑珠林》：「西方有不可依山甚寒，山中有池，毒龍居之。汎殺五百商人。槃陀王學婆羅門咒，就池咒龍，龍化為人，悔過，王捨之。」此處可作一切妄想解。

【作意】

這是尋常遊覽之詩，旨在描寫景物。

【作法】

此詩作法，重在「不知」二字，不知香積寺究竟在山中何處。入山數里，雖有幽徑，而無行人，只見古木參天，只聞遠處鐘聲，究竟寺在何處？寫見寫聞，只為「不知」二字作迴旋。頸聯寫行近寺旁，低頭只聽危石泉聲，抬頭只見青松石色，還沒有見到香積寺本身。兩聯只描寫寺的環境，已可想見寺的幽勝。倘若從正面寫寺的壯麗、幽靜，沒有什麼趣味。可見有此題目，不宜正寫，只宜旁寫。旁寫往往容易取巧，正寫就會吃力不討好。結末正寫香積寺，言日暮佇立潭邊，見潭水澄定，照澈凡心，一切妄想，都被制服了。讀此詩，非但可見章法之奇，亦可見用字之妙。試統計「雲峯」「古木」「深山」「危石」「青松」「空潭」等詞，哪一個不古拙而合於寺院的身分？讀了覺得毫無煙火氣。可見就題選字，也是做詩應該注意的事。

山居秋暝

空山新雨後，天氣晚來秋。明月松間照，清泉石上流。竹喧歸浣女，蓮動下漁

舟。隨意春芳[1]歇，王孫自可留。[2]〔平聲尤韻〕

【註釋】

①春草。

②劉安《招隱士》：「王孫兮歸來，山中兮不可久留。」

【作意】

此詩旨在寫山居秋日薄暮之景，字裏行間有一種閒適之情。

【作法】

此詩着眼在「秋暝」二字，除明點「秋」字外，又用「春芳」陪襯。其餘如「晚來」「明月」「歸」「下」諸字，都是寫「暝」字的。律詩句法，不宜重複。如頷聯「照」「流」二動詞用在句末，頸聯「歸」「下」二字就不宜再用在句末，成為「蓮動漁舟下，竹喧浣女歸」，與上聯重複。其他用形容詞或名詞，可以此類推。又詩中詩眼，即每句中用一個警闢的字，來襯托出景物或事實。如前詩的「咽」「冷」，本詩的「歸」「下」，均用在句中。「潮平兩岸闊」「風正一帆懸」，就用在句末。這種詩眼，不應輕心掉弄，必須字經百鍊，然後下筆。讀者可比較「泉聲咽危石，日色冷青松」和「明月松間照，清泉石上流」兩句，寫景同而用字不同的情形就可舉一反三了。

終南別業——別業，別墅。

中歲頗好道，晚家南山陲①。興來每獨往，勝事空自知。行到水窮處，坐看雲起時。偶然值林叟，談笑無還期。〔平聲支韻〕

【註釋】

①南山即終南山。陲，山麓。

【作意】

此詩意在敍山居閒適之得，可與《酬張少府》詩參照着看。

【作法】

此詩以「好道」為骨幹，以後敷述，都從好道出發，興來獨往，勝事自知，即有自得其樂不求人知之情形。行到水窮，坐看雲起，即有絕處逢生、否極泰來之理。雖然語語寫事，卻語語含有無可解說的道理。此詩對句非常自然，一點不勉強黏湊，所謂無為而為，深合大道。摩詰此等詩完全瓣香於淵明，而為後人所難於學步。

歸嵩山作

清川帶長薄①，車馬去閒閒②。流水如有意，暮禽相與還。荒城臨古渡，落日滿秋山。迢遞嵩高下，歸來且閉關。〔平聲刪韻〕

【註釋】

①草木交錯叫薄。
②安詳貌。

【作意】

此詩旨在寫辭官歸山之情，寫景兼寫情。

【作法】

此詩是描寫一路歸去之景，層次當然要很整齊，寫景也要切合時令。寫景中寓有深意，使人一時體會不出，往往被詩人瞞過。所謂流水有意者，含急流勇退之意。所謂暮禽與還，即倦飛知還之意，暗示此番辭官歸山的旨趣。頸聯故意寫出荒城古渡、落日秋山的一片荒涼景象，詩人的悲憫之情，不難從字句中窺見一二。

終南山

太乙①近天都②，連山到海隅③。白雲迴望合，青靄入看無。分野④中峯變，陰晴眾壑殊。欲投人處宿，隔水問樵夫。（上聲虞韻）

【註釋】

①終南山又名太乙山。
②天都就是京都。
③形容山脈綿亙不斷，直到海邊。
④古詩以星宿所臨來分劃原野，叫做分野。這裏是說終南山脈所佔地域的廣大。

【作意】

此詩是咏歎終南山的偉大，並沒含蓄其他用意，可以歸入咏物詩一類中。

【作法】

一般作遊山玩水的詩，多是咏歎某山某水的如何壯麗，作者領略之餘，往往會產生特別奇妙的感想。此詩卻和其他遊山詩不同，咏終南山，重在「遠看」，並不是跑到山中去遊。首句先定山的位置，次句寫山的氣脈。因看山而看到雲靄，愈足以顯出終南山的高遠，所以頷聯就寫雲氣的變幻，這就是文章中的借賓定主法。頸聯正咏山的本身，是題中應有的文章。結句是說終日看山並不饜煩，直至日暮，想向山中人家借宿，入山窮勝。「隔水」二字，可知是隔水遠望，並非臆測。

漢江臨眺——漢江即漢水，源出甘肅嶓冢山，流經湖北，入長江。

楚塞三湘接①，荊門九派通②。江流天地外，山色有無中。郡邑浮前浦，波瀾動遠空。襄陽③好風日，留醉與山翁。〔平聲東韻〕

【註釋】

①楚塞指湖北省。三湘指湖南省。《寰宇記》謂湖南的湘潭湘鄉湘陰。

②荊門，山名，在湖北荊門縣。水的支流為派。這是說荊門山附近漢水支流的多。

③襄陽，今湖北襄陽，漢水流經其東。

【作意】

此詩作意與前詩相同，是泛咏漢江的浩渺。

【作法】

每逢闊大的題目，口氣也要隨着闊大，總要在大處落墨，不可在小處迴旋。此詩詞句，就非常壯麗。因為題目是臨眺，眼界當然闊大。首句是想像之語；次句是寫支流；三句承「九派」，見得水勢浩瀚；四句承「荊門」，見得山色微茫；五句又緊承「山色」，而遠望到沿江的郡邑；六句又是緊承「江流」，見到眼前的波瀾。如此交互承接，題義發揮殆盡，漢江的浩渺，就可使讀者想像而得了。末二句是說明作者那時的地位，是在襄陽臨眺，襄陽在漢江上流，有居高臨下之勢，愈足烘托「臨眺」。末句不過是即景生情罷了。

常建

題破山寺後禪院——破山寺在江蘇常熟盧山北麓。始建於南朝齊時，唐咸通（懿宗年號）九年賜額破山興福寺。

清晨入古寺，初日照高林。曲徑通幽處，禪房①花木深。山光悅鳥性，潭影空人心。萬籟②此俱寂，惟聞鐘磬音。（平聲侵韻）

【註釋】

①禪房就是僧房。

②籟，音賴，自然物的聲響。

【作意】

這是一種題壁詩，大意多在稱頌景物的佳妙。此詩描寫後禪院景物的幽靜，詞句間頗有逃禪的傾向。

【作法】

此詩的格律，和其他五律有不同的地方。一、起首兩句就對，以前有好幾首也有這樣的格律，這不足為奇。二、頷聯不對，試看「曲徑」還可對「禪房」，「通幽處」如何對「花木深」？這就是很特別的。吳喬所著的《圍爐詩話》，曾說「律詩所謂『偷春格』者，首聯對次聯不對也。」沈括的《筆談》以「次聯不對者為『蜂腰。』引賈島《下第詩》為證云：『下第唯空囊，如何住帝鄉？吉園啼百舌，誰醉在花旁？淚落故山遠，病來春草長。知音逢地易，孤棹負三湘。』」可知這是律詩中的變格。本詩題目是題破山寺的後禪房，不是題破山寺，因此他所描寫的完全是後禪房的景物。關於破山寺，只不過用「古寺」兩字撇過。可見做詩要認清題目，不能隨便。宋吳可《藏海詩話》云：「蘇州常熟縣破頭山有唐常建詩刻，乃是『一徑遇幽處』。蓋唐人作拗句，上句拗，下句亦拗，所以對『禪房花木深。』『深』『遇』皆拗故也」，由此可悟拗字用法。

劉長卿

字文房，河間人，開元二十一年進士。至德中官至鄂岳觀察使。後貶潘州南巴尉。遷睦州司馬。終於隨州刺史。有《劉隨州集》。文房的近體詩研鍊深穩，卻自有高秀的韻味。但其古體減少了渾厚的氣勢。權德輿推重文房近體為「五言長城」，看他鑄意鍊句，並非過譽。

新年作

鄉心新歲切，天畔獨潸然①。老至居人下，春歸在客先。嶺猿同旦暮，江柳共風煙。已似長沙傅②，從今又幾年。〔平聲先韻〕

【註釋】

①潸，音刪，下淚的樣子。

②賈誼在漢文帝時，一年中由博士升至大中大夫。絳灌等忌其才，多方阻撓。後文帝亦疏遠他，貶他為長沙王太傅，三年後又為梁懷王太傅。懷王墮馬死，賈誼自傷為傅無狀，哭泣歲餘亦死。

【作意】

此詩一作是宋之問的詩。文房時被貶為南巴尉，此詩當是在南巴所作。身處異鄉，又逢新年，風景不殊，人事已非，怎能不引起詩人的傷感？

【作法】

凡是做情景兼顧的詩，用字遣詞，總須平均分配。或是一句說情，一句寫景，或在一句中兼寫情景。或是前聯寫景，後聯寫情。在起結句亦應採用這個方法。此詩傷感的成分比較多，因此抒情的詞句，似乎也比寫景來得多。首二句是情，三句是景，四句有景有情，五六兩句是即景生情，七八句又是抒情。其中「新歲」是景，「幾年」是情。無限離愁，躍然紙上。後又用賈誼典以自況，可以證實是謫居時所作。

送李中丞歸漢陽別業

——中丞，官名。唐制為佐御史大夫。漢陽即今湖北漢陽縣，漢水入長江處。

流落征南將，曾驅十萬師。罷歸無舊業，老去戀明時[①]！獨立三邊[②]靜，輕生一劍知。茫茫江漢上，日暮欲何之？〔平聲支韻〕

【註釋】

①明時，聖明治平之時。

②三邊指邊塞，唐時則指幽并涼三州地。

【作意】

這是一首送別退職軍人的詩，寓有惋惜之意。稱道其如何忠勇為國，正是傷他的老去流落。

【作法】

此詩主旨，即在「流落」二字。開首即將「流落」和「征南將」聯串，已為下文伏筆。倘換用別的恭維字面，就跟下文的「罷歸」「老去」無所關聯。首句從眼前讀起，二句想到從前。

三句是寫「歸別業」，四句又承「征南將」，五六兩句是說忠勇，又回應「曾驅」。「茫茫」「日暮」歸到「流落」，「江漢」切「漢陽」。頸聯句凝字鍊，的確是文房的作風。尤以「靜」「知」二字，寫出老將的威風凜凜和忠心耿耿。所謂勇猛可制敵，忠良可對君。可見征南將的罷歸，尚非其時。所以結句再以「欲何之」一問，使全詩的四肢百節都活動了。

秋日登吳公臺上寺遠眺寺即陳將吳明徹戰場

——吳公臺在江蘇江都縣。本為劉宋沈慶之攻竟陵王誕所築的弩臺。後來陳將吳明徹圍北齊東廣州刺史敬子猷，加以增築，以射城內，因稱吳公臺。

古臺搖落後，秋入①望鄉心。野寺來人少，雲峯隔水深。夕陽依舊壘②，寒磬③滿空林。惆悵南朝④事，長江獨至今！（平聲侵韻）

【註釋】

①「入」一本作「日」。

②壘，就是堡壘，築疊土石的防禦工程。

③磬，是僧寺所用的樂器。

④東晉之後，據有中國南方地域的，有宋齊梁陳各朝，是為南朝。

【作意】

這是一種懷古或弔古的詩，看到前朝的古蹟，發為感慨，意在勸誡或譏刺，使人引起觀感。

【作法】

作懷古詩，除寫當前的景物以外，須滲入作者感慨的情調，或以古證今，或撫今追昔，同時尚須注意到當地的故事，使此詩不能移到別處去，使人一望而知是說的此地，而不是他處。本詩結末兩句，就是因景物而發的感慨：南朝多少事業，都變為了歷史的陳跡。非但築臺的吳公早已物化，現在所能見者，只有臺外的長江，至今依然日夜滔滔。其中特着「古臺」、「舊壘」、「南朝」等詞，見得臺是南朝的臺，壘是吳公的壘，如此一一敲實，就移易不到別處去了。至於頷聯是寫上寺遠眺，頸聯是寫所見所聞，字字都和題目切合。

尋南溪常道士——一作尋「南溪常山道人隱居」。

一路經行處，莓苔①見屐痕②。白雲依靜渚，芳草閉閒門。遇雨看松色，隨山到

水源。溪花與禪意，相對亦忘言。〔平聲元韻〕

【註釋】

①莓苔是一種隱花植物，多生於石上。
②屐，音忌。屐就是鞋，屐痕就是足迹。

【作意】

此詩是寫尋隱者不遇，雖然不遇，卻得別趣，所謂「乘興而來，興盡而返，何必見戴」，此詩意亦猶是。

【作法】

詩有詩眼，題亦有題眼。凡是好詩，必能切題，切題之後，然後就題生發，切忌離題太遠，或認題不明。本詩題眼在一「尋」字，全詩就得從「尋」字着想。首二句是一路尋來，三句是遠望，四句是近看，是尋到了道士隱居之處，而道士不在，用「閉門」來表示。五六句是道士既不遇，看松尋源，亦有別趣。這是推開一層的說法。其中「靜渚」「水源」又將題中「南溪」一點逗得非常熨貼。末句以見溪花之自放，而悟禪理之無為，將尋不見的意義，盡情結出。

但讀詩到此，倘若沒有「禪意」二字，往往要發疑問，究竟所尋的是怎樣的人？這又可見用此二字，也是切題的作法，「相對忘言」，就是承上「禪意」而來。

餞別王十一南遊——十一係行輩之稱，非名字。

望君煙水闊，揮手淚沾巾！飛鳥沒何處？青山空向人。長江一帆遠，落日五湖①春。誰見汀洲②上，相思愁白蘋！（平聲真韻）

【註釋】

①五湖指江浙間的太湖。

②水中高阜。

【作意】

這是臨別贈言的詩，完全是寫離別之情。

【作法】

這詩可分做三段來解釋，起首是寫「將別」，兩聯是寫「別時」，結尾是寫「別後」。妙在全詩不見離別的字面，只寫出餞送時的風景，將一片離情，完全融入於景中，所謂即景生情、情景兼融。但看「沒」「空」「遠」等幾個空泛字面，已充分將別意和盤托出了。「揮手淚沾巾」「相思愁白蘋」兩句，就顯得有些太露了。

孟浩然

臨洞庭上張丞相——洞庭即湖南的洞庭湖，一本作岳陽樓。張丞相指開元時的張九齡。

八月湖水平，涵虛混太清。①氣蒸雲夢澤②，波撼岳陽城③。欲濟無舟楫，端居恥聖明。④坐觀垂釣者，徒有羨魚情！⑤〔平聲庚韻〕

【註釋】

①太清指天，意思是水光接天。

②雲夢，古時二澤名。地當今湖北省東南部的湖泊盆地。
③即今湖南岳陽縣城，濱洞庭湖。
④端居，平居之意，聖明指天子。意謂伏處草野，愧對明君。
⑤《漢書董仲舒傳》：「古人有言曰：臨淵羨魚，不如退而結網。」意謂羨慕他人，無補於事，凡事總須親自去做才行。

【作意】

這是一首所謂「干祿」的詩，意在獻詩於張丞相，希望他能够加以錄用。

【作法】

凡作干祿詩，第一不可太自貶身分，措辭總要不卑不亢，既不能露出一種寒乞相，也不可過分頌揚對方。能够做到像李白《與韓荊州書》那樣，就是第一等的干祿文字。本詩前半部分是泛寫洞庭湖景色的宏偉，後半部分是即景生情，所謂「欲濟無舟楫」，是用來比喻希望丞相的關注。所謂「端居恥聖明」，是表白自己不甘伏處草野無由表現。垂釣者是指一般祿仕的人，意思是看了紛紛出仕的人，自己也想出為世用。前人認為此詩是諷刺貪祿無功之人，未免曲解。

秦中寄遠上人

——秦中指陝西長安。佛言若菩薩一心行阿耨菩提，心不散亂，是名上人，通指僧人。遠係上人之名。

一邱①常欲臥，三逕苦無資②。北土非吾願，東林③懷我師。黃金然桂盡④，壯志逐年衰。日夕涼風至，聞蟬但益悲！（平聲支韻）

【註釋】

①《晉書謝鯤傳》：「明帝問曰：『論者以君方庾亮，自謂何如？』答曰：『端委廟堂，使百僚準則，鯤不如亮。一邱一壑，自謂過之。』」此指志在隱居林泉。

②《晉書陶淵明傳》：「潛謂親朋曰：『聊欲絃歌以為三徑之資可乎？』」按三徑指園林，淵明《歸去來辭》：「三徑就荒，松菊猶存。」

③晉桓伊為高僧遠公於廬山東立房殿，是為東林寺。見《高僧傳》。

④《戰國策》：「楚國之食貴於玉，薪貴於桂。」然，同燃。

【作意】

按此詩一作是崔國輔的詩。意在報告秋來客中苦況，見得欲隱無地，欲仕非願，進退不能之苦。

【作法】

寄與方外人的詩，免不了稱羨對方的清淨無為，厭苦自己的塵俗不堪。不必深究此詩何人所作，即就格調而論，就能脱去尋常窠臼。看他完全是寫旅況客懷，毫無稱羨字句，我們可以想見作者與遠上人交誼的深摯，以及詩人的潦倒窮愁。此詩倘沒有「東林還我師」一句，就可以看作是尋常友朋投贈之作，正唯有此句，我們可窺見作者客途潦倒，既無法歸隱，又不願出仕，竟欲披剃出家以抒悲憤。

宿桐廬江寄廣陵舊遊——錢塘江在桐廬境，亦稱桐廬江。廣陵，今江蘇江都縣。

山暝聽猿愁，滄江急夜流。風鳴兩岸葉，月照一孤舟。建德①非吾土，維揚②憶舊遊。還將兩行淚，遙寄海西頭③！（平聲尤韻）

【註釋】

①建德，今浙江縣名，瀕錢塘江，唐屬睦州，隋為嚴州府治。

②維揚，即今江都縣，舊為揚州府治。

③廣陵在東海以西。

【作意】

這是旅途中寄給舊友的詩，詩中滿含傷感，可以想見作者奔波無定很不得意的情況。

【作者】

寫景時不當做作，須在逼真，要使人如身入其境，才是好詩。本詩前半部分，完全寫景，首二句還有做作氣，看他特地下一「愁」字，為後半段的張本，這「愁」字是幾經綴鍊而來的。再加不用「夜急流」，而偏倒用「急夜流」，也是未免雕琢。但是三四兩句卻是隨隨便便，脫口而出，毫不做作，將江上夜宿的景象如置目前，是大手筆。前人評論這二十字，一氣呵成，含有十五六層意景，話雖如此，此處不便將一層一層的意景解釋出來，需要讀者自去領略。後半部分完全是抒情，是奔迸的抒情法，否則念懷舊遊，何必落淚？正因此時此景，詩人有許多不如意的事橫梗心頭，不得不哭哩！此詩有兩句，句法完全和前詩相同。

早寒有懷——一本作「江上思歸」。

木落雁南度，北風江上寒。我家襄水曲①，遙隔楚雲端。鄉淚客中盡，孤帆天際看。迷津②欲有問，平海③夕漫漫。〔平聲寒韻〕

【註釋】

①襄水源出南漳縣北，東流至宜城縣，入漢水。

②津，渡口。

③平海猶言平洋，水大也。

【作意】

這是一首思歸的抒情詩，這時作者大概身在秦中，意欲南歸而不得。

【作法】

詩有比興的方法，前洞庭湖詩是用比，此詩開首是用興，興者是用別的景物來引起所要抒寫的情感。此詩就用北雁南飛，引起久客思歸之情。三句中「家」字作「住」字解，頷聯以「襄水」對「楚雲」，就地捉對，一氣呵成，是以景對景。頸聯以「鄉淚」對「孤帆」，是以情對景，可見對偶不一定要對得半斤八兩，有時竟可情景互對。結末句是寫欲歸不得之情，仍以寫景出之，就顯得比較蘊藉。

留別王維

寂寂竟何待！朝朝空自歸，欲尋芳草去，惜與故人違！當路誰相假①？知音世所稀。祇因守寂寞，還掩故園扉。〔平聲微韻〕

【註釋】

①假，同借，此處作假以詞色解。當路，指當軸。

【作意】

《隱居詩話》：「孟浩然入翰苑，訪王維，適明皇駕至，浩然倉皇伏匿，維不敢隱而奏知。明皇曰：『吾聞此人久矣』，召使進所業。浩然誦『北闕休上書，南山歸敝廬。不才明主棄，多病故人疏。』明皇曰：『吾未嘗棄卿，何誣之甚也！』因放歸襄陽。」此詩可能是放歸時所作，意在在京碌碌，無所短長，不如歸去。

【作法】

孔子曾說：「詩可以怨」，這就是一首怨悱詩。開口就說何必癡待，蓋因知音既少，當道又不能用。此時不走，更待何時。頷聯特為王維而設，出語非常自然，頸聯是說明歸去的原因，口氣就覺含怨。一種惜別不遇之情，全在這兩聯中流露出來。結末二句回省自己甘於寂寞故只能返回故園，並不尤人，這又是詩人忠厚之處。

宴梅道士山房

林臥愁春盡，搴帷見物華。忽逢青鳥使①，邀入赤松②家。丹竈③初開火，仙桃正發花。童顏若可駐，何惜醉流霞④！（平聲麻韻）

【註釋】

①《史記司馬相如傳》：「幸有三足烏為之使。」註：「三足烏，青鳥也，主為西王母取食。」

②赤松子，古仙人。《列仙傳》：「赤松子，神農時雨師。」

③丹竈，道士煉丹藥的竈。

④流霞，指酒，或指酒杯。

【作意】

此詩是咏道士山房中的景物，含有向道之意。

【作法】

凡是作詩，每一首詩都有相當的術語或典故可用。譬如武將有武將的術語和典故，文士有文士的術語和典故。詩中所謂切地切人，往往可以運用術語和典故來代替。如本詩咏的是道士，所以運用「丹竈」「仙桃」「駐顏」等等術語，又用「青鳥」「赤松」的典故，使人讀了即知是咏道士，不是咏僧家。因此我們在平日應得儲備各方面的術語和典故，來作臨時的運用。尤其是做律詩時，還得將各種術語和典故對偶起來。本詩首二句是指春天，頷聯是寫無意間在路上遇梅道士，頸聯是寫山房內外的景物，末二句才說到留飲，點醒題目中的「宴」字。這種章法，在律詩中很普通，即此可以窺見全詩的結構。

與諸子登峴山——山在湖北襄陽縣南九里，一名峴首山。

人事有代謝，往來成古今。江山留勝跡，我輩復登臨。水落魚梁①淺，天寒夢澤②深。羊公碑③尚在，讀罷淚沾襟！（平聲侵韻）

【註釋】

①魚梁，江河中捕魚的斷。

②即雲夢澤，此處似應泛指湖泊。

③《晉書羊祜傳》：「祜樂山水，每造峴山，嘗歎曰：『自有宇宙，便有此山，由來登望如我者多矣，皆湮滅無聞，使人悲傷。』」祜卒後，襄陽百姓於峴山立碑，望其碑者，莫不流涕，杜預因名為「墮淚碑」。按羊祜，字叔子，晉南城人。晉武帝時，鎮襄陽，輕裘緩帶，身不披甲，與吳陸抗對抗。

【作意】

這是一首弔古的詩，意在弔古感今，作意在開首十字。

【作法】

尋常律詩，作者發生感歎或議論，往往多在篇末，或在兩聯中。此詩格調獨創，開口即發議論，所謂憑空落筆，似與題目無關，但一氣貫注，自有神合之處。上聯中以江川勝跡射前「古」字，「我輩登臨」射前「今」字，黏連得毫無斧鑿之痕。下聯的景物是從登臨所見而來，可知其時為冬。末兩句才將「峴山」扣實，正如千里來龍，到此結穴，使這詩移不到別處去。否則沒有這一點，上面所說，就可移用到登臨無論甚麼的山水了。山有羊公墮淚碑，所以末句用「淚沾襟」，運用典故，既貼切，又自然，並且與上半段的忽發感歎，也有關係。

過故人莊

故人具雞黍①，邀我至田家。綠樹村邊合，青山郭外斜。開軒面場圃，把酒話桑麻。待到重陽②日，還來就菊花。（平聲麻韻）

【註釋】

①《後漢書》：范式與張劭為友，式約二年後訪劭，至期，劭告其母，請殺雞為黍待之。至期，果至。

②九為陽數，九月九日，日月併應，故名重陽，亦叫重九。

【作意】

此詩意在寫田家閒適恬淡的生活，所謂描寫田園派的詩。晉時的陶淵明，唐時的王維、孟浩然，都很擅長此類詩。

【作法】

未說「過」，先敘「邀」，既說「至」，卻敘「望」，到莊之後，還留後約，一路寫去，純任自然，這是本詩的結構方法。上聯是未至莊而已望見莊外的風景。下聯是已至莊而敘入室飲食言笑。末二句是既過之後還擬再來，應第二句「邀」字。用一「就」字，又可見到了重陽，不必邀約我亦自會相就，仍自從「邀」字中生發出來。這種尋常字面，用得好，就格外得神；用得不好，就覺傷於淺俗。

歲暮歸南山——南山即終南山。

北闕休上書，南山歸敝廬。不才明主棄，多病故人疏。白髮催年老，青陽①逼歲除！永懷愁不寐，松月夜窗虛。（平聲魚韻）

【註釋】

①《爾雅釋天》：「春為青陽。」

【作意】

這是詩人浩然賦歸之作，一種怨悱之情，盡情發洩，一吐為快，也顧不得許多忌諱了。參看《留別王維》。

【作法】

從前人多說詩必窮而後工，因為詩人的際遇，總是得意的少，不得意的多。在詩人窮困之時，滿腹不合時宜，往往要借文字來發洩。因此時有驚人之句，天然絕妙之詞。孟氏此詩，無意中觸忌明皇，致遭放歸，姑且不論。但就詩句本身說，起首兩聯的句法，都是因果句法。因北闕不能上書，所以只可歸南山的敝廬。又因自己的不才，所以主上雖明，亦遭放逐。因自己多病懶散，不善奔走，所以就是知交故友，也日漸疏遠了。第一聯是記事，第二聯是說理，第三聯是寫景，但又同屬於抒情。末聯則以「松月」隱逗南山作結。

李白

贈孟浩然

吾愛孟夫子，風流天下聞。紅顏棄軒冕①，白首臥松雲。醉月頻中聖②，迷花不事君③。高山安可仰④，徒此揖清芬⑤！〔平聲文韻〕

【註釋】

①紅顏指年少，並不專用於婦女。軒，車。冕，冠，此指官爵。

②《魏志徐邈傳》：「時科禁酒，而邈私飲。沈醉校事，趙達問以曹事，邈曰：『中聖人。』」蓋平日醉客謂酒清者為聖人，濁者為賢人。中，本當讀去聲，被也。此處作平聲叶。又按《唐書孟浩然傳》：「採訪使韓朝宗約浩然偕至京師，欲薦諸朝。會故人至，劇飲歡甚。或曰：君與韓公有期。浩然曰：業已飲，何恤他！卒不赴。朝宗怒，辭行，浩然不悔也。」詩中即隱指此事。

③迷花，隱用《桃花源記》事，指隱居。《易》：「不事王侯，高尚其事。」

④《史記孔子世家》：太史公曰：「高山仰止，景行行止。」欽仰之意。

⑤揖，同挹。清芬，謂浩然有清美芬芳之德。

【作意】

此詩是浩然遣歸南山時，太白送行所作。意在愛其風流才調，而惜其不為世用也。

【作法】

此詩意旨，全在「風流」二字。少棄軒冕，老隱松雲，醉月中酒，迷花不仕，都是詩人風流本色。太白此詩，推崇浩然備至。讀去雖全是愛慕之意，而絃外之音，未免惜其不遇。頸聯中「中聖」一本可作「中酒」，但因「酒」字與上文「醉」字相疊，太淺露，又不能對下聯「君」字，故特用一僻典，使字面對得很工整，這是詩人狡獪之處，讀者可悟鍊字運典之妙。明謝榛《西溟詩話》：指太白此詩，前云「紅顏棄軒冕」，後又云「迷花不事君」，兩聯意頗相似。雖然興到而成，失於檢點，而兩聯意重，法不可從。

渡荊門送別

——荊門即荊門山，《水經》云：「江水東楚荊門虎牙之間。」荊門山在長江南，上合下開若門。虎牙山在江北。

渡遠荊門外，來從楚國遊。山隨平野盡，江入大荒①流。月下飛天鏡，雲生結海樓②。仍憐故鄉水，萬里送行舟。〔平聲尤韻〕

【註釋】

①大荒猶言大地。

②海樓即海市蜃樓，因太陽折光關係，在雲層折映地面的景物。

【作意】

這是一首送行詩，不同於一般送行詩的是作者和行人同舟共發，即在舟中吟詩送他。

【作法】

凡是寫山水之景，既要存真逼肖，還要入理。此詩所寫山水，我們從字句中可以想見作者是沿江東下，經過荊門峽，順流到湖北境，所以有頷聯平野山盡、大地江寬的景象。再查地圖，長江自出荊門以後，即南流入平原。所以我們有時竟可將古人的詩篇，作為地理上的參考。這也就是所謂「言之有物」「言之成理」的結果。當然不能與徒憑想象但用辭藻所可同日而語。結末所謂「仍憐故鄉水」，因作者本為蜀人，蜀中山水奇麗，自可留戀，故曰：「仍憐」。

送客至出荊門為止，須分袂而歸，故至此結出送別之意。

送友人

青山橫北郭，白水繞東城。此地一為別，孤蓬萬里征。浮雲遊子意，落日故人情！揮手自茲去，蕭蕭班①馬鳴。〔平聲庚韻〕

【註釋】

①蕭蕭，馬鳴聲。班，別也。

【作意】

此詩與前詩同為送別之詩，不過一在水，一在陸。前詩寫景居多，此詩抒情為尚，同為送別詩的佳作。

【作法】

首聯對起，記送別地的山與水。頷聯故為流水對，吐屬自然。緊接「此地」即指城外送別之處。「浮雲」孤飛，來去不定，以喻遊子之心。「落日」將下，依戀不捨，以喻故人之情，仍是從景抒情。結語借馬鳴猶作別離之聲，以襯出兩人間的離愁別緒，這又是旁敲側擊的方法。

夜泊牛渚懷古——原注：此地即謝尚聞袁宏咏史處。按牛渚，山名，在今安徽當塗縣西北，突出長江中。

牛渚西江夜，青天無片雲。登舟望秋月，空憶謝將軍[1]！余亦能高咏，斯人不可聞[2]。明朝掛帆去，楓葉落紛紛。〔平聲文韻〕

【註釋】

①晉謝尚字仁祖，曾禦桓溫，歷官建武、安西、建威、鎮西將軍。《晉書》有傳。

②《晉書文苑傳》：袁宏有逸才，為咏史詩。謝尚時鎮牛渚，秋夜乘月，微服泛江，會宏在舫中諷咏，遂駐聽，久之，即迎升舟，與之談論，申旦不寐。

【作意】

此詩雖係懷古，亦有自傷不遇知音之意。

【作法】

此詩寫景處極率真，不加藻繪，抒情處亦忼爽，不作忸怩。尤妙在結句，得絃外之神。非但回應「秋」字，亦有搖落感秋之意。這裏須特別提出的是全詩中兩聯似對非對，為以前諸詩中所沒有的。要知太白才調，放逸不羈，興之所至，隨口諷誦，何暇計及屬對。前人曾評此詩，謂「以謫仙之筆作律，如豢龍於池沼中，雖勺水無波，而屈伸盤拏，出沒變化，自不可遏，須從空靈一氣處求之。」後人有太白之才則可，無太白之才，未免貽譏於太雅，讀者慎之。

聽蜀僧濬彈琴

蜀僧抱綠綺①，西下峨眉峯。為我一揮手，如聽萬壑松。客心洗流水②，餘響入霜鐘③。不覺碧山暮，秋雲暗幾重？〔平聲冬韻〕

【註釋】

①綠綺，琴名。

②即用伯牙聽琴知流水高山之音事。

③《山海經》：「豐山有九鐘焉，是知霜鳴。」郭璞註：霜降則鐘鳴，故言知也。

【作意】

此詩是寫琴聲之入神，足移我情。

【作法】

聽琴詩雖重在描繪聲音之妙，但一味用比喻來寫，有時未免堆砌。此詩但用「萬壑松」三字，已將琴音之妙托出，這一聯用雙箸齊下法，一寫彈者，一寫聽者。字面雖對得不甚工整，如此落落大方的話，卻不是太白說不出來。頸聯是寫正在彈時，結末是寫聽畢。聽畢後神情最難描述，若說餘響，上文已見，於是跳出題目圈子，從邊襯托，謂琴聲一歇，秋雲亦為之暗淡，以見其妙。

韋應物

淮上喜會梁州故人

——淮上，淮水之上。梁州，舊為戰國時魏都大梁，按即今河南開封縣。

江漢曾為客，相逢每醉還。浮雲一別後，流水十年間。歡笑情如舊，蕭疏鬢已斑。何因不歸去，淮上對秋山！（平聲刪韻）

【作意】

此詩是寫久別重逢之情，又自傷羈旅之感。

【作法】

此詩章法，是從相會之時，回憶到十年前的客中聚首，是一種回溯的寫法。所以開首即說江漢相逢，以引起淮上重聚。「浮雲」喻兩人行止的無定，「流水」喻兩人年華的逝去，頸聯即承以今日相見之樂，又各歎其老大，由此可見一種親切的友誼。結末則因故人的歸去，而歎自己猶逗留淮上，愁對秋山，有一種欲歸無計之感。這種綿密的結構，曲折的抒寫，不必假手於詞藻，讀者讀了，便覺迴腸盪氣，是唐詩中極妙之作。

賦得暮雨送李曹——

「賦得」二字，是當時科舉時題目中語，相當於「咏」。此題是咏「暮雨」，故云「賦得暮雨」。後世試帖詩的題目常用此二字。

楚江①微雨裏，建業②暮鐘時。漠漠帆來重，冥冥鳥去遲。海門③深不見，浦樹遠含滋④，相送情無限，沾襟比散絲⑤。〔平聲支韻〕

【註釋】

①楚江指長江。《李太白詩集》註：「大江自三峽以下直至濡須口，皆楚境，故稱楚江。」

②建業，孫權徙都秣陵，改稱建業，即今南京城。

③海門，指長江入海之處。

④浦，指浦口。滋，滋潤之意。

⑤密雨如絲，以比落淚。

【作意】

此詩雖是送別之詩，而重在暮雨，雖是寫景，而離情亦隱見。

【作法】

詠景物的詩，要語語自然，不可黏皮帶骨，刻劃太細，致流於纖巧。此詩是詠暮雨，首句點「雨」字，次句點「暮」字。頷聯以來帆之重，暗襯「微雨漠漠」。以去鳥之遲，暗襯「薄暮冥冥」，「重」與「遲」，就是所謂詩眼。頸聯以「不見」寫「暮」，以「含滋」寫「雨」，如此即將暮雨描寫得如在眼前，使人彷彿讀了一幅煙雨歸舟的畫。結末才說到送別，但又用一「比」字，將別淚和雨絲融在一起，筆力獨到。

岑參

寄左省杜拾遺——

《唐書百官志》：「門下省（即左省）左拾遺六人，掌供奉諷諫。」又《杜甫傳》：「至德二載，走鳳翔上謁，拜左拾遺。」

聯步趨丹陛①，分曹限紫微②。曉隨天仗③入，暮惹御香歸。白髮悲花落，青雲羨鳥飛。聖朝無闕事，自覺諫書稀。〔平聲微韻〕

【註釋】

①天子階陛。

②《唐書百官志》：「開元元年，改中書省為紫微省。」

③天子朝會時的儀仗。

【作意】

此詩是投贈的詩，在頌揚中隱寓規諫的意思。

【作法】

此詩前半首，我們可當它為咏物詩看，因為這四句完全咏的是左省拾遺的京官情形。但其措詞雍容華貴，又可說是一種「臺閣體」。這種詩體，到了明代，竟很盛行，大概選詞用字，不嫌麗藻，口氣聲調，極盡響亮。但就本詩論，這四句不過是稱頌杜甫在左省的隨班進退而已。只有頸聯是一半自悲老大，一半羨人得意，是詩人由衷之語。末聯，以諫書隱點拾遺所職，言下含有規諫之意，是反說聖朝有闕，自應諷諫，不可尸位素餐，如寒蟬仗馬一般。因此我們可以見得古人交誼不在一味恭維，處處總是互勉為善！

杜甫

月夜

今夜鄜州①月，閨中只獨看！遙憐小兒女，未解憶長安。香霧雲鬟溼，清輝玉臂寒。何時倚虛幌②，雙照淚痕乾。〔平聲寒韻〕

【註釋】

①鄜，音孚，今陝西鄜縣。

②幌，音恍，帷幔。

【作意】

《唐書本傳》：「會祿山亂，天子入蜀，甫避走三川。肅宗立，自鄜州羸服欲奔行在，為賊所得。」此詩是甫在長安所作，是一首憶內詩，從反面抒寫離情。

【作法】

此詩章法，有一特別之處，是不從自己所在的長安這裏說，卻偏從鄜州那邊妻子說。首聯不說自己見月憶妻，單說妻子見月憶己。頷聯不說自己看月憶兒女，偏說兒女隨母看月不解憶己。寫兒女不解憶的憶，其憶更苦。頸聯是想像妻子看月憶己時的光景，這一聯風光旖旎，杜集中不大多見。末聯以「雙照」應「獨看」，是寫希望相思願償，能够聚首相倚一同看月，那倆人的淚，就可乾了。情深一往，至於如此。

春望

國破山河在，城春草木深。感時花濺淚，恨別鳥驚心！烽火連三月，家書抵萬金。白頭搔更短，渾欲不勝簪。①〔平聲侵韻〕

【註釋】

①白髮因搔爬而更短，竟致不能簪梳。

【作意】

此詩係作於至德二載三月陷於賊營的時候，為憂亂傷春而作。

【作法】

司馬溫公說：「古人為詩，貴乎意在言外，使人思而得之。如《春望》詩：『國破山河在』，明無餘物矣；『城春草木深』，明無人跡矣。花鳥平時可娛之物，見之而泣，聞之而悲，則時可知矣。」所謂意在言外者。換言之，就是作詩不可太露，要含蓄蘊藏，或寓意於物，或寓情於景，讓讀者自己去細心領悟。本詩寫意，不能說十分含蓄，就因開口即說「國破」，又說「感時」和「烽火」，詩人傷感之情，已在其中。頷聯以「感時」承「春」，以「恨別」承「國破」。頸聯則又以「烽火」承「時」，以「家書」承「別」，如此連環承轉，即愈覺可驚心濺淚了。再有「花濺淚」「鳥驚心」兩句，其中均省去一動詞，意當為「看花濺淚」「聞鳥驚心」，方可解釋。末聯極寫憂傷，可以想見詩人當時焦急萬分的情狀。

春宿左省

花隱掖垣①暮，啾啾棲鳥過。星臨萬戶動，月傍九霄多。不寢聽金鑰②，因風想玉珂③。明朝有封事④，數問夜如何⑤。〔平聲歌韻〕

【註釋】

①掖垣，即偏殿的短牆。左省在東，亦曰左掖。

②午門的鎖鑰。

③馬鈴。

④臣下或上書或奏狀，慮有宣洩，則囊封以進，謂曰封事。按杜甫於拜右拾遺後即疏奏房琯。

⑤《詩小雅》「夜如何其。」

【作意】

這時杜甫官居左拾遺，掌供奉諷諫，在值宿之時，常凜誠敬，預備封事，夜不敢寢，因作是詩。

【作法】

本詩層次，自暮至夜，自夜深至將曉，自將曉至明朝。其中「花隱烏棲」襯「暮」，星出月上襯「夜」，「不寢」襯「中夜」，「玉珂」襯「將曉」。並以「花鳥」點「春」，「不寢」點「宿」，以「掖垣」「封事」點「左省」，對題目又一字不漏。杜氏所謂「老去漸於詩律細」，於此詩即可窺見一二。

至德二載甫自金光門出，間道歸鳳翔。乾元初從左拾遺移華州掾，與親故別。因出此門，有悲往事。——金光門，指長安西門。乾元，是肅宗年號。

此道昔歸順①，西郊胡正繁。至今殘破膽，應有未招魂。近得歸京邑②，移官豈至尊③！無才日衰老，駐馬望千門④。〔平聲元韻〕

【註釋】

①說從前安祿山得寵，吐蕃歸順，皆由此門。

②指拜左拾遺。

③指移華州掾。按乾元元年，房琯罷相，公坐琯黨，即出為華州掾，為賀蘭進明所譖也。

「豈」一本作「遠」，可解為我之移官，豈天子之本意？

④漢武帝作建章宮，度為千門萬戶。

【作意】

此詩是杜甫再出國門有感而作。其中說「移官豈至尊」，論者謂子美不敢歸怨於君，並與房琯同進退，其事君交友處的大節，從此詩可以看出。又「無才日衰老」，責己至深，比較孟浩然的「不才明主棄」，更見深厚之意。

【作法】

此詩前半首感慨淋漓，一種滿目蕭條的景象，呈現紙上。這是正咏金光門外的所見。「正」一本作「騎」，「殘」一本作「猶」，均可解。意為今尚如此，當日可知。頸聯是補敍出金光門的原因，末聯「無才」句，並申「移官」句意。是說我之移官，一半亦由於我無才而衰老也。末句，寫留戀之情，駐馬四望，不忍去君，這正是杜老可愛之處。

月夜憶舍弟

戍鼓斷人行①，邊秋一雁聲。露從今夜白，月是故鄉明。有弟皆分散②，無家問死生。寄書長不達，況乃未休兵！〔平聲庚韻〕

【註釋】

①乾元二年公在秦州，是年九月史思明陷東京，宜未休兵。
②公有二弟，一在許，一在齊。

【作意】

安史為亂，公流離顛沛，上念國難，下有家憂，其至性至情，都從詩篇中流露，此詩即是憶二弟之作。

【作法】

此詩雖然信手揮寫，似不經意，但層次井然，首尾相應，並且句句不離「憶」字，如因聞雁而憶，因寒露而憶，因望月而憶。分散則死生不明，無家則寄書不達。未休兵故斷人行，句句都可連貫在一氣。王彥輔說：「子美善用故事及常語，多顛倒用之，語峻而體健，如露從今夜白，月是故鄉明之類是也。」意思是這二句不過是寫今夜露白、故鄉月明而已，但經子美一為顛倒，即覺矯健有力，於此可悟造句方面化平淡為神奇的方法。

天末懷李白——天末，天的盡頭，指夜郎。

涼風起天末，君子意如何？鴻雁幾時到？江湖秋水多。文章憎命達①，魑魅喜人過。②應共冤魂③語，投詩贈汨羅④！（平聲歌韻）

【註釋】

①此指太白應詔造清平調三章，後為高力士所譖，貴妃深恨之，從中抑止。

②魑，音癡，山神獸形。魅，音昧，怪物。太白坐永王璘黨，長流夜郎。謂夜郎乃魑魅之地，正喜人過可食也。

③冤魂指屈原。

④楚三閭大夫屈原被讒而放，懷沙自沉於汨羅江，江在湖南東北部。

【作意】

這是一首懷人之作，惜其被放逐，應引屈大夫為同調。太白遠謫，在至德二載，時杜甫在秦州。

【作法】

此詩前半部分只獨做一「懷」字，因涼風而想念天末故人，秋來鴻雁南歸，不知何時可見音訊，又因此去正值江湖多浪之時，於是懷念更甚。後半段是替太白的遭遇扼腕，文章雖好，偏又憎命。魑魅偏多，正欲食人。結末則說夜郎一竄，幾與屈子同冤。仇兆鰲謂：「說到流離生死，千里關情，真堪聲淚交下，此懷人之最慘怛者。」

奉濟驛重送嚴公四韻

——驛在四川綿竹縣。嚴武字季鷹，從玄宗入蜀，為諫議大夫。肅宗立，房琯薦為給事中。後琯以事敗，坐貶巴州刺史。後還東川節度使，以破吐蕃官至吏部尚書。

遠送從此別，青山空復情！①幾時盃重②把，昨夜月同行。列郡謳歌惜，三朝出入榮③。江村獨歸處，寂寞養殘生！〔平聲庚韻〕

【註釋】

①謂從此別去，惟留青山空復在此，轉傷離情。
②作重行解，讀作平聲。
③指嚴公歷仕玄宗肅宗代宗三朝，迭為將相。

【作意】

此係送行詩，因杜甫曾入嚴公幕下，故不作泛語，一種依依惜別之情，自在言外。

【作法】

凡是贈送有官職的人的詩，不能和尋常知己朋友一概而論，其間措詞，難免不作幾句頌揚的話。嚴公身分，不比尋常，所以在頷聯述交情之外，在頸聯就不得不說幾句客套話，加以頌揚。上句見民情的愛戴，下句見主眷的隆盛。適可而止，並無過譽，可見詩人立言的得體。結末則寫歸去，與開首別相照應。

別房太尉墓——房琯字次律，玄宗幸蜀，拜為相。肅宗乾元元年，因陳濤斜之敗，貶為邠州刺史。寶應二年，進為刑部尚書，在路遇疾，卒於閬州僧舍，葬閬中縣城外。

他鄉復行役，駐馬別孤墳。近淚無乾土，低空有斷雲。對碁陪謝傅①，把劍覓徐君。②惟見林花落，鶯啼送客聞。〔平聲文韻〕

【註釋】

①《晉書謝安傳》：苻堅率眾百萬次於淮肥。安為征討大都督，與謝玄出山墅，圍棋賭別墅。竟卻敵。卒贈太傅。

②《史記吳太伯世家》：季札初使北過徐，徐君好季札劍，口弗敢言，札心知之，為使上國，未獻。還至徐，徐君已死，乃解劍繫徐君冢樹而去。

【作意】

這是一首追悼詩，意在敍述倆人的交誼，抒寫傷感的情懷。

【作法】

仇兆鰲云：「上四句墳前哀憤，下四句臨別留連。行役將適成都，淚沾土溼，多哀痛也。斷雲孤飛，帶愁慘也。」子美篤於朋友，與太白為布衣之交，可說是文字知己。嚴武曾為其上司，房琯曾薦之入仕。均與子美有相當的交誼，甚或有知遇之感。我們讀子美寫這三人的詩，可以窺見他知遇之感，言無泛設，竟可以勵末俗。尤其此詩，將兩人的生前友誼死後交情，一一奔迸而出，結末尤有餘韻不盡之妙。

旅夜書懷

細草微風岸，危檣獨夜舟。星垂平野闊，月湧大江流。名豈文章著，官應老病休！飄飄何所似，天地一沙鷗。（平聲尤韻）

【作意】

這是子美因華州司功解職離開成都，乘舟到重慶時所作，那時是永泰（代宗年號）元年。詩人奔波不遇，這詩是舟中感懷之作。

【作法】

此詩也用對起法，上句是日間，下句是夜間；用「細」、「微」、「危」、「獨」幾個形容詞，將水陸兩方的情形，完全包舉起來，十分凝鍊。頷聯又從水陸兩方分咏，用「垂」和「湧」兩個響字，將星月的精神烘托出來。前兩聯完全是寫景，頸聯倘若仍寫景，就會違背詩法虛實相生之法，所以頸聯就應即景生情，切合題目中的「懷」字。上句故作問語，以見跌宕，下句是說明東下之緣由是為了休官致仕。結句承上啟下，用當地所見的沙鷗來比喻自己的境遇。

登岳陽樓

昔聞洞庭水，今上岳陽樓。吳楚東南坼①，乾坤日夜浮。②親朋無一字，老病有孤舟！戎馬關山北③，憑軒涕泗流！（平聲尤韻）

【註釋】

①坼，音拆，分裂的意思，意謂吳楚自此湖分界。

②乾坤指天地，此句形容湖水的廣闊。
③指子美的故鄉，正是戎馬倥傯干戈擾攘之地也。

【作意】

大曆三年，子美在岳陽，曾作《岳陽風土記》。此詩是偶登岳陽樓而望故鄉，感懷之作。

【作法】

詩人寫景狀物，往往喜歡誇大形容，因此不免有牽強失真的地方。本詩頷聯，就犯此病。照地理上講，洞庭湖四周，均為楚地，哪能說是與吳分界之處？乾坤日夜浮，倘用來咏大海，那還相當，若咏洞庭，未免不稱。後人雖加以曲解，究於事理未當。不過這兩句向來被人稱頌，主要是因為詩人琢句的宏闊，和「坼」「浮」二字的奇警。頸聯抒情，孤寂不堪，有一唱三歎之妙。結句從望遠而懷故鄉，是當時確有此情，也是題中應有之話，好在吐屬自然，毫不費力，又與開首有異曲同工之妙。

錢起

字仲文，吳興人。天寶進士，官考功郎中，有《錢仲文集》。仲文與盧綸、吉中孚、韓翃、司空曙、苗發、崔峒、耿湋、夏侯審、李端，皆能詩，號「大曆十才子」。大曆以還，詩格初變，句漸工，意漸巧，詞漸秀，開天渾厚之氣，寖遠寖漓。但溫秀蘊藉，仍不失風人之旨。

谷口書齋寄楊補闕——補闕，官名。唐制設左右補闕各二人。

泉壑帶茅茨，雲霞生薜帷①。竹憐新雨後，山愛夕陽時。閒鷺棲常早，秋花落更遲。家僮掃蘿②徑，昨與故人期。〔平聲支韻〕

【註釋】

①薜，音敝，是一種常綠灌木，即藥用當歸。《楚辭》：「網薜荔兮為帷。」

②蘿，是地衣類植物，亦名松蘿。

【作意】

這是一首邀約的詩，意在邀約楊補闕來書齋小敍。

【作法】

此詩全是寫景，鋪排谷口書齋的景物，寫得非常蒨秀，句法也很工整。首聯是對起法，頷聯「憐」字有愛惜意，晴雨分寫。頸聯又寫花鳥的情態，兩聯皆示書齋景物之幽妙，待楊補闕來共賞以娛情。結句以「蘿徑」應前「薜帷」，末句始說明邀約之意。

送僧歸日本——日本即今之日本國，隋開皇（文帝年號）末始與中國通。唐時曾派遣僧人至中國留學。

上國[①]**隨緣住，來途若夢行。浮天滄海遠，去世法舟輕。水月通禪寂，魚龍聽梵聲**[②]**。惟憐一燈影，萬里眼中明。**[③]〔平聲庚韻〕

【註釋】

①上國指中國。《左傳》：「吳為封豕長蛇，以薦食上國。」

②梵聲，誦佛之聲。梵，潔淨之意，佛教以清淨為主，故凡關於佛的，均可稱梵。
③《維摩經》有法門名無盡燈，譬如一燈燃百千燈，冥者皆明，明終不盡。夫一菩薩開導千百眾生令發阿耨多羅三藐三菩提心，其於道意亦不滅。

【作意】

這是送別詩，不過送別的人是僧人，且是日本的僧人，故其措辭多頌揚。

【作法】

前人評此詩謂：「前半不寫送歸，偏寫其來處；後半不明寫出送歸，偏寫海上夜景。送歸之意，自然寓內。如此則詩境寬而不散，詩情蘊而不晦矣。」本詩除用相當的僧家術語外，又因僧人自隔海而來，又跨海而去，所以即從「海」字生發，造成中間二聯。結句以「萬里」應前「遠」字，以見僧人之來去，真是難得，何況他能通禪宏法。我們在此處，可以悟到做詩境狹窄的題目，也有取巧的方法，就是從極窄處，把握一個中心，然後從這個中心，加以渲染，也不難成為一首好詩。

韓翃

字君平，南陽人。天寶十三載進士，相繼入侯希逸李勉幕府，德宗時為知制誥。有集。

酬程延秋夜即事見贈

長簟[1]迎風早，空城澹月華。星河秋一雁，砧杵夜千家。[2]節候看應晚，心期臥已賒。向來吟秀句，不覺已鳴鴉。〔平聲麻韻〕

【註釋】

①長簟即竹蓆，一說指竹。

②砧，搗衣石。杵，搗衣的棒。指家家搗衣聲。

【作意】

此詩是酬贈之詩，一唱一酬，多以即事為題，意在敍寫近況或隨感。

【作法】

前半部分二十字，籠罩秋夜，非但有色，並且有聲，尤以頷聯屬對，秀逸自然，不愧為一種「秀句」。頸聯以「節候」承上文秋夜，啟下文即事興感。順勢貫串，毫不脫節。結末是說為了吟咏見贈的秀句，不覺竟至夜深天曙，已聞鴉噪，回應上文的「夜」，章法很嚴密。中唐詩的可愛之處，就在這些地方。

劉昚虛

江東人，天寶時官夏縣令。「昚」同「慎」。

闕題

道由白雲盡，春與青溪長。時有落花至，遠隨流水香。閒門向山路，深柳讀書堂。幽映每白日，清輝照衣裳。〔平聲陽韻〕

【作意】

此詩雖標闕題，看全詩語意，似乎是詩人訪隱居者而作。

【作法】

全詩以「春」字為主，道即山路，入山而白雲盡，尋春而青溪長，是何等的風光？頷聯從第二句生發，兩意一句，單說落花，在對句中此為初見。頸聯中「向山路」三字，可解為朝山的路，可與「讀書堂」相對。倘解為門向山路而開，屬對牽強，因此可悟詩中有時但求字面可對，不必問其意義怎樣，這也是屬對的又一方法。倘作「閒門向山路，深柳映書堂」，雖然易解，然而句法未免笨拙。「幽映每白日」句是拗句，「每白」二字作平聲。言白日與深柳相映，清輝照澈衣裳，一種幽靜之趣，如在目前。

戴叔倫

字幼公，潤州金壇人。官撫州刺史。有集。

江鄉故人偶集客舍

天秋月又滿，城闕夜千重。還作江南會，翻疑夢裏逢。風枝驚暗鵲，露草覆寒

蟲。羈旅長堪醉，相留畏曉鐘。（平聲東冬韻通叶）

【作意】

這是一首即事即景隨意口占的詩。意在偶集非易，應作長夜之飲。

【作法】

本詩開首，泛說秋夜，切時切地。頷聯即行點題，用「還作」「翻疑」作流水對，見得此番偶集，真是難得，有出其不意之妙。頸聯看似就本地風光湊成一聯，但上句暗用了一個「月明星稀烏鵲南飛，繞樹三匝無枝可依」——魏武《短歌行》語——的典故，以見客旅之情，以動思歸之念。屬對雖覺纖巧，含意究屬深刻。所以結句即說羈旅之愁，應以長醉來解，挽留故人且住為佳。

盧綸

字允言，河中蒲人。大曆中，元載薦補閿鄉尉，後官至監察御史、戶部郎中。有集。

送李端——端，趙州人，大曆十才子之一。仕至杭州司馬。

故關①衰草遍，離別正堪悲。路出寒雲外，人歸暮雪時。少孤為客早，多難識君遲。掩泣空相向，風塵何所期？（平聲支韻）

【註釋】

①故關，即故鄉。

【作意】

這是一首送別詩。抒情多於寫景，離愁別緒，自然流露，比較真實。

【作法】

首句點冬，次句點別。頷聯前句是指行者，後句是指送者。「寒雲」「暮雪」，俱是當地風景。頸聯前句是憐李端，後句是悲自身。情摯語真，毫不做作，並且屬對工穩，實是不可多得的警句。末句慨歎天下風塵擾擾不知後會何時，也是題中應有之話。前人評：「允言詩骨力堅凝而句擅風韻，集中警句，時時突過錢韓諸子。」

李益

字君虞，姑臧人。憲宗時為秘書少監，官至禮部尚書。有《李君虞集》。

喜見外弟又言別——外弟，姑母之子。

十年離亂後，長大一相逢。問姓驚初見，稱名憶舊容。別來滄海事①，語罷暮天鐘。明日巴陵②道，秋山又幾重？（平聲冬韻）

【註釋】

①用滄海桑田事，言人事變遷無定。

②巴陵，今湖南岳陽縣。

【作意】

此詩寫暫會又別的事情，情事歷歷，情話殷殷，意中有傷亂感時之慨。

【作法】

此詩全是抒情，層次分明，井井有條。自別後而相逢，初見而又不識，識而話舊，話罷又匆匆別去。一種親暱之情，躍然紙上。頷聯是人人常有的相遇情形，也是人人意中所要說的話，經詩人一說，愈覺格外親切有味。這種「家常話」在詩中能有一二句，全詩就會生色不少。頸聯上承離亂，下引別緒，結句神韻自然，不說別而別意自見。蓋本詩中關於離別相逢初見，已經好幾處寫過了，倘若結末再明說離別，就覺嚕囌乏味，所以特地換一種說法。

司空曙

字文明，廣平人。德宗貞元中，為水部郎中，有集。

賊平後送人北歸

世亂同南去，時清獨北還。他鄉生白髮，舊國見青山。曉月過殘壘，繁星宿故關。寒禽與衰草，處處伴愁顏。（平聲刪韻）

【作意】

這是送人歸鄉之作，意在傷感自己之獨留，不能同來同返。

【作法】

律詩中句法，最宜講究，八句要不盡同。尤其在兩聯中，句法不能一樣。如本詩中兩聯，就犯此病。因為四句中，動詞都用在第三字，都是以一個動詞貫串上下兩個名詞，並且四個名詞，又各帶着一個形容詞。因此「曉月過殘壘」，可對「舊國見青山」，造成四句相同的句法。明王世懋《藝圃擷餘》也指責唐人詩中很多這種毛病，謂為「在彼正自不覺，今人用之，能無受人揶揄。」他稱這種詬病為「四言一法」，學者不可不知避免。至於本詩的好處，則在處處不脱亂後的景象，所謂「舊國殘壘」「寒禽衰草」，寫出一片荒涼之景，而別情自見。

雲陽館與韓紳宿別——館故址在今陝西涇陽縣北三十里。韓紳一作韓升卿。

故人江海別，幾度隔山川。乍見翻疑夢，相悲各問年。孤燈寒照雨，深竹暗浮烟。更有明朝恨，離杯惜共傳！（平聲先韻）

【作意】

此詩是寫乍見又別之情，不勝黯然。

【作法】

此詩可與李益《喜見外弟又言別》詩比較參閱，其章法可說完全相同。尤其是頷聯寫情至語，想像得各有神趣。頸聯寫館宿，雖是以景物來烘托，但也和前詩頸聯話舊差不多。可見天地間有此情有此景，詩人筆下必有此語。因此我們應知語貴獨造，大忌模倣。兩詩頷聯，均屬千古名句，試問同乎不同。

喜外弟盧綸見宿

靜夜四無鄰，荒居舊業貧。雨中黃葉樹，燈下白頭人。以我獨沈久，愧君相見頻。平生自有分，況是蔡家親①。〔平聲真韻〕

【註釋】

①據《姚姬傳》曰：「羊祜為蔡伯喈外孫，將進爵士，乞以賜舅子蔡襲，見《晉書》。」又《南史》：蔡興宗甥袁顗，子昂，皆名士，不知此詩何指？別本又作「霍」。

【作意】

此詩是貧居留宿，自道近況之作。

【作法】

此詩與李益詩雖同是喜見外弟，但章法不相同。本詩首聯從夜説起，頷聯融情入景，經過千錘百鍊，鑄成此十字。前句含有飄零意，後句含有老大意，其景固可繪，其情尤可憫。頸聯「獨沈久」承「雨中」句而來，「相見」承「燈下」句而生。結末謂平生友朋離合自有緣分，你我情誼，聚首一室，也是有緣分啊。此處用一蔡家典，以扣實「外弟」，如不如此，此詩就只能對尋常朋友而不是對外弟説了。

劉禹錫

字夢得，彭城人。德宗貞元九年進士。官監察御史。後坐王叔文黨，貶連州刺史，歷任播州連州夔州和州各州刺史，入為禮部郎中，遷太子賓客。武宗會昌時，加檢校禮部尚書。有《劉賓客集》。夢得詩，論者謂其含蓄不足，精銳有餘，其氣骨高遒，足以壓倒元白。

蜀先主廟——註見前

天地英雄氣，千秋尚凜然！勢分三足鼎①，業復五銖錢②。得相能開國③，生兒不象賢④。淒涼蜀故妓，來舞魏宮前！⑤〔平聲先韻〕

【註釋】

①《三國志》：「孔明取畫軸指謂玄德曰：『此西川五十四州之圖也。將軍欲成霸業，北讓曹操佔天時，南讓孫權佔地利，將軍可佔人和，先取荊州為家，後即西川建基業，以成鼎足之勢，然後可圖中原也。』」

②《漢書武帝紀》：「五年春三月罷半兩錢，行五銖錢。」又漢末童謠：「黃牛白腹，五銖當

復。」此借以謂先主能恢復漢業。

③《蜀志先主傳》：章武元年，以諸葛亮為相。「開國」謂佐先主取西川以開蜀國。

④《蜀志後主傳》：「後主諱禪，先主子也。先主殂，襲位於成都。鄧艾破蜀，後主降，至洛陽，封為安樂縣公。」「象賢」見《書微子之命》，「惟稽古崇德象賢。」謂其後嗣子孫有像先聖王之賢者。

⑤《三國志》：「後主親詣司馬府下拜謝。昭設宴款待，令蜀人扮蜀樂於前，蜀官皆墜淚，後主嬉笑自若。」

【作意】

此詩是弔古之作，也是一首史論詩。意在稱揚先主，而貶譏後主。

【作法】

開首兩句，有籠罩全局的氣勢，看似尋常語，其實有來歷，原來是用的《三國志》中「操語先主曰：『夫英雄者，胸懷大志，腹有良謀，有包藏宇宙之機，吞吐天地之志者也。今天下英雄，唯使君與操耳。』」這就是暗用典故的方法。「千秋凜然」句正切廟貌，亦非泛語。

頷聯以「三足鼎」對「五銖錢」，三足鼎是題中應有的話，五銖錢卻不經見，詩人竟窮想到此，以它們傳出恢復漢業的意思，可見屬對的不易。頸聯一褒一貶，語率而直。詩人玉屑稱此等聯語為「愛憎格」，最宜用於反正兩意之詩。結語又有所本，即承「不象賢」而來，言下感慨係之。

張籍

字文昌，吳人。貞元進士，韓愈薦為國子博士，終國子司業。有《張司業集》。

沒蕃故人——蕃指吐蕃，國土在今新疆省，唐時屢入寇。沒，有淪陷羈留的意思。

前年戍月支①，城下沒全師。蕃漢斷消息，死生長別離！無人收廢帳，歸馬識殘旗。欲祭疑君在，天涯哭此時！（平聲支韻）

【註釋】

①月支一作月氏，音肉支。其族先居甘肅西境，漢時為匈奴所破，西走至阿姆河，臣服於大

夏，為大月氏。其餘留居故地為小月氏。

【作意】

此詩為悼念覆沒於吐蕃異域的故人而作，其存其沒，將信將疑。雖是念故人，意在非戰爭。

【作法】

從戍守說到覆師，因消息斷絕而生死莫明，語語都在情理之中，且層次一點不亂。頸聯也是寫想象的景，也是「沒全師」後應有的景，並不是親目所見。凡是想象之詞，雖入情入理，而描寫卻不嫌深刻。結語是全詩主旨所在，是從頷聯生發，欲望空遙祭，當冀其能生還，語真情苦，非常傷悲。

白居易

草——一作「賦得古原草送別」。

離離①原上草，一歲一枯榮。野火燒不盡，春風吹又生。遠芳侵古道，晴翠接荒城。又送王孫去，萋萋滿別情②！（平聲庚韻）

【註釋】

①離離，蒙茸附結的樣子。

②《楚辭》：「王孫遊兮不歸，春草生兮萋萋。」

【作意】

此詩雖是咏物詩，意在諷刺小人，也可作寓言詩看。

【作法】

凡做含有諷刺的詩，切不可露筋露骨，使人一望而知。最好要意在言外，使人自去領悟，才有回味。本詩以草比喻小人，「原上」比君側，「枯榮」比去一小人來一小人，「火燒」比斥除不能盡，「春風」比乘時又崛起，「侵道」比傾軋君子，「接城」比欺凌君上，「別情」比小人慇勤處最易動人。再就文字講，頷聯是流水對，非常自然。頸聯中「遠芳」「晴翠」，字都凝鍊，都是代替「草」字，於此可悟詩中運用借代詞的方法。

杜牧

字牧之，京兆萬年人。文宗太和二年進士，復舉賢良方正，官中書舍人，有《樊川文集》。晚唐詩大多柔弱，樊川矯以拗峭，七絕尤有遠韻。前人多稱杜牧為小杜，以別於少陵，再配以李商隱，亦稱「李杜」。

旅宿

旅館無良伴，凝情自悄然。寒燈思舊事，斷雁警愁眠。遠夢歸侵曉，家書到隔年。滄江好烟月，門繫釣魚船。〔平聲先韻〕

【作意】

這是旅宿懷念故鄉之作，幽恨閒愁，淒絕至極。

【作法】

做詩不怕沒有好主旨，而怕有了好主旨，卻不肯經心着意的去錘鍊，僅僅隨便脫口而出，那樣往往會流入膚淺空泛的俗套。我們看此詩頷聯二語並不驚人，不過情景卻很逼真。再看頸聯二語，卻是經過詩人的千錘百鍊，鑄成這僅僅的十個字。意思好，不足為奇，奇在意思曲折，有好幾層可以抽剝。其中的「歸」是歸家鄉，「到」是到旅館，歸夢須侵曉到家，可見離家之遠。家書須隔年到館，可見寄書之遲。末二句是從無可奈何中豔羨門外滄江魚船的清閒自在，自歎勞人作客，這是跳出題目圈子的話，使詩具有神韻風趣。

許渾

字用晦，丹陽人。太和六年進士。為當塗太平二縣令。累官至睦郢二州刺史。有《丁卯集》。

早秋（三首選一）

遙夜泛清瑟，西風生翠蘿。殘螢棲玉露，早雁拂金河①。高樹曉還密，遠山晴更多。淮南一葉下②，自覺洞庭波③。〔平聲歌韻〕

【註釋】

①金河即銀河。

②《淮南子》：「一葉落而天下知秋。」

③屈原《九歌》：「洞庭波兮木葉下。」

【作意】

此詩是咏物詩。詠的是早秋景物，並無所謂感慨寄託。

【作法】

題是早秋，不是中秋暮秋，取材措詞，就得字字切「早」。此詩以「清瑟」二字，領起秋景。以「殘螢」「早雁」「曉還密」「晴更多」「一葉下」「洞庭波」等詞，扣足「早」字。頷聯上句是俯察，下句是仰觀。頸聯上句是近看，下句是遠望。從高低遠近描繪早秋景物，不感枯窘。結末二句，完全是用早秋典故。古人詩中往往有將兩三個毫不相關的地名，同用在一首詩中，都須靈活解釋才是。

秋日赴闕題潼關驛樓——潼關即今陝西潼關縣。《水經注》：「河在關內，南流潼激關山，因謂之潼關。」

紅葉晚蕭蕭，長亭酒一瓢。殘雲歸太華①，疏雨過中條②。樹色隨關迥，河聲入海遙。帝鄉明日到，猶自夢漁樵。〔平聲蕭韻〕

【註釋】

①太華山在陝西潼關縣西南，即西嶽。「華」本應作「崋」，讀若話。

②中條山在山西永濟縣東南。華山與中條山，夾峙黃河南北，河水即自此折而東流。

【作意】

這是一首題壁詩，體味結句之意，可以看出赴闕恐非所願。

【作法】

驛樓是沿途的傳舍，即行旅棲宿的地方。此詩題中雖沒有「宿」字，但在字句中可以看出那夜是宿在驛樓，秋晚雨過，四望風物，因動吟興。所以詩中關於時間空間的問題，亦應注意。這詩雖是晚唐的詩，但是看其格調，卻可直追初盛。中間兩聯，語氣的闊大，聲調的鏗鏘，鍊字的遒勁，對仗的工穩，處處和盛唐詩不相上下，因此我們看了此詩，對唐詩初盛中晚的分界會發生疑問。要知道詩是因人因地因時而常常異其作風的，不能一概而論的。讀者可即就此詩和前詩兩相比較，看其作風是否相同。以時代來劃分詩的格調的問題，我認為大有研究的價值了。

李商隱

落花

高閣客竟去，小園花亂飛。參差連曲陌，迢遞送斜暉①。腸斷未忍掃，眼穿仍欲歸。②芳心向春盡，所得是沾衣。〔平聲微韻〕

【註釋】

①就是夕陽。

②意謂望春暫留，而仍欲歸去，使人望眼欲穿。

【作意】

這是專咏落花的詩，一片傷春之感，委曲動人。

【作法】

小園花飛，故高閣客去，起首二句，可以倒置。頷聯從「飛」字生發，「參差」是花影迷亂，「迢遞」是映日迴風，寫落花的動態，刻劃入微。頸聯「未忍掃」是指花，「仍欲掃」是怨春，又是寫落花的靜態，情思如痴。花因春盡而落，我心亦因花落而盡，哪得不淚下沾衣？

蟬

本以高難飽，徒勞恨費聲。五更疏欲斷，一樹碧無情。薄宦梗猶泛[1]，故園蕪已平[2]。煩君最相警，我亦舉家清。〔平聲庚韻〕

【註釋】

①《戰國策》：「有土偶人與桃梗相與語。土偶曰：『子東國之桃梗也，刻削子以為人。降雨

下，淄水至，流子而去，則子漂漂者將何如耳。』」

②陶潛《歸去來辭》：「歸去來兮，田園將蕪胡不歸。」

【作意】

此詩借蟬以喻己之清高廉潔，在《詩》為興體。

【作法】

本詩可分兩段，前半段完全是咏蟬，以「高」字為主旨。首二句造語奇硬，且用虛字起筆，尤與他詩不同。意謂蟬本以清高而餐風飲露，難求一飽。不能溫飽而空勞作不平之鳴，亦不過徒費聲響而已。領聯上句即承「聲」字，謂即便力竭聲嘶，亦無同情的人。下句承「高」字，謂高棲於樹，而樹亦無情。字字咏蟬，卻字字是自況。下半段則是直抒己意，頸聯他鄉薄宦，等於梗漂，故園已蕪，胡不歸去。看似與蟬無關，實自「難飽」「費聲」而來。結句因聞蟬而自警，與蟬同病，亦與蟬同操，以「警」結「聲」，以「清」結「高」，一絲不漏，章法非常嚴密。

涼思

客去波平檻，蟬休露滿枝。永懷當此節，倚立自移時。北斗兼春遠，南陵①寓使遲！天涯占夢數，疑誤有新知。〔平聲支韻〕

【註釋】

①南陵，唐屬江南道宣州，今安徽南陵縣。

【作意】

這是一首因秋涼而懷舊的詩，其辭若有怨焉。

【作法】

本詩起首二句即對，前人指頷聯不對，謂為偷春蜂腰格，如梅花偷春而先開也。其實細按頷聯，亦何嘗不對，而且此種對偶比較流利自然。首句是回憶春時離別，二句是寫涼秋。頷聯繳足「思」字。聞蟬而憶客，倚檻而凝思。頸聯中北斗指客今日所處之所，南陵指我今日懷思之地，謂客已遠矣，寓使亦遲。結末是因思而疑，因疑而夢，因夢而占，因占而誤以為別有新知，竟忘我故交。近人謂詩是經濟的言語，我們解釋這兩句，已費了好多口舌，詩人竟可用短短十字來抒寫其充分的情感，這是何等凝煉呀！

風雨

淒涼《寶劍篇》①，羈泊欲窮年。黃葉仍風雨，青樓自管絃②。新知遭薄俗，舊好隔良緣。心斷新豐酒③，銷愁斗幾千④？（平聲先韻）

【註釋】

①《唐書郭震傳》：「武后召與語，奇之，索所為文章，上《寶劍篇》，后覽嘉歎。」

②曹植《美女篇》：「青樓臨大路，高門結重關。」

③《三輔舊事》：「太上皇（漢高祖之父）不樂關中，思慕鄉里，高祖徙豐沛屠兒沽酒煮餅商人，立為新豐。」新豐故址在今陝西臨潼縣東北。

④王維詩：「新豐美酒斗十千」，言酒價也。

【作意】

這詩是作者自傷羈旅飄泊，無所建樹也。

【作法】

起首以郭震上《寶劍篇》而得武后嘉歎事，引起自己的窮年羈泊的不得意之感。頷聯承上文作兩扇寫，風雨中黃葉飄零仍舊，是比喻自己的羈泊；同時青樓上管絃嘈雜依然，是比喻別人的歡樂，一悲一樂，以「仍」「自」字為詩眼。頸聯是說自己交遊的落寞，意謂縱有新知，偏遭薄俗，不能久交；豈無舊好，已隔良緣，無由援引。「仍」字自從上文「羈泊」發源。愁恨如此，雖心厭美酒，但可銷愁，亦不惜沽飲，結出借酒澆愁之情。

北青蘿——地名或他指，未詳其義。

殘陽西入崦①，茅屋訪孤僧。落葉人何在，寒雲路幾層？獨敲初夜磬，閒倚一枝藤②。世界微塵裏③，吾寧愛與憎！（平聲蒸韻）

【註釋】

①崦音掩。《山海經》：「鳥鼠同穴山西南曰崦嵫，下有虞泉，日所入處。入崦，謂日下山。」

②藤可為杖。

③《法華經》：「譬如有經卷，書寫三千大世界事，全在微塵中。」

【作意】

此是訪僧悟禪之詩。

【作法】

此詩章法可分好幾層。一二兩句是造訪孤僧，三句是聞聲不見，四句是尋路再訪，五句是先聞聲，六句是後見杖，始寫訪着。七八句是悟禪。中間兩聯以聞見兩事作為兩扇，一聞一見，銖兩悉稱。至於其中照應之處，在時間方面，「殘陽」應「初夜」，在寫「僧」則有「獨敲」「一枝」應「孤僧」。末句是說世界萬物俱在微塵中，一切皆空，我還有甚麼愛與憎呢？

馬戴

字虞臣，里居未詳。會昌四年進士，官太學博士。有集。

楚江懷古——楚江指湖南境長江。

露氣寒光集，微陽下楚邱①。猿啼洞庭樹，人在木蘭舟②。廣澤生明月，蒼山夾亂流。雲中君③不見，竟夕自悲秋。〔平聲尤韻〕

【註釋】

①泛指湖南北邊的山嶺。

②《述異記》：「木蘭川在潯陽江中，多木蘭樹，魯般刻為舟。」

③雲中君，古仙人，即湘君，湘水之神，屈原有《湘君篇》，指舜妃娥皇。尚有湘夫人，則指女英。

【作意】

此詩雖題名懷古，其實是泛咏洞庭湖的風景，前人解為譏刺明皇，實屬曲解。

【作法】

首二句點明薄暮之時，頷聯上句承「暮」，下句點人，向來被稱為名句，在晚唐中不可多得。頸聯就山水兩方描寫夜景，其中「夾」字是一個詩眼，特別凝練。結末兩句，始出懷古之意，而以悲秋作結。

灞上秋居——《水經注》：「滻水歷白鹿原東即霸川之西，謂之灞上。今在咸寧縣東，接藍田縣界。」

灞原風雨定，晚見雁行頻。落葉他鄉樹，寒燈獨夜人。空園白露滴，孤壁野僧鄰。寄臥郊扉久，何年致此身。（平聲真韻）

【作意】

此詩是客居感秋，有不甘寂寞之意。

【作法】

此詩情景兼寫，首出「地」，次點「時」，頷聯錬意深刻，層次重重，是晚唐詩中最多見之句。頸聯上句承「落葉」，下句承「寒燈」，情景非常蕭瑟。末聯意在寄臥時久，大有久蟄思動、事君致身之意。可能詩人多感，即景抒情，不禁吐出胸中積鬱。論者指末句與上文不相配稱，也許因為沒有身歷其境吧！

溫庭筠

《唐書》作廷筠，本名岐，字飛卿，太原人。累舉不第，宣宗大中末，授方山尉。徐商鎮襄陽，往依之，曾署巡官。有《溫飛卿集》。飛卿才思豔麗，工於小賦，作賦凡八叉手而八韻成，時號「溫八叉」。

送人東遊

荒戍落黃葉，浩然離故關！高風漢陽渡，初日郢門山[1]。江上幾人在，天涯孤櫂還。何當重相見，尊酒慰離顏。〔平聲刪韻〕

【註釋】

①郢門山即荊門山。郢昔為楚都，今湖北江陵縣。

【作意】

這是送別之詩，送別且在秋令，尤覺悲楚。詩中雖全是對人而講，不發自己牢騷，但已是很好的送別詩。

【作法】

沈德潛曾說：「語云：『情生於文，文生於情』，情不足而文多，晚唐詩所以病也。」用這種標準去比較初盛中晚的唐詩，就能看出其中的厚薄、濃淡、大小、工拙等種種的不同來。本詩頷聯造語，似乎可以直逼初盛，頸聯也脱去溫李纖麗的作風，但結語只是就題說尋常話，不能別出新意，這就是所謂情不足而文多的病。

張喬

池州人，懿宗咸通中進士。黄巢亂作，隱於九華山中。

書邊事

調角斷清秋，征人倚戍樓①。春風對青冢②，白日落梁州③。大漠無兵阻，窮邊有客游。蕃情似此水，長願向南流。〔平聲尤韻〕

【註釋】

①戍樓，類似現在防禦敵人的堡壘。
②青冢即昭君墓，在呼和浩特市南約二十里。邊塞草皆白，只有冢上草獨青，所以稱青冢。
③梁州，古九州之一，當今陝西西南部。此處似應泛指邊塞地域。

【作意】

唐自安史之亂後，邊事敗壞，胡馬南牧，為患中國。此詩寫作者在邊塞所目見，抒發整頓邊疆的感慨。

【作法】

前半段只就邊塞所見起說，征人是自指，「春風」與「清秋」似乎衝突，但可作青塚草青，似被春風解。後半段則直抒己見，認為廣大沙漠，無兵卒防守，蕃人自易南侵。「客」亦係自指，意謂邊疆重地，竟可任人遊歷，指責當局疏於防禦。所以結句即直說蕃情似水長向南流，即謂蕃人無日不圖南侵也。前人解此詩為蕃人南服，似乎照上面解釋比較有意義。

崔塗

字禮山，江南人。僖宗光啟四年進士。

除夜有作

迢遞三巴[1]路，羈危萬里身。亂山殘雪夜，孤燭異鄉人。漸與骨肉遠，轉於僮僕親。那堪正飄泊，明日歲華新。〔平聲真韻〕

【註釋】

①三巴指今四川省。《華陽國志》：獻帝建安六年，改永寧為巴郡，以固陵為巴東，安漢為巴西，是為三巴。

【作意】

這是客中度除夕感懷之作，離愁鄉思，發洩無遺。

【作法】

先點地，次點人，起首即對，氣象闊大。頷聯以「燭」切除夕，移不到別處去。十字鍊成好幾層意義，全在運用形容詞的適切。頸聯是客中人人所有的感想，覺得親切有味，這就是詩中的家常話。結句跌出「除夜」。凡作此等詩，最好融景入情。情景分寫，似嫌笨拙；有景無情，尤覺乏味。

孤雁（二首選一）

幾行歸塞盡，念爾獨何之？暮雨相呼失，寒塘欲下遲。渚雲低暗度，關月冷相隨。未必逢矰繳①，孤飛自可疑！（平聲支韻）

【註釋】

①矰繳，箭也。《三輔黃圖》：「佽飛具矰繳以射雁。」注：箭有綸為矰繳。

【作意】

此詩雖咏孤雁，亦以喻自己的孤獨。

【作法】

詠物詩不難在逼肖其物，而難在得神。本詩詠雁，以「孤」字為主，故首句先說同伴已歸且盡，因以引起下句的「爾」。頷聯頸聯都是寫孤雁的神態，栩栩欲活。瀟瀟暮雨，隻影悲鳴，因其失偶；寂寂寒塘，幾回欲下，又恐遇險。又從「暮雨」遞到「關月」，從「寒塘」遞到「渚雲」。其中「失遲低冷」四字，詩律很細，描寫孤雁的苦況。結末拓開一筆說：謂此雁孤飛，未必是碰到矰繳受了傷，那麼它的失羣者，竟大有可疑。以喻自己之不得意，未必受人中傷，而竟如此，豈不可怪。按元楊載《詩法家數》中關於詠物詩云：「詠物之詩，要託物以伸意，要二句詠狀寫生，忌極雕巧。第一聯須合直說題目，明白物之出處方是。第二聯合詠物之體。第三聯合說物之用。或說意，或議論，或說人事或用事，或將外物體證。第四聯就題外生意，或就本意結之。」

杜荀鶴

字彥之，自號九華山人。池州人。昭宗大順二年第一名進士。朱全忠表授翰林學士。有《唐風集》。

春宮怨

——按歐陽修《六一詩話》及吳聿《觀林詩話》，皆云此為周朴詩，荀鶴特竊以壓卷。

早被嬋娟誤，欲妝臨鏡慵。承恩不在貌，教妾若為容！風暖鳥聲碎，日高花影重。年年越溪女①，相憶採芙蓉②。〔平聲冬韻〕

【註釋】

①指西施在越溪浣紗時的女伴。

②古詩：「涉江採芙蓉，蘭澤多芳草。」

【作意】

這是詩人代言的詩，是代宮女抒怨之作，要說它是詩人自況，也未嘗不可。這種詩古人寫了很多，立意大都是寄怨寫恨。

【作法】

本詩以首二句出「人」，頷聯出「怨」，「頸聯」點「春」，以「承恩」「越溪女」出「宮」。頷聯是流水對，一氣貫注，急如流水。詩中這種對句，最為流利動人。頸聯是相傳的名句，其實不過是寫宮中的春事。前人謂以風日比君恩，花鳥比其它宮人，荀鶴則自比怨女，亦有可解。結末是偏從未入宮的越溪女伴說，憶到採芙蓉的樂事，不說怨而愈覺可怨，是拓開一層的結法。

韋莊

字端己，杜陵人。昭宗乾寧時進士，授校書郎。後依蜀王建，仕至吏部侍郎同平章事。有《浣花集》。

章臺夜思——章臺故址在陝西長安縣西南，漢時為冶遊之地。

清瑟怨遙夜，繞絃風雨哀。孤燈聞楚角，殘月下章臺。芳草已云暮，故人殊未來！鄉書不可寄，秋雁又南迴。〔平聲灰韻〕

【作意】

此詩是懷人思鄉之作，抒發無可奈何的恨，使人腸斷。

【作法】

題目是「夜」是「思」，開首不先說「思」，偏從聽到清瑟聲說起，接着寫聽到楚角聲，須知清瑟楚角之聲，都是鉤動旅人懷思之物，所以上半段只就聞見寫出夜景。至頸聯然後實寫「思」字，思些甚麼？韶華已逝可思，故人不來可思，鄉書難寄可思。一個「思」字分做三層寫出，那麼客思的無聊，即可想見。結句點出時節是秋，尤其可思。這等章法，雖然各詩大都是大同小異的，但是其間的情景佈置，卻要在落筆時加以注意。

僧皎然

俗姓謝，名晝，長城人。晉謝靈運十世孫。居杼山，有《杼山集》。

尋陸鴻漸不遇

——鴻漸名羽，一名疾，字季疵。復州竟陵人。肅宗上元初，更隱苕溪，號桑苧翁。詔拜太子文學，不就。著有《茶經》。

移家雖帶郭，野徑入桑麻。近種籬邊菊，秋來未著花。叩門無犬吠，欲去問西家。報道山中去，歸來每日斜。（平聲麻韻）

【作意】

此詩是訪友不遇之作，有乘興而來興盡而返的風趣。僧家無掛礙，故其語多超脫。

【作法】

這是一首不講對偶的詩，但是細讀它的音調，仍舊合律，所以歸入於律詩，不入於古詩。明楊慎《升庵詩話》云：「五言律八句不對，太白浩然集有之，不是平仄穩妥古詩也。」不過既稱律詩，其中二聯，必須要對，偶一為之則可，否則律詩不對，未免取巧。本詩好在吐屬自然，毫不裝點做作，層次也井然不紊。如首句是尋起，二句是途中，三四句是將到。五六句是到門，七八句是不遇。換言之，前四句是寫「尋」字，下四句是寫「不遇」。

七言律詩

五十首

唐詩三百

崔顥

汴州人，開元十一年進士，官司勳員外郎。

行經華陰——今陝西華陰縣，因在華山之北，故名。

〔平聲庚韻〕

岧嶤①太華俯咸京②，天外三峯③削不成。武帝祠④前雲欲散，仙人掌⑤上雨初晴。河山北枕秦關⑥險，驛路西連漢畤⑦平。借問路旁名利客，何如此處學長生！

【註釋】

①岧，音迢。嶤，音堯。山高貌。

②即咸陽，秦漢建都於此，故稱咸京。

③《廣輿記》：「華山石壁直上，如削成，最著者蓮花明星玉女三峯。」

④《華山志》：「巨靈九元祖也。漢武帝觀仙掌於縣內，特立巨靈祠。」

⑤《水經注》《國語》云：「華嶽本一山，當河，河水過而曲行。河神巨靈手盪腳蹋，開而為兩。今掌足之跡，仍存華崖。」武帝所觀仙掌，即此。又按王涯《太華仙掌辨》：「西嶽太華之首峯有五崖，自下遠望，偶為掌形。」

⑥指秦函谷關秦關。
⑦畤，音峙，古時祭天地五帝的基地。

【作意】

此詩是寫行旅至華陰時所見的景物，雖是寫景，意在弔古感今。觀末句結意自明。

【作法】

此詩前六句完全是寫景。起聯是統說太華的形勝，並寫三峯的高矗天際。頷聯上句是平望祠前的雲，下句是仰望峯上的雨，寫出晴雨時的景色。頸聯正說華陰地形的險要，上句概括敘述山河關隘的險，下句特提漢畤的形勝。結末二句，以「路旁」扣住題字「行經」。並即景生感，有倦於風塵，擬退隱山林之意，但不是自己直說，反向旁人勸喻，是謂反結。以謂過客的爭名奪利，何如安心息影，學長生之術。此即莊子引廣成子謂「無勞汝形，無搖爾精，乃可以長生。」的意思。有此二句，就覺得前面一大半寫景的話，都是鋪墊，不致有偏枯的毛病了。

黃鶴樓——故址在今湖北武昌縣，民國初已燬於火。按《寰宇記》：「昔費文禕登仙，每乘黃鶴，於此樓憩駕，故名。」

昔人已乘黃鶴去，此地空餘黃鶴樓。黃鶴一去不復返，白雲千載空悠悠。晴川歷歷漢陽①樹，芳草萋萋鸚鵡洲②。日暮鄉關何處是？煙波江上使人愁！（平聲尤韻）

【註釋】

①漢陽，今湖北漢陽縣。

②洲在湖北武昌縣西南。漢黃祖為江夏太守，大會賓客，有獻鸚鵡於此洲，故名。

【作意】

此詩是弔古懷鄉之作，所謂即景生感者是也。

【作法】

據《該聞錄》曰：「崔顥題武昌黃鶴樓詩，為世所誦。李太白負大名，尚曰：『眼前有景道不得，崔顥題詩在上頭。』欲擬之較勝負，乃作《金陵登鳳凰臺》詩。」嚴滄浪亦謂：「唐人七律詩，當以此為第一。」可見這詩的好，好在眼前景物，脱口而出，既自然，又宏麗，並且有風骨。但在律論律，此詩頷聯竟完全是古詩句法，上句連用六仄，下句連用五平。律句既不能入古，古詩哪便可入律？古人興至筆隨，偶弄狡獪，竟傳誦千古，究竟不可為法。我們做律詩，倘夾入古詩句法，就難免給人譏評了。又按第一句，據《李白集》《登金陵鳳凰臺》詩註，作「昔人已乘白雲去」，與第二句不相犯。並與頷聯中分説黃鶴白雲，也有照應。古人詩經過輾轉傳抄，往往字句不同，這又不可不辨。頸聯是寫本地風光，「漢陽樹」「鸚鵡洲」，似對非對，亦不能再換別的詞語。末聯以懷念故鄉作結，很有餘韻。

王維

奉和聖制從蓬萊向興慶閣道中留春雨中春望之作應制

——蓬萊宮即唐大明宮。隆慶坊有明皇為諸王時故宅，開元二年為隆慶宮，後避明皇名隆基諱，改名興慶。開元二十年築夾城通芙蓉園，自大明宮夾東羅城複道（即閣道），又可達曲江。見《雍錄》。

渭水自縈秦塞曲，黃山①舊繞漢宮斜。鑾輿②迴出千門柳，閣道迴看上苑花。雲裏帝城雙鳳闕③，雨中春樹萬人家。為乘陽氣行時令④，不是宸遊⑤翫物華。（平聲麻韻）

【註釋】

①黃山，漢宮名，在興平縣西。

②天子的乘輿。

③建章宮圓闕，有金鳳在闕上，故號鳳闕。

④《漢書律曆志》：「陽氣動物，於時為春。」又《禮記》：「立春之日，親率三公九卿諸侯大夫以迎春於東郊。」

⑤天子臨幸之意。

【作意】

這是應制的和韻詩。所謂應制，是天子有《春望》詩，命侍從諸臣和作，在臣下就叫應制。這種詩一般是頌揚居多，要做得冠冕堂皇，被稱為「館閣體」。

【作法】

此詩題意在天子春遊，所以詩的章法，也是一路寫出所見景物。首句總寫，二句點蓬萊與慶兩宮。三句用一「迴」字，見得天子儀衛之盛。四句點「閣道」，並以花柳點明春景。五句是仰望，六句是俯看，雙寫「望」字，並點「雨中」。七八兩句，是為天子春遊作迴護的話，以頌揚作結。科舉時代試場中做的詩，結末例應頌聖，就是從這種應制詩沿習而來的。

和賈至舍人早朝大明宮之作——賈至字幼鄰。擢明經第。從玄宗幸蜀，拜起居舍人，知詔誥，歷中書舍人。

絳幘雞人①報曉籌，尚衣②方進翠雲裘。九天閶闔③開宮殿，萬國衣冠拜冕旒④。日色纔臨仙掌⑤動，香煙欲傍袞龍⑥浮。朝罷須裁五色詔⑦，佩聲歸到鳳池⑧頭。

〔平聲尤韻〕

【註釋】

①《漢宮儀》：宮中夜漏未明，三刻雞鳴，衛士候於朱雀門外，著絳幘（紅布包頭像雞冠）

雞唱。雞人，《周禮》官名。《唐書百官志》：「司門郎中員外郎各一人，晝題時刻，夜題更籌。」

②尚衣，官名，掌供天子冕服。

③閶闔，宮殿的正門。

④《禮記禮器》：「天子之冕（冠也），朱緣藻十有二旒。」旒音流，冠前下垂的綴珠。

⑤仙掌，可能是宮扇之屬。《史記武帝紀》：「作柏梁銅柱仙人掌之屬。」

⑥香煙，御爐的煙。袞龍，天子所穿繡龍的法服。

⑦誥，天子的詔書，用五色紙，故叫五色詔。

⑧佩聲，即佩玉的聲音。鳳池，鳳凰池之簡稱，中書省所在地。

【作意】

這是描寫早朝時莊嚴華貴的和詩。按賈至原作詩：「銀燭朝天紫陌長，禁城春色曉蒼蒼。千條弱柳垂青瑣，百囀流鶯繞建章。劍佩聲隨玉墀步，衣冠身惹御爐香。共沐恩波鳳池上，朝朝染翰侍君王。」

【作法】

此詩題中雖標明「和」字，但並不照賈至原韻，但和其意而已。可見和詩，並不一定要用原韻。不過此詩賈至原作七八兩句，照律詩定式平仄句法不同，這是一種拗體的作法，唐人詩中比較多見。王維和作，亦故意作拗，並且「五色詔」連用三仄，賈作也連用三仄，又是和原作的聲調。但下面岑參的和作，卻照式不拗了。此詩章法，不過是寫早朝的經過，其中頷聯，造語堂皇，向稱名句。

酬郭給事——郭給事名承嘏，字復卿。

洞門高閣靄餘輝，桃李陰陰柳絮飛。禁裏①疏鐘官舍晚，省中啼鳥吏人稀。晨搖玉珮趨金殿，夕奉天書拜瑣闈②。強欲從君無那老，將因臥病解朝衣。（平聲微韻）

【註釋】

①《三輔黃圖》：「漢宮中謂之禁中，謂宮中門閣有禁，非侍衛通籍之臣，不得妄入。」

②瑣闈，即青鎖門。

【作意】

這也是唱和的詩，因為「酬」就是「和」，郭給事先有詩給王維，所以王維就作和詩，稱道給事奉職的賢勞，並感慨自己的老病，不能相從。

【作法】

做詩不外描寫所見所聞和所感。描寫的次序，可以自由排列，並無一定。本詩第一二句是寫所見宮殿以外的春景。頷聯是寫所聞館閣之內的情景，官舍無事，吏人稀少，可以想見太平時世。頸聯是寫郭給事入朝退朝的事情，是稱頌給事的主眷優渥。末聯即寫所感，感慨自己老病，不能從給事而進退，行將解職致仕。這就是酬和的主旨所在。這種詩和前應制詩作法差不多，寫得華貴莊嚴，不能露出一點寒賤相。這種詩又叫「榮遇詩」。元楊載《詩法家數》云：「榮遇之詩，要富貴尊嚴，典雅溫厚，寫意要閒雅，美麗，清細。如王維賈至諸公早朝之作，氣格雄深，句意嚴整，如宮商迭奏，音韻鏗鏘。學者熟之，可以一洗寒陋。後來諸公應詔之作，多用此體，然多志驕氣盈，處富貴而不失其正者幾希矣。」又云：「賡和之詩，當觀原詩之意如何以其意和之，則更新奇要造一兩句雄健壯麗之語，方能壓倒元白。」

積雨輞川莊作——輞川莊見《輞川閒居贈裴秀才迪》註

積雨空林煙火遲，蒸藜炊黍餉東菑。①漠漠水田飛白鷺，陰陰夏木囀黃鸝。山中習靜觀朝槿②，松下清齋折露葵。野老與人爭席③罷，海鷗④何事更相疑！

〔平聲支韻〕

【註釋】

①藜，指菜；黍，指飯，意思是燒了飯菜，送到田裏給農人吃。菑，音滋，田畝也。

②槿，音謹，即木槿花，早上開花。

③《列子》：「楊朱曰：敬聞命矣，其往也，舍者迎將家，公執席，妻執巾櫛。舍者避鳥，煬者避竈，其反也，舍者與之爭席矣。」意謂我既致仕而歸已與人無爭了。

④海鷗，水鳥。《列子》：「海上之人每旦從鷗鳥遊，鳥之至者百，住而不止，其父欲其取之來，明日之海上，鷗鳥舞而不下。」謂疑有機心也。

【作意】

古人詩篇往往有取詩中第一句首二字作題目的，如本詩「積雨」，全題應作「積雨——在輞川莊作」；但一本又作「秋歸輞川莊作」。此詩意在描寫積雨後輞川莊的景物，並述說自己歸隱後的閒適。

【作法】

本詩首二句跟律詩定式不盡相符，是謂用拗。倘將一二兩句互易，即可合式，但意義又不對了。古人這種句法，往往不免。本詩可分為兩大段：前段四句，是寫積雨。首二句是遠望田野，頷聯上句是從低處看見，下句是從高處聽見。後段四句是敍隱居之情。頸聯是說自己近來習靜茹齋之事。按《唐詩本傳》：「維奉佛，居常蔬食，不茹葷血，晚年長齋。」此可為證。末聯自述致仕以後，無與人爭，而海鷗猶疑其機心不肯住止，那或許是因為自己還是見道不深，此處有自責意。

祖詠

洛陽人，開元進士。官駕部員外郎。

望薊門

——薊，音冀，泛指今北京的城門。《雙槐歲抄》：「京都十景，其一曰『薊門煙樹』，即此。」

燕臺①一去客心驚，笳鼓喧喧漢將營。萬里寒光生積雪，三邊曙色動危旌。沙場烽火侵胡月，海畔雲山擁薊城。少小雖非投筆吏②，論功還欲請長纓③。〔平聲庚韻〕

【註釋】

①河北大興縣（今北京）舊有燕昭王為郭隗所築的黃金臺，故稱北京為燕臺。

②《後漢書班超傳》：「嘗為官傭書養母，久勞苦，投筆歎曰：『大丈夫無他志略，猶當效傅介子張騫立功異域，以取封侯，安能久事筆硯間乎！』」

③《漢書終軍傳》：「軍自請願，受長纓，必羈南越王而致之闕下。」

【作意】

這是一首弔古感今的詩。詩人望見薊城形勝，慨然有從戎之志。

【作法】

本詩在寫景中描寫形勝，和唐人的「邊塞詩」一樣，不專在描繪景色。開首兩句，看似統説燕京，其實其中仍暗暗使用典故。蓋謂燕自郭隗樂毅等士去後，即被滅於秦，故客心暗驚。又漢高祖曾身擊燕王臧荼，故曰「漢將營」。頷聯上句是遠望處，下句是望高處。頸聯以「烽火」承「危旌」，以「雲山」承「積雪」，都是望中所見所感到的。兩聯都從軍事上落筆，並不泛寫景物，所以是寫形勝的詩。末聯因望生感，足見雄偉的形勝之地，往往可以激發人們報國禦侮的意志。我們讀了此詩，也覺慷慨非常。

李頎

送魏萬之京——魏萬，山東博平人。隱居王屋山，自號「王屋山人」。

朝聞遊子唱離歌，昨夜微霜初度河。鴻雁不堪愁裏聽，雲山況是客中過①。關城

曙色催寒近，御苑砧聲向晚多。莫是長安行樂處，空令歲月易蹉跎！〔平聲歌韻〕

【註釋】

①過，協讀作歌。

【作意】

這是送行詩，抒寫離別之情，並致勉勵之意。

【作法】

《詩法家數》曾將送別贈行的詩，歸納為如下的作法：「第一聯敍題意起，第二聯合說人事，或敍別，或議論。第三聯合說景，或帶思慕之情，或說事。第四聯合說何時再會，或囑咐，或期望。於中二聯或倒亂前說亦可。但不可重複，須要有次第。末句要有規警，意味淵永為佳。」以此公式，比對本詩，即見本詩各聯，均相符合，尤在末句盡良友規勉之義。謂莫以為長安是行樂之處，空令歲月蹉跎。不過這些話，只適合對知己好友說，不便用於泛交。

劉長卿

江州重別薛六柳八二員外

——江州，即今江西九江。六、八，均係行輩。

生涯豈料承優詔①，世事空知學醉歌。江上月明胡雁過，淮南木落楚山多。寄身且喜滄洲②近，顧影無如白髮何！今日龍鍾人共老，愧君猶遣慎風波！（平聲歌韻）

【註釋】

①按此時長卿或正貶謫潘州，故云「承優詔」。

②滄州指海，按潘州即當今廣東茂名縣，濱近南海，故云「滄州近」。

【作意】

此是長卿將至潘州貶所，辭別故人之作，「其辭若有怨焉」。

【作法】

留別之詩，不宜僅從「別」字上着想，或感身世，或抒悲憤，也不宜怨天尤人。本詩背景，雖是遭貶，但開口即說「豈料承優詔」，是深以貶謫為幸。又云「寄身且喜滄洲近」，並不怨恨貶所的蠻荒。從這裏可看出詩人的忠厚之處。至於本詩章法，首聯直起，暗點重別的緣由，頷聯寫江州秋景，點送別。頸聯點貶所作正反二層說，微寫感慨。結聯以「人共老」點二員外以互戒作結。

長沙過賈誼宅——《長沙縣志》：賈太傅故宅，在今縣西北濯錦坊之屈賈祠。

三年謫宦此棲遲，萬古惟留楚客悲。秋草獨尋人去後，寒林空見日斜時。漢文有道恩猶薄①，湘水無情弔豈知②！寂寂江山搖落處，憐君何事到天涯？（平聲麻韻）

【註釋】

①漢文帝思賈誼，徵之至，問鬼神之本，誼具道所以然之故，至夜半，文帝前席。《漢書本傳》：召為博士，又超遷至大中大夫。後卒為大臣所忌，始出為長沙王太傅。後歲餘，賈生

徵見文帝，數上疏言。文帝不聽。

②《史記賈生傳》：「賈生以謫去，意不自得，及渡湘水，為賦以弔屈原。」

【作意】

題云「過」，可見長卿正是貶謫去官之時，所以雖是弔古，實是傷今，從一「憐」字，可知憐君正是自憐。

【作法】

弔古之作，總須滲入少許作者自己的情感，否則往往會變成一篇史論或地志。本詩雖是為賈生抱不平，但仍給與同情，所以風韻獨具。首聯點宅，頷聯點景，頸聯點事，末聯抒感。頷聯上句是俯看，下句是仰望。頸聯上句是褒，下句是貶。寫景用事，都恰到好處，非常爽落，咏史詩的作法，都應將此詩作為模範，才覺大方，不落俗套。

自夏口至鸚鵡洲夕望岳陽寄源中丞——夏口，今湖北漢口市。

汀洲無浪復無煙，楚客相思益渺然。漢口夕陽斜度鳥，洞庭秋水遠連天。孤城背

嶺寒吹角，獨戍臨江夜泊船。賈誼上書憂漢室，長沙謫去古今憐！（平聲先韻）

【作意】

此詩也是貶謫後撫景感懷之作，可和上詩同看，憐賈誼之謫長沙，正以喻自己之遭貶。

【作法】

寫景詩總要切時切地，時有四季晝夜，地有山水古今。寫時要注意次第，寫地要注意特點，這樣才不落俗套。本詩雖全是寫景，但對題義卻絲毫不漏，如以「汀洲」點「鸚鵡洲」，「漢口」點「夏口」，「洞庭」「孤城」點「岳陽」。頸聯雖是泛寫臨江景物，但就時序論，已從傍晚移到夜間，由遠望移到近看。末聯是因景生情，以感慨作結，並示寄詩之意。

崔曙

（宋州人，開元二十六年進士。）

九日登望仙臺呈劉明府

——《一統志》：望仙臺在陝西鄠縣西三十里，明府即縣令。

漢文皇帝有高臺①，此日登臨曙色開。三晉②雲山皆北向，二陵③風雨自東來。關門令尹誰能識④，河上仙翁去不回。且欲近尋彭澤宰⑤，陶然共醉菊花杯。（平聲灰韻）

【註釋】

①《神仙傳》：「河上公授文帝《老子》而去，失所在，帝於西山築臺望之。」

②三晉指戰國時韓趙魏，地當今山西省。

③《左傳》：「殽有二陵焉：其南陵，夏后皋之墓也；其北陵，文王之所避風雨也。」

④《列仙傳》：「關令尹喜者，周大夫也。善內學，隱德修行，時人莫知。老子西遊，知其奇，為著書授之。（按即《道德經》）後與老子俱遊流沙，莫知所終。」

⑤《南史隱逸傳》：「陶潛字淵明，為彭澤令，解印綬去職。嘗九月九日無酒，出宅邊菊叢中坐，久之，逢王宏送酒至，即便就酌，醉而後歸。」

【作意】

這是一種尋常投贈的詩，也是一種懷古的詩。無所謂寄託，也無所謂感慨。

【作法】

前詩說到時地適切，本詩切地切時，可為好例。首句直接說望先臺，頷聯寫臺前的形勢，北望三晉，東扼二陵，都是切望仙臺附近的地。頸聯因望仙臺為河上翁而築，所以特地請出一個附近的仙人來做陪客，因函谷關也是臺上所望得見的。這非但切地，並能切人。末聯上句以淵明比劉明府，又因淵明九日無酒，邀其共醉，又是切人並切時。

李白

登金陵鳳凰臺

——「宋元嘉十六年，有三鳥翔集山間，文彩五色，狀如孔雀，時人謂之鳳凰，起臺於山，謂之鳳凰臺。」見《江南通志》。按臺故址當在今南京城內之西南隅。此詩可與前崔顥《黃鶴樓》詩參看。

鳳凰臺上鳳凰遊，鳳去臺空江自流。吳宮花草埋幽徑①，晉代衣冠成古邱②。三山半落青天外③，二水中分白鷺洲④。總為浮雲能蔽日⑤，長安不見使人愁！（平聲

（尤韻）

【註釋】

①三國吳大帝孫權，遷都建業。後孫皓營新宮，大開園囿，窮極伎巧。

②晉琅玡王睿即位於建康，是為元帝。宮城仍吳之舊，時王謝諸衣冠之族甚盛。

③《江南通志》：「三山在江寧府西南五十七里。」其山濱大江，三峯行列，南北相連。

④洲在江寧西三里，《建康志》：「秦淮源出句容溧水兩山間，合流至建康之左，分為二支，一支入城，一支繞城外，共夾一洲，曰白鷺。」

⑤潘子真詩話：陸賈《新語》曰：「邪臣蔽賢，猶浮雲之障日月也。」太白即用此語。

【作意】

此詩雖是咏古蹟，但據章氏箋釋「長安」註云：晉元帝問明帝：長安與日遠近。初答長安近，曰：不聞人從日邊來，只聞人從長安來。明日又問，又答日近，曰：舉頭見日，不見長安。謂此詩必為楊國忠等執權而作。長安指明皇。或太白此時大有惶惶然不得志之慼矣。

【作法】

太白此詩原欲與崔顥爭勝，所以用《黃鶴樓》詩的原韻（其中只流邱二韻不同）。而且開首句法，也似乎有意模倣前詩，其中最自然成趣的，是「洲」字韻。湖北有鸚鵡洲，金陵恰巧有白鷺洲，真是天造地設。以太白的才氣橫溢，以此詩和崔詩相比，真可謂「工力悉敵」。其中二聯雖是感事寫景，而感慨淋漓，深得弔古詩義。蓋謂吳宮花草，晉代衣冠，俱成陳跡，只有三山二水，依然流峙，和上文臺空江流自然照應。比之崔詩中聯，較有意義。末聯以「不見長安」暗點「登」字，意寓言外，一片愛君之忱，不覺流露，備耐咀嚼。倘用尋常感慨作結，恐未見得能勝過崔詩吧？

韋應物

寄李儋元錫

去年花裏逢君別，今日花開又一年。世事茫茫難自料，春愁黯黯獨成眠。身多疾病思田里，邑有流亡愧俸錢！聞道欲來相問訊，西樓望月幾回圓。（平聲先韻）

【作意】

這是一首投贈詩，感時傷事，望其來而相慰。

【作法】

律詩中雖然寫景抒情的詞句，要求其平均，但是詩人即景生情，往往情多於景，有時竟能情景融化為一，使人分辨不出甚麼是景，甚麼是情。本詩頷聯上句即景生情，以花開花落，引起世事的茫茫無據。下句情景兼融，以「春愁」應上文的「花開」。頸聯完全是抒情的句子，並表示自己的懷抱，既消極又積極。難怪范仲淹讀了「邑有流亡愧俸錢」，歎為「仁人之言」。結聯是望其來，示相思之苦，適合投贈詩的風格。

岑參

和賈至舍人早朝大明宮之作

雞鳴紫陌曙光寒，鶯囀皇州①春色闌②。金闕曉鐘開萬戶，玉階仙仗③擁千官。花迎劍珮星初落，柳拂旌旗露未乾。獨有鳳凰池上客，《陽春》④一曲和皆難。〔平聲寒韻〕

【註釋】

①皇州指天子所在地，即京城。
②闌，有「盡」的意思。
③仙仗即天杖。
④《楚辭》：宋玉對楚王問：「其為《陽春》《白雪》，國中屬而和者數十人。」

【作意】

這也是唱酬的詩，詩咏早朝，無非是鋪敘早朝的莊嚴華貴罷了。

【作法】

此詩可和前王維的和作參看。題是早朝，就從「早」說起。所謂「曙光」「曉鐘」「星初落」「露未乾」，都是寫一個「早」字。所謂「金闕」「玉階」「仙仗」「千官」「旌旗」，都是寫一個「朝」字。結句始出酬和之意，自謙而尊人，身分均合。

高適

送李少府貶峽中王少府貶長沙——峽中即指四川巫峽。

嗟君此別意何如？駐馬銜杯問謫居。巫峽啼猿數行淚①，衡陽歸雁幾封書②。青楓江上③秋帆遠，白帝城④邊古木疎。聖代即今多雨露，暫時分手莫躊躇⑤。〔平聲魚韻〕

【註釋】

①「自黃牛灘東入西陵峽，至峽口一百餘里，山水紆曲，林木高茂，猿鳴至清，山谷傳響，行者聞之，莫不懷土，故漁者歌曰：『巴東三峽巫峽長，猿鳴三聲淚沾裳。』」見《宜都山

川記》。

②衡陽，今湖南衡陽縣，境有衡山，有峯曰回雁。蓋南地極燠，人罕識雪，故雁至衡山而止。

③長沙湘江有青楓浦。

④白帝城故址，在今四川奉節縣。

⑤躊躇，音酬除，欲行不進貌。

【作意】

這是一首送兩行人的詩，詩中寓有勸慰之意。

【作法】

此詩是送兩人貶謫，是雙扇的題目，就應該兩兩分寫，不能偏袒。所以尤其要注意在中間兩聯，要做得銖兩悉稱。首尾兩聯都可合起總結。頷聯以巫峽啼猿的典故來切王少府去峽中，以衡陽歸雁的就近景物來切李少府去長沙。其中「啼猿歸雁」非但詞語相對，尤其含義均切送別。頸聯以「青楓江」切長沙，「白帝城」切峽中。如此兩兩分寫，非但切地，並且切時切事，章法嚴密。末聯是慰藉語，謂現雖遭貶，不久即可望放還，仍有聚首之時。在此等地方，萬不宜有怨誹的言語，這表明了詩人的忠厚。

杜甫

蜀相

丞相祠堂何處尋？錦官城外柏森森①。映階碧草自春色，隔葉黃鸝空好音。三顧②頻煩天下計，兩朝開濟③老臣心。出師未捷身先死④，長使英雄淚滿襟！（平聲侵韻）

【註釋】

①錦官城，即今四川成都城，蜀漢故都，城外有錦江，故名。又諸葛武侯祠在成都先主廟側，祠前有大柏，相傳係武侯手植。

②諸葛亮《出師表》：「三顧臣於草廬之中。」

③兩朝謂武侯佐先主開基於先，輔後主濟世於後也。

④《蜀志諸葛亮傳》：「亮悉其眾，由斜谷出據武功五丈原與司馬懿對於渭南，相持百餘日，疾卒於軍。」

【作意】

這是遊覽兼咏史的詩，直書丞相，有尊蜀為正統之意。出師未捷，又有才困時艱之感。

【作法】

此詩章法，前半段寫景，以「自」「空」二字為骨，寓感歎意。後半段論事，非常沉痛。現在且將仇兆鰲的評語錄下：「（前）此四句，敍祠堂之景，首聯自為問答，記祠堂所在。『草自春色，鳥空好音』，寫祠堂荒涼，而感物思人之意即在言外。（後）此四句，敍丞相之事，『天下計』見匡時雄略；『老臣心』見報國苦衷。有此兩句之沉摯悲壯，結作痛心酸鼻語，方有精神。宋宗忠簡公（澤）臨歿時，誦此二語，千載英雄，有同感也。」

客至——原註「喜崔明府見過」。

舍南舍北皆春水，但見羣鷗日日來。花徑不曾緣客掃，蓬門今始為君開。盤飧①市遠無兼味，樽酒家貧只舊醅②。肯與鄰翁相對飲，隔籬呼取盡餘杯。〔平聲灰韻〕

【註釋】

①飧，音孫，熟食。

②醅，音培，酒之未經濾過者。

【作意】

作此詩時少陵在蜀，初成草堂於浣花溪頭。故詩中流露一種閒適恬淡的情懷，深喜有客來此盤桓。

【作法】

首聯寫景并點時令，以「鷗來」興起「客至」。頷聯正寫客至，花徑不掃，蓬門常關，想見少陵那時的閒澹。頸聯寫殷勤款客之情，市遠家貧，都是實事，並無虛文俗套，又可見賓主間的真情。末聯忽轉別意，欲邀取鄰翁同飲，在文字上可說是峯迴路轉，別開境界。此詩好處，在以家常話表示一種閒適之情，並不露出有意做作之態。

野望

西山白雪三城戍①，南浦清江萬里橋②。海內風塵諸弟隔，天涯涕淚一身遙！惟將遲暮供多病，未有涓埃③答聖朝。跨馬出郊時極目，不堪人事日蕭條！（平聲蕭韻）

【註釋】

①西山在成都西，一名雪嶺。三城戍，指松、維、保三城，界於吐蕃，為蜀邊要害。

②橋在成都南門外，架於大江上。蜀使費禕聘吳，諸葛亮祖之。禕歎曰：「萬里之行，始於此橋。」因以為名。見《華陽國志》。

③涓埃，謂一滴水，一撮土，喻微小也。

【作意】

此詩雖寫野望所見，而少陵一片憂家憂國的情感，都奔迸瀉出，讀此可以想見少陵當時的環境。

【作法】

本詩首聯先寫景，上句是從高處望見，下句是從低處望見。頷聯從野望而生感，憂念到遠散海內的諸弟，和近羈天涯的孤客。頸聯又從自身感到遲暮多病，不能為國家出力，想見少陵忠君愛國之懷。末聯以「郊」點出「野」字，以「極目」點出「望」字，以「人事」總結中間兩聯，用字都極有分寸，毫不苟且。律詩中起結兩聯最難做，也最能顯示全詩出色處。

聞官軍收河南河北——肅宗寶應元年十一月，官軍破賊於洛陽，進取東都，河南平。史朝義走河北，李懷仙斬其首以獻，河北平。

劍外忽傳收薊北[①]，初聞涕淚滿衣裳！卻看妻子愁何在？漫卷詩書喜欲狂。白日放歌須縱酒，青春作伴好還鄉。即從巴峽穿巫峽，便下襄陽向洛陽[②]。（平聲陽韻）

【註釋】

①四川劍閣縣北有劍門山，所以用來代蜀。意謂劍門以外。薊，即薊州，指河北。

②少陵原註謂：「余田園在東京。」

【作意】

這是一首敘事詩，欣喜薊北的光復，可挈眷還鄉，仇兆鰲云：「此廣德（代宗）元年春在梓州作。」

【作法】

此詩作法有兩點特殊的地方。第一是完全敘事抒情，並無寫景。第二是結聯相對，與他詩首聯常對不同。少陵離亂奔走，忽聞故鄉光復的消息，回憶以前光景，不覺涕淚沾裳。後來破愁轉喜，歡喜歸家有日，「愁何在」者，不必再愁也。「漫卷」者，拋書而起也。「放歌縱酒」，上承「喜欲狂」，「作伴還鄉」上承「妻子」。末聯一口氣說出還鄉所經過的路程，又是緊接還鄉而來。所謂一氣奔馳，毫不停頓，是謂奔迸的抒情法。我們讀了此詩，可以想像得出少陵當時對妻子手舞足蹈口講指畫的一種驚喜欲狂的神態。

登樓

花近高樓傷客心，萬方多難此登臨。錦江春色來天地，玉壘①浮雲變古今。北極朝廷終不改[2]，西山寇盜[3]莫相侵！可憐後主還祠廟[4]，日暮聊為《梁父吟》[5]。

〔平聲侵韻〕

【註釋】

①玉壘，山名，在四川灌縣西北。

②北極即北辰，居天之中。此指京師。廣德元年吐蕃陷京師，立廣武郡王承宏為帝。郭子儀以兵收復京師。

③同年十二月吐蕃又陷松維保三州，高適不能救。西山近維州，故云。

④《吳曾漫錄》：「先主廟東按即後主祠。蔣堂帥蜀，以禪不能保有土宇，始去之。」此指後主既不能保蜀，何以今猶有廟。少陵登樓見而生慨也。

⑤《諸葛亮傳》：「亮躬耕隴畝，好為《梁父吟》。」《琴操》云：「曾子耕泰山之下，天雨雪，凍旬月，不得歸，思其父母，作《梁山歌》。」此少陵藉以譏刺，倘有亮在，漢室即可恢復。或說少陵自比諸葛亮，《梁父吟》即指此登樓之作，也可通。

【作意】

這首詩是少陵旅居成都感時撫事所作。着意全在末句，萬方多難，急欲自效之情，躍然紙上。

【作法】

本詩首四句敍寫登樓所見的景色，正因「萬方多難」，故傷客心，春色依舊，浮雲多幻，是用來比喻時事的擾攘。頸聯上句是喜神京的光復，下句是懼外患的侵陵，一憂一懼，曲曲寫出詩人愛國的心理。末聯是從樓頭望見後主祠廟，因而引起感喟，感慨像後主的昏庸，人猶奉祀，可見朝廷正統，終不致被夷狄所改變也。末句隱隱說出自己的懷抱，大有澄清天下的氣概。少陵一生心事，在此詩中略露端倪，讀詩者不必加以曲解。

宿府——府指幕府。

清秋幕府井梧寒，獨宿江城蠟炬殘。永夜角聲悲自語，中天月色好誰看？風塵荏苒①音書絕，關塞蕭條行路難。已忍伶俜②十年事，強移棲息一枝安。（平聲寒韻）

【註釋】

①荏苒，輾轉的意思。

②僛，音娸。佮僛，行不正貌，此處應作奔波流離解。

【作意】

此詩係少陵於廣德二年在嚴武幕府中作。依人作客，抒寫旅愁，有一種百無聊賴之情。

【作法】

本詩前四句寫景，後四句抒情，首句點時令及幕府，二句點「宿」。頷聯上句是聽，下句是看。此聯句法，係上五下二，與尋常句法不同，讀時應在「悲」「好」處略頓，會更覺神味雋永。頸聯上句是近想，下句是遠念。結聯是自己安慰自己，有得過且過之意。詩人到窮愁無聊之時，往往有此種思想發生。

詠懷古跡（五首選二）

羣山萬壑赴荊門，生長明妃尚有村①。一去紫臺連朔漠②，獨留青冢③向黃昏。畫圖省識春風面④，環珮空歸月夜魂。千載琵琶作胡語⑤，分明怨恨曲中論！（平聲

元韻）

【註釋】

①王嬙本字昭君，後因避晉文帝諱乃改為「明」。按《一統志》，昭君村在湖北宜昌府興山縣南。

②紫臺指宮中。江淹《恨賦》：「明妃去時，仰天太息，紫臺稍遠，關山無極。」

③邊地多白草，昭君墳上草獨青。按青冢在今呼和浩特市南約二十里。

④《西京雜記》：「元帝後宮既多，使畫工圖形，按圖召幸。宮人皆賂畫工，昭君自恃其貌，獨不與。乃惡圖之，遂不得見。後匈奴來朝，求美人為閼氏（讀若焉支，后也），上以昭君行，及去召見，貌為後宮第一。帝悔之，窮按其事，畫工韓延壽棄市。」

⑤《琴操》：「昭君在外恨帝，始不見遇，乃作怨思之歌，後人名為《昭君怨》。」

【作意】

此係咏史詩，是少陵經過昭君村，想到昭君的去國而作。

【作法】

仇兆鰲云：「生長名邦而歿身塞外，此足該舉明妃始末」。五六句承上作轉語，言生前未經識面，則歿後魂歸亦徒然耳！唯有琵琶寫意千載留恨而已。咏史詩中，往往可以略下議論，本詩頷聯是弔明妃生歸異域，死葬胡沙，未能歸國回鄉，完全是從「村」字出發。頸聯中用「省」及「空」字，寫傷悼之意，言下有不滿漢帝的遺恨。結聯始跌出「怨恨」的本意來。

諸葛大名垂宇宙，宗臣①遺像肅清高。三分割據紆籌策②，萬古雲霄一羽毛③。伯仲之間見伊呂④，指揮若定失蕭曹⑤。運移漢祚終難復，志決身殲軍務勞！（平聲豪韻）

【註釋】

①宗臣，謂為後世所尊仰的大臣。

②紆，屈抑之意。謂三分已定，雖能運籌策，亦無從發展。

③此句意指天下事雖不可為，但武侯之人品仍高不可及。

④伊尹佐湯呂尚佐周。彭漾《與諸葛亮書》：「足下乃當世伊呂。」

⑤《漢書陳平傳》：「誠各去兩短，集兩長，天下指揮即定矣。」蕭何曹參，為漢高祖相。失，有不足道之意。

【作意】

此詩係少陵在蜀謁諸葛武侯廟而作，推崇武侯，而傷其人力不可回天。按清錢謙益註此詩謂：「張輔《葛樂優劣論》：『孔明包文武之德，殆將與伊呂爭儔，豈徒樂毅為伍。』後魏崔浩著論，亮不能為蕭曹亞匹，謂陳壽貶亮，非為失實。公以伊呂相提而論，乃伸張輔之說而抑崔浩之黨陳壽也。」從此詩可以定論諸葛亮一生。

【作法】

此詩除首聯泛起外，完全是議論。頷聯是寫諸葛亮一生之事業人格，頸聯是論諸葛亮的才聽功績。請出四個古人來比喻，並不溢美，也不過譽，而均切合諸葛一生的政治事功。結聯上句是照應「三分」，見得「凡事如此，難可逆料。」下句申說「萬古」，見得「鞠躬盡瘁，死而後已。」此詩可作史論讀，也可作全傳看。

閣夜——閣指夔州西閣。

歲暮陰陽催短景，天涯霜雪霽寒宵。五更鼓角聲悲壯，三峽星河影動搖①**。野**

哭幾家聞戰伐，夷歌②數處起漁樵。臥龍躍馬③終黃土，人事音書漫寂寥。（平聲蕭韻）

【註釋】

①《史記．天官書》：「左旗九星在河鼓左，右旗九星在河鼓右，動搖則兵起。」

②夷歌指蜀中白狼夷，漢明帝時作三章以頌漢德。左思《蜀都賦》：「陪以白狼，夷歌成章。」

③臥龍指諸葛亮。徐庶謂先主曰：「孔明臥龍也。」躍馬指公孫述稱帝於蜀。左思《蜀都賦》：「公孫躍馬而稱帝。」

【作意】

大曆元年，少陵自雲安縣至夔州，秋寓於西閣，終歲居之，此詩即是年冬所作。有傷亂思鄉之感，所云聞戰伐者，是當時崔旰之亂未平也。

【作法】

此詩寫夜景而滲入感觸，首聯上句是感覺，下句是所見，頷聯上句是所聽，下句又是所見，頸聯二句都是寫所聽，結聯是感慨，意謂無論賢愚，同歸於盡，那我一人的寂寥，又何足計較？

其中以「星河動搖」，起後的「戰伐」，以「夷歌」的承平音響，來陪襯鼓角野哭的戰伐之聲。杜老之詩，隨處關連國事民生，雖在極小的題目，也能發出極大的感慨來。詩人多感，杜老尤甚。

登高

風急天高猿嘯哀，渚清沙白鳥飛迴。無邊落木蕭蕭下，不盡長江滾滾來。萬里悲秋常作客，百年多病獨登臺！艱難苦恨繁霜鬢，潦倒新停①濁酒杯。〔平聲灰韻〕

【註釋】

①少陵此時因肺疾戒酒，故曰新停。

【作意】

此詩係少陵在夔州登高之作。

【作法】

此詩前半部分寫登高所聞所見的情景，後半部分寫登高時觸發的感慨。前半一聞一見，在水在山，兩相間隔，便不呆板。後半悲秋登高分寫，落到自己的窮途潦倒，蓋久客則艱苦備嘗，病多則潦倒日甚，所以白髮日添，酒杯難舉，廖廖十四字，竟有如許曲折層次，可見造句之法，要避免平庸率直、意少詞費，總在多想多改，才能見精采。

錢起

贈闕下裴舍人

二月黃鸝飛上林，春城紫禁①曉陰陰。長樂②鐘聲花外盡，龍池柳色雨中深。陽和不散窮途恨，霄漢長懸捧日心。獻賦十年猶未遇，羞將白髮對華簪！（平聲侵韻）

【註釋】

①謝莊文註：王者之宮像紫微，故謂宮禁為紫禁。

②長樂，漢宮名，高帝七年建成。

【作意】

此詩是投贈詩，其中抒寫自己不遇時的感慨。

【作法】

此詩自頷聯以下，有失黏的地方，照格首句應平起，則全詩音節均諧。若將第一第二句對換，作為平起，就不失黏了。這種情形，大概是抄寫之誤，我們不妨加以改正。首聯實寫「闕」字，頷聯即從「春」字分承聞見。頸聯始自抒感，「陽和」仍承「春」字，接說「不散」，即是不遇時。但雖不遇時，仍戀戀闕下，捧日有心，以見忠君之忱，所謂「身在江湖，心懸魏闕。」結聯仍說到未遇，而羨慕舍人之得幸。用一「猶」字，下字很有分寸，並無怨望之情。

韓翃

同題仙遊觀

——一本無「同」字。潘師正居逍遙谷，高宗尊異之，詔即其處建觀，又敕於逍遙谷作門曰仙遊。

仙臺初見五城樓①，風物淒淒宿雨收。山色遙連秦樹晚，砧聲②近報漢宮秋。疏松影落空壇靜，細草春香小洞幽。何用別尋方外③去，人間亦自有丹邱④。〔平聲尤韻〕

【註釋】

①《史記武帝紀》：「方士有言黃帝時為五城十二樓以候仙人。」

②砧，搗衣石。砧聲，搗衣之聲。

③《莊子》：「孔子曰：『彼遊方之外者也，而某遊方之內者也。』」方外猶言世外。

④《楚辭》：「仍羽人於丹邱兮，留不死之舊鄉。」註謂丹邱，晝夜常明也，意指仙境。

【作意】

這是一首遊覽題詠的詩，有習靜向道之意。

【作法】

這種題詠詩，一般要相題遣詞，除描寫內外景物外，或對主人有所稱羨，或就自身發抒觀感，總要切合時地人三方面。本詩是題道士所居之寺觀，所以開口即用仙家典實，作一總起，切題中「觀」字。頷聯寫觀外水陸景物，上句是見，下句是聞。用「秦樹」切地，用「砧聲」切時，並以回應前文「風物淒淒」，是秋天的景象。頸聯再寫觀內的景物，上句是高處的空壇，下句是低處的小洞。又用「靜幽」二字來烘托，見得是道士所居的觀，不是尋常的居處。末聯是稱羡語，仍用「方外」「丹邱」，結收到觀。章法如此，才是稱題的作品。

皇甫冉

字茂政，丹陽人。天寶十五載進士，授無錫尉，大曆初遷右補闕。有集。

春思

鶯啼燕語報新年，馬邑龍堆[1]路幾千？家住層城臨漢苑，心隨明月到胡天。機中錦字[2]論長恨，樓上花枝笑獨眠。為問元戎竇車騎[3]，何時返旆勒燕然[4]？（平聲先韻）

【註釋】

①《搜神記》：「秦築長城於武川塞，有馬馳走其地，依以築城，因名馬邑。」故城在今山西朔縣西北。《漢書西域傳》：「樓蘭國最在東垂，近漢，當白龍堆」，今在新疆天山南路。

②前秦竇滔妻蘇蕙，以滔別有寵姬，音問隔絕，蘇悔恨自傷，因織錦成回文，題詩二百餘首，計八百餘字，縱橫反覆，皆成文章，名《璇璣圖》，使人送至襄陽。滔覽錦字，感其妙絕，因具車從迎蘇氏。見《侍兒小名錄》。

③元戎猶言將軍。漢竇憲為車騎將軍，大破匈奴，於是溫犢等八十一部來降。憲遂登燕然山，刻石勒功，紀漢威德，班師而還。

④旆，音沛。反旆，謂凱旋。燕然山見《長相思》註。

【作意】

此詩雖是代閨婦抒寫春怨，但其中頗有非戰色彩，言外有譏刺窮兵黷武之意。

【作法】

作此等詩最忌纖豔太甚，有傷大雅，要在流麗中曲曲寫出怨思。沈德潛謂「茂政《春思》一詩，盧家少婦（見後樂府，沈佺期作《獨不見》）之亞，惟笑獨眠句，工而近纖，或難與沈詩爭席耳。」可見詩中遣詞立意，處處要顧到譏議。不過本詩章法卻很整齊。首聯上句切「春」，下句用一「幾」字切「思」。起首即將題目抓住，然後就此點渲染。頷聯上句是定閨中少婦所在之地，下句是定征夫所在之地，以「心」字關連「思」字。頸聯以「錦字」寫遠別之恨，以「花枝」寫春日之情。末聯結出春思正意，是希望征夫及時還鄉，而故作問語，尤覺情痴動人。

盧綸

晚次鄂州——鄂州，今湖北武昌縣。

雲開遠見漢陽城，猶是孤帆一日程。估客[1]晝眠知浪靜，舟人夜語覺潮生。三湘

愁鬢逢秋色，萬里歸心對月明。舊業已隨征戰盡，更堪江上鼓鼙聲！（平聲庚韻）

【註釋】

①估客，商賈。

【作意】

這是一首即景抒懷的詩，有無限傷老思歸厭戰的感慨。

【作法】

本詩上半部分寫景，寫正在行進中的景，也就是寫一日行程中的景。頷聯上句，動中寫靜，下句靜中寫動，寫的都是舟行的本地風光，正切題字的「晚次」，並以「漢陽城」切「鄂州」。下半部分是抒懷，頸聯上句是傷老，下句是思歸，仍以「三湘」切「鄂」，「月明」切「晚」。末聯則直抒厭戰心理，更覺淒苦。此處所謂舊業，可作舊時產業解，也可作舊時功業講。「更堪」即更那堪，與二句「猶是」作「猶有」解，始合語氣。詩中所用轉折連詞，均有一定，不可妄用。

柳宗元

登柳州城樓寄漳汀封連四州刺史

——柳州今廣西柳江縣，漳州今福建龍溪縣，汀州今福建長汀縣，封州今廣東封川縣，連州今廣東連縣。按順宗永貞元年，宗元與韓泰韓曄劉禹錫陳謙等以附王叔文黨貶官。憲宗元和十年，宗元與四人皆被召至京師，又皆出為刺史，宗元為柳州，泰為漳州，曄為汀州，謙為封州，禹錫為連州。

城上高樓接大荒，海天愁思正茫茫。驚風亂颭芙蓉水①，密雨斜侵薜荔②牆。嶺樹重遮千里目，江流曲似九迴腸③。共來百越文身地④，猶自音書滯一鄉！（平聲陽韻）

【註釋】

①芙蓉，蓮花別名。

②薜荔，香草緣木而生。

③《司馬遷報任安書》：「腸一日而九迴。」
④越又通粵。《通典》：「自嶺之南，是百越之地，自交趾至會稽七八千里，百越雜處。」按當今閩浙兩粵各省。文身謂身體上刺花。《史記吳太伯世家》：「太王欲立季歷以及昌，於是太伯仲雍二人奔荊蠻，文身斷髮，以避季歷。」

【作意】

這是一首投贈詩，四刺史和宗元休戚相關，彼此有一種誠摯的友誼，雖然各在一方，而相思之苦，不能自已。

【作法】

此詩首聯上句寫柳州，下句總寫四人分處之地大都近海，所以説海天茫茫。頷聯是接寫柳州夏日的景物，所謂「驚風密雨」，是報告柳州當地的氣候，是寫的近景。頸聯二句寫遠景，嶺樹重重，遮斷望眼，可見相望之殷。迴腸纍纍，曲似江流，可見相思之苦。上句直説，下句用譬，句法雖覺不同，而情意卻藉以抒寫出來，所謂情入景者。末聯總説五人的遭際，天各一方，音書久滯，用「猶是」二字，使人回憶在京師聚首之歡，言下即致感慨之情。凡是投贈詩總以抒情為主，而抒情也不可太露筋骨，能做到巧妙的程度最好。

劉禹錫

西塞山懷古——西塞山在湖北大冶縣東九十里，一名道士洑磯。

王濬楼船下益州①，金陵王氣黯然收。千寻鐵鎖沈江底②，一片降旛出石頭。③人世幾回傷往事，山形依舊枕寒流。從今四海為家④日，故壘蕭蕭蘆荻秋。〔平聲尤韻〕

【註釋】

①王濬字士治，弘農人，官至益州刺史。晉武帝謀伐吳，以濬為龍驤將軍，修舟艦。濬乃作大船連舫，方百二十步，受二千餘人，以木為城，起樓櫓，開四出門，其上皆得馳馬往來，於太康元年正月自成都出發攻吳。

②吳人於長江險蹟要害之處，以鐵鎖橫截江底，以拒樓船。濬乃作火炬長十餘丈，大數十圍，灌以麻油，在船前遇鎖，燃炬燒之，須臾融液斷絕，船無所礙。

③石頭即金陵城。濬自長江順流而下，吳軍望旗而降，吳主孫皓乃備亡國之禮，面縛輿櫬而降。以上俱見《晉書王濬傳》。

④《漢書高帝紀》：「天子以四海為家。」

【作意】

這是一首撫今弔古的懷古詩，有古跡依然、人事已非之感。

【作法】

首聯直接自懷古說起，看似繞走遠道，其實是就西塞山而聯想到當時戰爭的情形。頷聯略帶議論，是說吳主無道，雖有千尋鐵鎖，終沉江低，降旛終出石頭，感慨之情，溢於言外。頸聯始寫到西塞山本身，說出撫今弔古的本旨。末聯就前聯另展新意，說此處雖是要塞，但現在宇內統一，兩岸故壘，只得埋沒在蕭蕭蘆荻中毫無用處了。本詩中有一點應注意，就是對偶不必以實事相對，也不必人地名必對人地名，有時儘可取巧，但求字面相對，不必顧慮到性質。如頷聯中可以用「江底」的普通詞，對「石頭」的專地名。

元稹

字微之，河內人。舉明經，元和元年拜右拾遺，太和初拜武昌節度使，有《元氏長慶集》。微之詩情致纏綿，抑揚合度，一時有才子之稱。然含味不厚，文餘於情，意拙語纖。蓋微之與樂天同唱和，時稱元白，號「元和體」。樂天新樂府多刺時事，故一時又有「元輕白俗」之論。

遣悲懷（三首）——微之先娶京兆韋氏，字蕙叢。韋卒，微之為詩悼之，此詩即悼亡之作。

謝公最小偏憐女①，自嫁黔婁②百事乖。顧我無衣搜藎篋③，泥他沽酒拔金釵。野蔬充膳甘長藿④，落葉添薪仰古槐。今日俸錢過十萬，與君營奠復營齋⑤。（平聲佳韻）

昔日戲言身後意，今朝都到眼前來。衣裳已施行看盡，針線猶存未忍開！尚想舊情憐婢僕，也曾因夢送錢財。誠知此恨人人有，貧賤夫妻百事哀！（平聲灰韻）

閒坐悲君亦自悲，百年都是幾多時？鄧攸無子⑥尋知命，潘岳悼亡猶費詞⑦。同

穴窅冥⑧何所望，他生緣會更難期！惟將終夜常開眼，報答平生未展眉！（平聲支韻）

【註釋】

①謝弈女道韞，聰識有才辨，嘗內集，俄而雪下。其叔父安曰，何所似也？安兄子朗，曰「散鹽空中差可擬」，道韞曰，「未若柳絮因風起」。安大悅。見《晉書列女傳》。

②黔婁，齊人，魯恭公聞其賢，遣使致禮，賜粟三千鍾，欲以為相，辭不受。齊王又禮之以黃金百斤，聘為卿，又不就。著書四篇，言道家之務，號《黔婁子》。見《高士傳》。

③藎篋，猶言草篋，衣箱也。

④藿，豆葉。

⑤設備、祭奠的意思。

⑥晉鄧攸字伯道，為河東太守，永嘉末遇石勒之亂，以牛馬負妻子而逃。遇賊掠其牛馬，步走擔其兒及其弟之子綏，度不能兩全，乃棄其兒，擐綏而逃。時人義而哀之，為之語曰：「天道無知，使鄧伯道無兒。」

⑦晉潘岳字安仁，其妻卒，為悼亡詩三首。

⑧《詩經．王風》：「死則同穴。」窅，音杳。窅冥，渺茫之意。

【作意】

蘅塘退士曰：「古今悼亡詩充棟，無能出此三首範圍者，勿以淺近忽之。」

【作法】

作此等詩，非有至性至情，不能討好。倘若只敷說生前情愛，堆砌詞采，亦不能動人。倘若純用白描，直率敍述，又要流於俚俗。總之寫情要寫得真，敍事要敍得實，才能引起讀者同情。本詩三首自成章解。第一首是追憶生前，前六句極力形容其甘受貧苦的狀況，毫無怨色，第七句寫出富貴，極力一揚。末句轉到題面，非常有力，歎其不能同享富貴，非常悽慘，將「悲懷」二字，用力逼出。第二首是傷懷身後。首二句脫口而出，毫不做作。頷聯寫人亡物在，觸目生悲，「行看」「未忍」都含有無限悲意。「尚想舊情」是承第一首中種種貧苦之情，「因夢送錢」又回應上文的貧苦。第七句故作一宕筆，逼出「貧錢夫妻」四字來，總收前後二首。第三首是自傷身世。首聯直說因悲君而自悲，頷聯用兩古人來寫無子之悲及喪偶之痛。尋者常也，常知命中注定無子，猶者空也，悼亡空費筆墨也。此處雖故作達觀語，而其悲愈甚。頸聯是從絕望中轉出希望來，故意反說「何所望」「更難期」，從自悲而轉入自慰。有了以上兩聯四意的襯托，跌出一個無可奈何的方法來，以終夜開眼來報答平生的未展眉。因為既悲其生前受貧賤之苦，復悲其沒後未享富貴之榮。非此無以為報告，其情癡，其語摯，用來總結三首，才無蛇尾之譏。

白居易

自河南經亂關內阻饑兄弟離散各在一處因望月有感聊書所懷寄上浮梁大兄於潛七兄烏江十五兄兼示符離及下邽弟妹——浮梁，即今江西浮梁縣。潛，即今浙江於潛縣。烏江、符離，即今安徽宿縣。下邽，即今陝西渭南縣。

時難年荒世業空，弟兄羈旅各西東。田園寥落干戈後，骨肉流離道路中。弔影分為千里雁①，辭根散作九秋蓬②。共看明月應垂淚，一夜鄉心五處同。（平聲東韻）

【註釋】

①雁行有序，所以常用作比喻兄弟姊妹。《禮》：「兄之齒雁行。」
②蓬，草名，莖高尺餘，葉如柳，開小白花。秋枯根拔，風捲而飛。

【作意】

此詩係樂天貶江州司馬時所作，亂後掛念諸兄弟姊妹，完全是抒情的詩。

【作法】

此詩完全白描，毫不雕琢，造語尋常，含義深摯，不比寫景詩可用詞藻，也不比懷古詩可使故事。只要説得出人人要説的家常語，寫得出人人共有的真性情，就不嫌其淺、不論其俗。首聯是因果句，述兄弟各西東的原因。頷聯上句承「事業空」，下句承「弟兄」。頸聯上句「弔影」指自己，「千里雁」指諸兄弟姊妹，仍從上句「流離」而來。下句用飄蓬比喻，切前文的「各西東」。末聯總結五處相思的心情，何等有力。蘅塘退士評此詩「一氣貫注，八句如一句，與少陵聞官軍作，同一格律。」

李商隱

無題

——無題是無可命題，蓋意中不可明言，常託無題以寄意。此題本有二首，一首為七絕。

昨夜星辰昨夜風，畫樓西畔桂堂東。身無彩鳳雙飛翼，心有靈犀①一點通。隔座送鉤②春酒暖，分曹射覆③蠟燈紅。嗟余聽鼓④應官去，走馬蘭臺⑤類轉蓬（平聲東韻）

【註釋】

①犀，有神異，表靈以角，角中央色白通兩頭。見《異物志》及《漢書西域傳》。

②周處《風土紀》：「臘日飲祭之後，叟嫗兒童，為藏彄（弓也）之戲。分為二曹，以校勝負，若人偶（成雙數）即敵對，人奇（成單數）即令奇人為遊附，或屬上曹，或屬下曹，名為飛烏，以齊二曹人數，一彄藏在數手中曹人當射知其所在。」

③《漢書東方朔傳》：「上嘗使諸家射覆，置守宮於盂下射之。」註：「於覆器之下，置諸物，令暗射之，故云射覆。」猶今之猜物。

④《唐書百官志》：「宮門局宮門郎二人掌宮門管籥，凡夜漏盡擊漏鼓而開，漏上水一刻擊漏

鼓而閉」，百官聽鼓聲而進朝。
⑤蘭臺，即祕書省，掌圖籍祕書。

【作意】

據趙臣瑗《山滿樓唐詩七律箋》云：「此義山在王茂元家竊窺其閨人而為之。」自來解無題諸詩者，或謂其皆屬寓言，或謂其盡賦本事，各持偏見，互持莫決。大抵義山無題諸作，都屬豔情，實有所指，不便明言，故一律稱為「無題」。

【作法】

本詩完全是追記所遇見的情事，首句記「時」，二句記「地」，三句是恨形體相隔，四句是喜心情相通。五六兩句是記所遇時若即若離的情事，七八兩句是記分別後的抱憾。凡作豔體詩，須處處從「豔」字着筆，事豔，情豔，景豔，人豔。要豔得清雅幽嫻，不要豔得輕薄猥褻。其方法是融情入景，使事入化，並須運用相當的華麗詞藻，或作情癡言語，或效兒女口吻。均須因事點綴，佐以慧心妙筆，才是好詩。

無題（二首）——此題本有四首，其餘二首，一為五律，一為七古。

來是空言去絕蹤，月斜樓上五更鐘。夢為遠別啼難喚，書被催成墨未濃。蠟照半籠金翡翠，①麝薰微度繡芙蓉。②劉郎已恨蓬山遠③，更隔蓬山一萬重！（平聲冬韻）

颯颯東風細雨來，芙蓉塘外有輕雷。金蟾齧鏁④燒香入，玉虎牽絲⑤汲井迴。賈氏窺簾韓掾少⑥，宓妃留枕魏王才⑦。春心莫共花爭發，一寸相思一寸灰！（平聲灰韻）

【註釋】

①燭光半照繡金翡翠的衾被。

②麝香薰過繡芙蓉花的褥或帳。

③《幽明錄》：「漢劉晨阮肇，共入天台山，溪邊有二女子，姿質妙絕，遂留半年而歸。」一說劉郎指漢武帝信方士言，東至海上冀遇蓬萊事。

④像蟾形的金屬香爐，有鏁（同鎖）紐可以懸掛。

⑤玉虎，井欄的雕飾物，絲是汲井的索。

⑥《世說》：「晉韓壽美姿容，賈充辟以為掾，賈女於青瑣（門也）中見壽悅之，與之通，充祕之，以女妻壽。」

⑦《文選》註：「宓妃，宓犧氏之女，溺死洛水為神。」又《洛神賦》序曰：「魏東阿王（曹植）求甄逸女不遂。太祖（曹操）回，與五官中郎將（曹丕），植不平。黃初中入朝，帝示植甄后玉鏤金帶枕。植見之，不覺泣，時已為郭后讒死。帝仍以枕賚植，植還息於洛水上，思甄后，忽見女自來，云『我本託心君王，其心不遂，此枕今與君王。』遂用薦枕席，言訖不見。王遂作《感甄賦》，後明帝見之，改為《洛神賦》。」

【作意】

此二詩亦係豔詩，有心恨好景不常、良緣多阻之意。

【作法】

第一首寫有約不來的怨思，首句開口即說負約，二句是寫癡待到天明。頷聯上句是夢中遠別，下句醒後寄書，頸聯上句寫燈猶可見，下句寫香猶可聞，無如其人不來，是即景生情的寫法。末聯提出「恨」字，情雖深摯，其人已遠，不得不恨。第二首是回憶前情。起首從眼前景說起，頷聯以用物為譬，意謂金蟾雖堅，香燒猶可齧入，水井雖深，絲索亦可汲引，我何以無隙可乘，終成遺恨？頸聯以故事作喻，當初賈氏窺簾，幸而緣合，而今宓妃留枕，終屬夢想。其間遇合離散，哪得不令人相思，結聯又作慰藉之語，莫再相思，尤覺相思之苦。

無題

相見時難別亦難，東風無力百花殘。春蠶到死絲方盡，蠟炬成灰淚始乾。曉鏡但愁雲鬢改，夜吟應覺月光寒。蓬萊①此去無多路，青鳥②殷勤為探看。（平聲寒韻）

【註釋】

①《漢書郊祀志》：「蓬萊方丈瀛洲三神山相傳在渤海中。」

②《史記司馬相如傳》：「亦幸有三足烏為之使。」

【作意】

此詩有表白兩情堅固至死不渝之意。

【作法】

首句抒情，次句寫景，頷聯用兩物作譬，以誓兩人情愛的堅貞，有一息尚存志不稍懈之意。頸聯有相勸愛惜身體之意，「但愁」「應覺」都是懸想猜測之詞，一種體貼入微之意，自在流露。末聯「蓬萊」是隱指其人居處，「青鳥」是希望有使者遞消息。要絕望之中，別尋活路，文字亦春雲再展，別有風趣。

無題（二首）

鳳尾香羅薄幾重①，碧文圓頂夜深縫②。扇裁月魄羞難掩③，車走雷聲語未通。曾是寂寥金燼暗④，斷無消息石榴紅⑤。斑騅⑥只繫垂楊岸，何處西南待好風？（平聲東韻）

重幃深下莫愁堂⑦，臥後清宵細細長。神女生涯原是夢⑧，小姑居處本無郎⑨。

風波不信菱枝弱，月露誰教桂葉香？直道相思了無益，未妨惆悵是清狂。（平聲陽韻）

【註釋】

①繡有鳳文的香羅。
②此指車幃之形。
③班婕妤《怨歌行》：「裁成合歡扇，團圓似明月。」又謝芳姿《白團扇歌》亦云：「白團扇，憔悴非昔容，羞與郎相見。」
④指燭已滅。
⑤石榴紅指五月。
⑥騅，音堆。斑騅，雜色的馬。
⑦《樂府古題要解》：「石城有女子名莫愁，善歌謠。」
⑧宋玉《神女賦序》：「楚襄王與宋玉遊於雲夢之浦，使玉賦高唐之事，其夜王寢，果夢與神女遇，其狀甚麗。」
⑨《樂府清溪小姑曲》：開門白水，側近橋梁；小姑所居，獨處無郎。

【作意】

這二首詩，第一首寫路遇情人別有所愛，是記恨之作。第二首是歸後大徹大悟，是懺情之作。

【作法】

第一首起初二句，是記所見之車帳。三句是記車中人，四句是寫車去遠。頸聯寫驚疑之情，難怪至今寂寥得消息斷絕。末聯又寫見馬繫垂楊，人歸何處。此詩係玉人情移，已隨香車寶馬而去，在「曾是」「斷無」中可以隱見其怨恨之情。第二首起首是靜臥細想，覺得小姑居處本無郎，乃忽為神女，別就所愛，風波雖惡，不信菱枝如此柔弱，竟無勇氣反抗。桂葉自有真香，當不應為月露而橫溢，深致責備之意。末聯快吐而出，直說相思無益，何必惆悵，真是大徹大悟之語。凡此不過就詞義直解，其實作者那時究竟心情怎樣，仍是不得而知。但就文字講，這兩首詩確實能曲折傳出失戀的痛苦之情。

籌筆驛——驛在四川廣元縣北，相傳諸葛武侯嘗駐軍籌劃於此。

猿鳥猶疑畏簡書①**，風雲常為護儲胥**②**。徒令上將揮神筆，終見降王走傳車**③**。管**

樂有才元不忝④，關張無命欲何如⑤！他年錦里⑥經祠廟，《梁父吟》⑦成恨有餘。

〔平聲魚韻〕

【註釋】

①《詩出車》：「豈不懷歸，畏此簡書。」註：「鄰國有急，則以簡書相戒命。」猶今軍隊中的動員令或戒嚴令。

②儲胥，軍中的藩籬。

③降王，指後主劉禪降晉。傳車，驛傳之車。

④《蜀志諸葛亮傳》：「每自比於管仲（齊相）樂毅，（燕將）時人莫之許也。」

⑤關羽字雲長，河東解人。先主西定益州，拜羽督荊州事。司馬懿勸孫權躡其後，曹公從之，羽引軍還，權已據江陵，遣將逆擊羽，斬羽及子平於臨沮。張飛字益德，涿郡人。先主伐吳，飛率兵萬人自閬中會江州，臨發，其帳下將張達范彊殺飛，持其首奔孫權。

⑥《華陽國志》：「錦江濯錦其中則鮮明，故命曰錦里。」

⑦《梁父吟》見前《登樓》註。

【作意】

這詩是弔古詩，是可惜諸葛武侯有管樂的才幹，終致抱恨而歿。同時責備後主的不肖。

【作法】

本詩首二句直接咏籌筆驛，中間二聯完全就武侯際遇加以議論，用「徒令」「終見」「元不忝」「欲何如」等虛字，抒寫歎息痛恨之情。末聯以祠廟來陪襯籌筆驛，又結出「恨」字。故此詩即以「恨」字為全篇骨幹，其中使事借詞，也都從「恨」字而來，這是律詩中一貫的作法。又兩聯中全用虛字，亦為律詩中所忌，最好一實一虛，相間而用。

錦瑟——《周禮．樂器圖》：「雅瑟二十三絃，頌瑟二十五絃，飾以寶玉，繪文如錦，曰錦瑟。」

錦瑟無端五十絃①，一絃一柱②思華年。莊生曉夢迷蝴蝶③，望帝春心託杜鵑④。
滄海月明珠有淚⑤，藍田日暖玉生煙⑥。此情可待成追憶，只是當時已惘然⑦！（平聲先韻）

【註釋】

①《漢書郊祀志》：「秦帝使素女鼓五十絃瑟，悲，帝禁不止，故破其瑟為二十五絃。」

②柱，用以繫絃。

③《莊子》：「昔者莊周夢為蝴碟，栩栩然蝶也。」

④望帝名杜宇，古蜀帝死，其魂化為鳥，名為杜鵑，亦曰子規。

⑤《博物志》：「南海外有鮫人，水居如魚，不廢績織，其眼泣則能出珠。」

⑥《長安志》：「藍田山在長安縣東南三十里，其山產玉，亦名玉山。」

⑦惘然，若有所失貌。

【作意】

此詩歷來註釋，聚訟紛紜，莫衷一是。有說是悼亡的，有說是愛國的，有說是自比文才的，有說是思念侍兒錦瑟的，甚至說錦瑟是當時某貴人的愛姬。我們就詩論詩，大概近於悼亡為是。至於以「錦瑟」為題，則古詩中取首句首二字為題者很多，並不足怪。

【作法】

本詩首二句，隱指亡婦之年齡五十絃折半為二十五歲，故曰「華年」。頷聯上句兼用莊子妻死，鼓盆而歌的意義。下句隱説身在蜀中，效子規的啼血。這種用事比較隱藏，所以一時無從指實。頸聯是相傳為義山中名句，繹其用意，上句是説哭泣，下句是記姿容。換言之，三句是寫遇合，四句是寫分散，五句是寫悲思，六句是寫歡情。兩聯都是間接描寫生前的離合悲歡，迷離恍惚，使人無從指證，各家聚訟，也就在此。末聯則意義較明，「此情」即指上面離合悲歡之情，是説生前情愛，往往漫不經心，一經死後追憶，就覺當時情愛已悯然若有所失了。以此解為義山悼亡之作，於詩意較為貼切。

春雨

悵臥新春白袷衣①，白門②寥落意多違。紅樓隔雨相望冷，珠箔③飄燈獨自歸。遠路應悲春晼④晚，殘宵猶得夢依稀。玉璫⑤緘札何由達？萬里雲羅一雁飛。〔平聲微韻〕

【註釋】

①袷，音夾。袷衣，即夾衫。

②白門即白板門。古樂府《楊叛兒曲》：「暫出白門前，楊柳可藏烏。」
③箔，簾子，以珠子綴成的簾子叫珠箔，此指車簾。
④晼，太陽落山的時候。
⑤玉璫，耳環。把耳璫同信札一齊寄去，古人叫「侑緘」。

【作意】

此詩題目雖係春雨，但並不專咏春雨，其中所咏，別是一種私情，所以也和無題詩一般。大概是尋訪佳麗，不遇而回，欲寄相思之意。

【作法】

此詩結構，逐層可說。第一句是點時令，第二句是到了白門不遇。第三句隔雨而望紅樓，第四句是乘夜回車，第五句是寫路遠日暮，第六句是寫歸家尋夢。第七八兩句是緘札寄情。一種訪問不遇之情，一一道出，不啻自畫供狀，而故意以春雨為題，愈見欲蓋彌彰，我們不妨用這種直覺去讀任何無題詩，而不必理會它是甚麼寄託。

隋宮——此指隋煬帝在揚州所建的江都宮顯福宮臨江宮。

紫泉[①]宮殿鎖煙霞，欲取蕪城[②]作帝家。玉璽不緣歸日角[③]，錦帆應是到天涯[④]。於今腐草無螢火[⑤]，終古垂楊有暮鴉[⑥]。地下若逢陳後主，豈宜重問後庭花[⑦]！（平聲麻韻）

【註釋】

①司馬相如《上林賦》：「丹水更其南，紫淵徑其北。」唐避高祖諱，改淵為泉，故曰紫泉。

②南京鮑昭有《蕪城賦》，即弔揚州城。

③玉璽，傳國之寶。《舊唐書唐儉傳》：「高祖召訪時事，儉曰：『明公日角龍庭，李氏又在圖牒，天下屬望，指麾可取。』」按日角，天庭（額）中骨突起如日。

④《開河記》：「煬帝御龍舟，幸江都，舳艫相繼，錦帆過處，香聞十里。」

⑤《禮記月令》：「腐草為螢。」《隋書煬帝紀》：「大業末年，帝於景華宮徵求螢火得數斛，夜出遊山，放之，光照岩谷。」

⑥又：「煬帝自板渚引河作街道，植以楊柳，名曰隋堤，一千三百里。」

⑦陳後主名叔寶，字元秀，寵陰麗華，作《玉樹後庭花》舞曲。又《隋遺錄》：「煬帝在江都，

昏湎滋深，嘗遊吳公宅雞臺，恍惚與陳後主遇。後主舞女數十，中一人迥美，帝屢目之，後主曰：『即麗華也。』因請舞《玉樹後庭花》曲。後主問曰：『龍舟之遊樂乎？始謂陛下致治在堯舜之上，今日復此逸遊，曩時何見罪之深耶？』帝忽寤。」

【作意】

此詩雖咏隋宮，其實是譏諷煬帝的荒淫亡國。可作弔古詩讀，也可作咏史詩讀。

【作法】

首句泛指隋宮，次句實指揚州。頷聯是說唐高祖如不受禪，則煬帝遊幸，當無盡時。頸聯以眼前景憑弔當時之盛，而看不出在使事，是為最好的用典方法。末聯以譏諷的筆調說煬帝和後主同是荒淫無道的君主，以刺煬帝，尤覺有無限風趣。

薛逢

字陶臣，河東人。會昌初進士。累官侍御史尚書郎，出為巴州刺史，終祕書監，有集。

宮詞

十二樓中盡曉妝，望仙樓①上望君王。鎖銜金獸連環冷②，水滴銅龍晝漏長③。雲髻罷梳還對鏡，羅衣欲換更添香。遙窺正殿簾開處，袍袴④宮人掃御床。〔平聲陽韻〕

【註釋】

①《唐書武宗記》：「會昌五年作望仙樓於神策軍。」
②指獸形的門環。
③銅龍，即銅壺滴漏，古時記時刻之物。
④短袍繡袴，宮女妝飾。

【作意】

宮詞是專咏帝王瑣細情事的詩。蜀王建有宮詞百首，孟蜀花蕊夫人費氏亦效作宮詞百首。此詩是代寫宮妃的怨恨，但不直露。

【作法】

首聯總起，二句即寫望幸之意。頷聯上句寫宮門深掩，是指人靜。下句銅龍滴水，是寫晝長，意中有靜寂無聊之感。頸聯表面雖寫宮妃的着意妝裹，暗中卻寫宮妃望幸的心理，在文法上，是承「曉妝」和「望君王」而來。末聯是從側面寫，用宮人的得近君王，反襯自己的不蒙臨幸，在羨慕中微露怨恨之意，但仍不失溫柔敦厚之旨。

溫庭筠

利州南渡——利州，即今四川廣元縣。

澹然空水對斜暉，曲島蒼茫接翠微①。波上馬嘶看棹去，柳邊人歇待船歸。數叢沙草羣鷗散，萬頃江田一鷺飛。誰解乘舟尋范蠡，五湖煙水獨忘機②。〔平聲微韻〕

【註釋】

①近水陂陀之處叫翠微。

②范蠡字少伯，楚人，為越大夫，事越王句踐，滅吳後，遂乘輕舟以浮於五湖，莫知所終。五湖，今太湖。

【作意】

此詩是感觸渡口景物，浩然有歸隱之志。

【作法】

此詩大半部分是寫渡口風景。首句寫渡口及時間，次句寫水岸之間。頷聯上句寫水中正在擺渡時的景物，下句寫從彼岸回望渡口的景物。頸聯上句是遠望水中的景物，下句是遠望岸上的景物。凡是寫景，總要有層次，並且要兩方相間描寫，不可偏於一處。如水中岸上的景物應使兩兩對照方好。末聯是即景生情，欲學范蠡的急流勇退，仍從「舟」「水」雙結。

蘇武廟——蘇武字子卿，漢武帝時，以中郎將使持節送匈奴使留在漢者，單于欲降之，不屈，留匈奴凡十九年，歸漢，拜典屬國。

蘇武魂銷漢使前，古祠高樹兩茫然。雲邊雁斷①胡天月，隴上羊歸②塞草煙。回日樓臺非甲帳③，去時冠劍是丁年④。茂陵不見封侯印⑤，空向秋波哭逝川！（平聲先韻）

【註釋】

①「匈奴與漢和親，漢求武等，匈奴詭言武死。常惠教漢使謂單于，言天子射上林中，得雁，足有繫帛書，言武等在某澤中。」見《漢書本傳》。

②「匈奴徙武北海上無人處，使牧羝（公羊），羝乳乃得歸。」俱見本傳。

③《漢書西域傳贊》：「孝武之世，興造甲乙之帳」，註：「其數非一以甲乙次第名之。」

④丁年，男子及壯丁之年。漢以男子二十歲為成丁。《李陵答蘇武書》：「丁年奉使，皓首而歸。」

⑤孝武帝崩，葬茂陵。《李陵答蘇武書》：「聞子之歸，賜不過二百萬，位不過典屬國，無尺土之封，加子之勤。」此言漢武賞功之薄。

【作意】

此詩是弔古之詩，是憐惜蘇武的苦節，並譏刺漢武的負德。

【作法】

先以直敘起，再說祠廟，文法似覺倒裝。頷聯有兩種看法，第一是懸想蘇武留居匈奴的情形，第二是就本地所見的景物想到胡天塞外的風光。但暗用「雁」「羊」兩個切身典故，卻是相同，這也可以悟到典故的活用法。頸聯又是倒裝句，先說歸來，再說去時。「甲帳丁年」對得很工整。因為甲丁都是天干名，而丁年又是蘇武自身典故。末聯則以譏刺漢武作結，並悲其不得志，同時也感到自身蹉跎歲月之悲。

秦韜玉

字仲明，京兆人。僖宗中和二年及第。官工部侍郎，有《投知小錄》。

貧女

蓬門未識綺羅香，擬託良媒益自傷。誰愛風流高格調，共憐時世儉梳妝。敢將十指誇鍼巧，不把雙眉鬬畫長。苦恨年年壓金線，為他人作嫁衣裳。（平聲陽韻）

【作意】

此詩雖詠貧女，但也有所寄託，是詩人自己的寫照，有懷才不遇、不合時宜之感。

【作法】

首句以「綺羅香」襯「貧」字。次句以「傷」字立意。頷聯上句是自矜身分，下句是鄙棄時俗。頸聯是不露才華，下句是不同流俗。末聯是傷不得其時，「苦恨」是從「自傷」中來，「壓金線」又自「鍼巧」而來。貧女的擬託良媒，正反映詩人的無人汲引，不能得志。古人不輕易作詩，作詩必有所寄興感懷，否則何必尋這等小題目來多費筆墨呢？

樂府

一首

唐詩三百

沈佺期

獨不見——《樂府解題》：「獨不見，傷思而不得見也。」

盧家少婦鬱金香①，海燕雙棲玳瑁梁。九月寒砧催木葉，十年征戍憶遼陽。白狼河②北音書斷，丹鳳城③南秋夜長。誰為含愁獨不見，更教明月照流黃。④〔平聲陽韻〕

【註釋】

①盧家少婦見《洛陽女兒行》題註。鬱金是一種香草，可用來塗壁。郭茂倩《樂府詩集》改香為堂。

②白狼河，據《水經注》云：「遼水又右會白狼水，水出右北平。」

③丹鳳城，指京師。

④《古樂府相逢行》：「大婦織綺羅，中婦織流黃」，此指織物的色彩。

【作意】

這是一首樂府詩，格式仍是七律，而題則取為樂府，大概是寫思婦的愁怨。

【作法】

首聯先從以前雙栖說起，頷聯再從時令說到久別長征。頸聯上句緊頂「十年」，下句緊頂「九月」，相互承接，而愁怨自見。末聯明說「愁」字，更見明月之照流黃，暗點「恨」字。其中所謂「獨不見」者，是說獨不見其夫，所以樂府即取以為題。想了解樂府詩的格律體裁，可取郭茂倩的《樂府詩集》來讀，你一定會大有收穫的。

五言絕句

二十七首

唐詩三百

王維

送別——一作「山中送別」。

山中相送罷，日暮掩柴扉。春草明年綠，王孫①歸不歸？（平聲微韻）

【註釋】

①《楚辭》：「王孫遊兮不歸，春草生兮萋萋。」

【作意】

此詩意在送別之後，望其再來。

【作法】

尋常送別詩，大多是描寫臨別時候的情景，抒寫依依不捨之情。此詩卻再進一層寫，希望別後重聚，所以首句即從「送罷」寫起，次句接寫送別之後，回家寂寞之情。三句並點送別的時令是今年的春天，因此聯想到明年的春天，春草再綠，自有定期。但是此去的王孫明年能否歸來，卻難一定。一種惜別之情，自在言外。做五絕詩，雖只寥寥二十字，看似容易，其實在這二十字間，立意要不尋常，造語要自然，前後章法要相聯貫，並且還要有一種「餘韻」，意思不可說盡，字句不求深奧，每個字無論抒情寫景，總要個個字站得住，個個字能打動讀者的心弦，卻實屬不易。

竹里館——輞川別業的一景，見前註。

獨坐幽篁①裏，彈琴復長嘯②。深林人不知，明月來相照。（去聲嘯韻）

【註釋】

①篁，竹叢。

②蹙口成聲叫嘯。

【作意】

這詩是寫一種隱居者閒適的情趣。

【作法】

董氏《聲調圖譜》將此詩列入為古絕詩。所謂古絕，是和齊梁時的古詩相似。在唐詩中，它的聲調，已近於律絕，相似於仄起仄韻格。只有第二句「復長嘯」為仄平仄，是古詩的聲調，其餘差不多都合律了。此詩是寫獨坐遣興，其中以「獨坐」與「人不知」相映帶，「幽篁」與「深林」相回應。再用「明月」與「幽篁」，織成一幅美景。用「彈琴」「長嘯」，寫出一種閒情。

雜詩

君自故鄉來，應知故鄉事。來日綺窗前①，寒梅著花②未？（去聲未韻）

【註釋】

①來日是指動身的時日。綺窗是用綢類糊的窗格。

②著花，就是開花。

【作意】

此是懷念故鄉的詩。

【作法】

董氏《聲調圖譜》將此詩列在拗絕詩中。因為其中平仄，完全不依照上列四式中任何一式。其拗在第二句和第四句。照律絕二句應作平平平仄仄，四句應作仄仄平平仄。此詩完全是用問答式，並不關心故鄉別的事，只關心寒梅有沒有開花。非但暗點時令，並寫出一種閒適之情。看似家常話，而風趣可見。

鹿柴——用木柵作欄，為柴。鹿柴亦為輞川別業的一景。

空山不見人，但聞人語響。返景[1]入深林，復照青苔上。（上聲養韻）

【註釋】

①景同影，返景謂日光返照。

【作意】

這是寫景詩，並不專寫鹿柴的景，不過偶然遇到這種情景，就做成了詩。

【作法】

「文章本天成，妙手偶得之」，這是一句古話。古來好詩，都是就天成好景，用妙手記敘出來，並不有意做作。本詩好處，就在自然，毫不做作。上二句靜中有動，下二句動中有靜。本詩看似兩截，上下不相連貫，但細為推敲，上半寫不見，下半寫見，不見的是人，見的是影。

相思——題下應有「子」字。

紅豆生南國①，春來發幾枝？願君多採擷②，此物最相思。〔平聲支韻〕

【註釋】

①《本草》：「紅豆一名相思子。」又《南州記》：「海紅豆出南海人家園圃中。」按紅豆形扁圓，色殷紅，可鑲嵌首飾。

②擷，音結，採集的意思，或作襭，用衣兜貯之意。《詩》：「采采芣苢，薄言襭之。」

【作意】

這是咏紅豆的咏物詩。但不是直接咏物，而是間接咏人，有因物寄相思之意。

【作法】

以發問起，三句承上轉入，四句結出相思正意。凡是絕句，最應用心的在末句，所謂「起承轉合」分配四句，最重在第四句的合，或綜前文，或出別意，總要有餘音繞樑之妙為好。

裴迪

關中人，天寶後為蜀州刺史，曾官尚書省郎。

送崔九——崔興宗與王維裴迪俱居終南山，同唱和。

歸山深淺去，須盡邱壑美。莫學武陵人，暫遊桃源裏。（上聲紙韻）

【作意】

送人歸山，有勸勉之意，並有莫再出山之意。

【作法】

此詩主旨，全在一個「暫」字。首二句意謂無論入山深淺，總須盡歷其邱壑之美。下二句，從「須盡」寫出「暫」字，謂不要學武陵漁人，暫入桃源，即行出山，仍不能飽領邱壑之美。不甘久隱，含意至深，一時不易看出。絕詩結要含蓄意遠，才不致淺薄無味。

祖詠

終南望餘雪

終南陰嶺①秀，積雪浮雲端。林表明霽色，城中增暮寒。〔平聲寒韻〕

【註釋】

①山北為陰，故稱陰嶺。

【作意】

這詩寫望積雪，而感到城中的嚴寒。咏在此，而意在彼。

【作法】

首句寫終南山的秀色，特提陰嶺，因山北易於積雪。次句寫終南山的高峻，切題「餘雪」。三句再用「霽色」，正切「餘雪」。四句發感慨，意謂終南雪景雖好，無如城中暮寒驟增，不知又有多少人會受到凍餒的威脅。所謂「意在言外」，可為這句做註腳。

劉長卿

聽彈琴

泠泠①七絃②上，靜聽松風③寒。古調雖自愛，今人多不彈。〔平聲寒韻〕

【註釋】

①泠，音零，本作水聲解，此指琴音。

②琴本五絃，象徵五行。配五音，宮、商、角、徵、羽。後周文王加一絃，武王又加一絃，成為七絃。

③松風，即《松入風》，琴調名。

【作意】

此詩有孤高自賞、世少知音之歎。

【作法】

首二句寫「聽」，聽到泠泠之音，並辨松風的調。「寒」字從「泠泠」來，相為關連，能寫出琴韻。末二句發感慨，今人好趨時尚，不彈古調，見得自愛古調，不合時宜。

送上人——

《圓覺要覽》:「內有德智,外有勝行,在人之上,曰上人。」按即僧人的尊稱。

孤雲將①野鶴,豈向人間住。莫買沃洲山②,時人已知處。〔去聲遇御韻〕

【註釋】

①將,送的意思。

②沃洲山,道書以為第十二福地,山在浙江新昌縣東,相傳為晉支遁放鶴養馬處,有放鶴峯養馬坡。

【作意】

此詩雖是送行詩,其中卻有調侃的意思。

【作法】

以天上「野鶴」比喻人間「上人」,恰合身分。以「將」字切「送」,題義已現。沃洲山雖曰福地,可買地修行,但會被時人識破已染俗塵。上人所居,當然要別有清靜的天地,又何必買此俗地而隱呢?言下大有譏諷上人「入山不深」之意。

送靈澈

——靈澈字源澄，俗姓湯，會稽人，為雲門寺律僧，從嚴維學詩，與僧皎然遊。有詩一卷。

蒼蒼竹林寺①，杳杳鐘聲晚。荷笠帶斜陽，青山獨歸遠。〔上聲阮韻〕

【註釋】

①竹林寺在江蘇鎮江縣城南，舊為晉戴顒居宅，捨於曇度為寺，明崇禎間重建。

【作意】

此詩與上詩雖同為送上人，但前詩着議論，此詩全寫景，並無他意。

【作法】

照詩意，似靈澈此時正遊方於竹林寺，將有遠行，長卿因作此詩相送，所以直接從竹林寺說起。「蒼蒼」晚色，鐘聲亦寫晚，「斜陽」又承上文「晚」字，「青山」映襯竹林，末二句竟是一幅絕妙的圖畫，所謂詩中有畫，是為絕好的寫景詩。

孟浩然

春曉

春眠不覺曉，處處聞啼鳥。夜來風雨聲，花落知多少？（上聲篠韻）

【作意】

此詩意在惜春。

【作法】

全詩以「不覺」為主旨。首二句從不覺而覺，因春眠失曉，聞啼鳥而覺。下二句是推想之詞，是寫不覺的神情，是從覺而不覺。上句是覺，下句是不覺。凡是白描詩，最應有一種風趣，明明是尋常言語，一入詩人口中，就顯得格外有味。此詩末句，就有這種情致。

宿建德江

——建德今浙江建德縣。江指錢塘江，自衢縣至建德一段，又稱信安江。

移舟泊烟渚，日暮客愁新。野曠天低樹，江清月近人。〔平聲真韻〕

【作意】

此詩是夜泊江邊，即景生情之作。

【作法】

詩中有說理，而無礙於寫景，本詩中三四句寫野曠所以天低於樹，寫江清所以月能近人，所寫景物都在情理之中。倘無「曠清」二字，則「低近」二字即無着落，是謂詩眼。並且這種境界，非在船中不易領略。換在岸上，「低近」二字，就不見貼切，可見用字要有分寸。又此詩三四兩句相對，亦絕詩中的一格。

韋應物

秋夜寄邱員外

懷君屬秋夜，散步咏涼天。空山松子落，幽人應未眠。（平聲先韻）

【作意】

秋夜容易引起懷人之感，因自己生感，想到別人也有同感。

【作法】

此詩分兩段，上二句是就自己方面說，下二句是就員外方面說，其中自有聯絡照應之妙，「空山松子落」是「秋」，「秋夜散步」，也是「未眠」，並不別出新意也並不故意牽搭，只就兩地比較，一種真誠的友誼，自然流露。

李白

怨情

美人捲珠簾，深坐顰蛾眉。但見淚痕溼，不知心恨誰。（平聲支韻）

【作意】

閨怨詩雖是直接寫閨人的情態，但若說它有所寄託，也未嘗不可。此詩是寫「恨」字，恨誰恨甚麼，不得而知。

【作法】

題中「情」，應作「情態」解，本詩完全是描摹美人一種幽怨的情態。「顰」是蹙皺眉頭，也就是怨恨的表情。怨之極，常至落淚，也是竭力寫怨。首句捲簾是希望其來，次句顰眉是失望而恨。雖是信手寫來，仍有層次，所以是好詩。

杜甫

八陣圖——八陣圖故址在今四川奉節縣南，係漢諸葛亮推演反兵法所遺。

功蓋三分國，名成八陣圖①。江流石不轉②，遺恨失吞吳③。〔平聲虞韻〕

【註釋】

①按《東坡志林》：「諸葛造八陣圖於魚腹（漢縣名）平沙之上，壘石為八行，相去二丈。自山上俯視百餘丈，凡八行，為六十四蕝（音撮，聚也）。蕝正圜，不見凹凸處，如日中蓋影，及就視，皆卵石，漫漫不可辨。甚可怪也。」舊註：「陳勢八：天、地、風、雲、飛龍、翔鳥、虎翼、蛇盤。」又《荊州圖副》云：「永安宮南一里渚下，平磧上，周迴四百十八丈，中有諸葛孔明八陣圖，聚石為之，各高五尺，廣十圍，歷然棊布，縱橫相當，中間相去九尺。正中開南北巷，悉廣五尺，凡六十四聚。或為人散亂，及為夏水所沒，冬水退後，依然如故。」

②劉禹錫《嘉話錄》：「八陣圖聚石分佈，宛然猶存，峽水大時，三蜀雪消之際，水落平川，萬物皆失故態。諸葛小石，行列依然，如是者近六百年，迄今不動。」

③《東坡志林》：「嘗夢子美謂僕：世人多誤會吾《八陣圖詩》，以為先主武侯欲與關公報仇，故恨不能滅吳，非也。吾意本謂吳蜀唇齒之國，不當相圖。晉之能取蜀者，以蜀有吞吳之志，以此為恨耳。」意謂孔明不能阻止先主征吳之師，致兵敗秭歸，引為平生遺恨耳。

【作意】

仇兆鰲曰：「江流石不轉，此陣圖之垂名千載。所恨者，吞吳失計，以致三分功業，中遭挫跌耳。」

【作法】

弔古詩往往夾着議論。此詩重在末句，致各家聚訟，除上東坡說外，「又有謂孔明不能制主上東行而自以為恨。」又有謂「先主不能用其陣法，而致吞吳失師。」綜上諸說，大概以東坡說較近。就章法論，末句照應第一句，三句照應第二句。「石不轉」，借用詩經「我心匪石不可轉也」的典故。一二屬相對，又是絕詩中的一格。

王之渙

并州人，天寶間與王昌齡高適等聯唱迭和，名動一時。

登鸛鵲樓——樓故址在今山西蒲縣西南城上。

白日依山盡，黃河入海流，欲窮千里目，更上一層樓。〔平聲尤韻〕

【作意】

這是登高望遠的詩，寫鸛鵲樓的形勢。

【作法】

此詩首二句相對，並且對得很自然，形勢天成，氣象闊大。絕詩中對句，不可硬對，也不可落小家氣，須以此為法。下二句是進一層寫，同時事實上鸛鵲樓本有三層，前瞻中條，下瞰大河（見《夢溪筆談》），所以有「更上一層」的話。倘末句不點出「樓」字，即覺鸛鵲樓沒有着落。所以雖是泛咏景物，有時在可能範圍內，仍須點清題目。

李端

字正己，趙郡人。大曆五年進士。官至杭州司馬。有集。

聽箏——箏如琴，古十二絃，後為十三絃。

鳴箏金粟柱①，素手玉房②前。欲得周郎顧③，時時誤拂絃。〔平聲先韻〕

【註釋】

①柱用以擊絃。金粟是柱的裝飾。

②玉房係箏上安枕之處。

③吳周瑜字公瑾。二十四歲時授建威中郎將，吳中皆呼為「周郎」。精通音樂，如有誤，瑜必知之，知之必顧。時人謠曰：「曲有誤，周郎顧。」

【作意】

此詩雖是咏聽箏，但有故意邀寵之意。

【作法】

首句咏箏，次句咏彈箏的人。三四句承次句，仍從彈箏的人生發，並咏箏曲，隱切「聽」字。誤拂絃即意在邀聽者的顧盼，將一種兒女邀寵之情，曲曲寫出。這等詩屬於細膩婉約一派，耐人回味。

王建

字仲初，潁川人，大曆十年進士，為陝州司馬。有《王司馬集》。宮詞百首，以詩紀事，為其創格。

新嫁娘詞

三日入廚下，洗手作羹湯。未諳[1]姑食性，先遣小姑嘗。〔平聲陽韻〕

【註釋】

①諳，音暗，熟悉的意思。

【作意】

這是咏新嫁娘人地生疏，初入廚下之情。

【作法】

首句以「三日」隱切「新嫁」，「洗手」所以示「潔」。「作羹湯」合於古俗的「婦人主中饋」。雖是調笑之作，其中卻含着許多大道理。換了俗手，就容易露出道學氣，沒有風韻了。

下二句，也是切「新」字。正因不熟婆婆的食性，或鹹或淡，所以先使小姑嘗過，才敢奉上，就不致有錯了。我們初入社會，不大熟悉情形，也非得先就教於老練的人不可。

權德輿

字載之，天水略陽人。德宗時，召為太常博士。憲宗朝，官至兵部吏部侍郎，復拜禮部尚書同平章事。卒謚文。有《權文公集》。

玉臺體

——嚴羽《滄浪詩話》：「玉臺體，《玉臺集》乃徐陵所序，漢魏六朝之詩，皆有之，或者但謂纖豔者玉臺體，其實則不然。」按《玉臺集》係陳徐陵所選梁以前之詩，十卷，又名《玉臺新咏》。其中所選大多是豔體詩。

昨夜裙帶解①，今朝蟢子飛②。鉛華③不可棄，莫是藁砧④歸？（平聲微韻）

【註釋】

①婦女裙帶自解，或係當時相傳為夫婦好合之預兆。

②蟢子如蜘蛛，即蠨蛸。劉勰《新編》：「野人晝見蟢子者，以為有喜樂之瑞。」按今鄉村間亦有此種迷信。因蟢喜同音也。

③鉛華，就是鉛粉，用以塗面。

④藁，蓆也。砧，搗衣石也。藁砧，古時婦稱其夫之辭。因砧通礁，為搗衣石，鐵製則為「椹」，都是敲擊或斬割時下面所墊的器具。斬藁時墊的器具叫鈇，音膚。鈇夫音同，所以稱丈夫為藁砧。這是古時一種轉折的隱語。徐陵《玉臺新咏》中有：藁砧今何在？山上復有山（隱「出」字），何當大刀頭（刀頭有環，隱「還」意），破鏡飛上天（圓鏡如月，破則分半，隱半月）的「古絕句」。直接地說，就是「丈夫出去，半月還家」之意。

【作意】

此詩是咏閨人想望夫還之詩。

【作法】

首句相對，是記兩種喜事的預兆。三句是側寫故意裝飾，有「女為悅己者容」之意。四句是想望夫歸。凡是豔體詩，大多是替閨人代言，即以婦女本身為第一人稱。彷彿語語自婦女口中道出，並非詩人的話，比較來得有風趣，並且要顧到俗不傷雅。否則往往會走入淫靡一路，使人掩耳污目，不登大雅之堂了。此詩係權氏戲效玉臺體而作，別無寄託。

柳宗元

江雪

千山鳥飛絕，萬徑人蹤滅。孤舟蓑笠翁，獨釣寒江雪。〔入聲屑韻〕

【作意】

此詩咏江鄉雪景。

【作法】

首二句咏山和原野，「絕」「滅」二字中暗藏一「雪」字，雪太大了，所以鳥飛絕，人蹤滅。此二句是故作奇險語，讀了之後，似乎覺得咏雪景已完全無遺，下文已無話可說。不料他竟能別開境界，再從江面上設法，用孤舟獨釣來點綴雪景，天然的景物，一經湊合，便成為一幅極妙的雪景圖。蘅塘退士評此詩：「二十字可作二十層，卻是一片，故奇。」

白居易

問劉十九

綠螘①新醅酒，紅泥小火爐。晚來天欲雪，能飲一杯無？（平聲虞韻）

【註釋】

①螘通蟻。綠螘，指新釀之酒上面浮起的糟粕，亦可借用做酒的名稱。

【作意】

此詩大意是邀請好友來飲酒賞雪。

【作法】

此詩首二句相對，因酒而看到溫酒的小火爐。又因火爐而覺天寒欲雪，獨酌無味，故邀友來同飲。「能飲一杯無」，做出「問」字的神情。不問其能來不能來，但問其能飲不能飲，如此跟一二句才有關聯。詩中用字，要離題不遠，並且要處處關鎖緊密，始有意味。

張祜

字承吉，清河人。長慶中，令狐楚曾薦於朝，不報。隱丹陽曲阿地以終，有集。

宮詞

故國三千里，深宮二十年。一聲《何滿子》①，雙淚落君前！〔平聲先韻〕

【註釋】

①《樂府詩集》：「唐白居易曰：『何滿子，開元中滄洲歌者，臨刑，進此曲以贖死，竟不得

免。』」後人即就何滿子曲，名《何滿子》。《杜陽雜論》曰：「文宗時，宮人沈阿翹，為帝舞《何滿子》，調辭風態，率皆宛暢」，則《何滿子》大概又是舞曲。

【作意】

此詩寫宮人的幽怨。

【作法】

首句是寫離鄉的遠，不能見其父母。二句是寫入宮不久，不得寵幸於君王。三句是寫歌舞，四句是寫悲怨，自有層次。按《全唐詩話》張祜此詞，傳入宮禁。武宗疾篤，孟才人歌「一聲《何滿子》」，氣亟立殞。上令醫診候，曰脈尚溫而腸已斷。

李商隱

登樂遊原——在陝西長安南八里。其地居京城最高處，漢唐時每當三月三日、九月九日，

京城士女咸就此登賞祓禊。見《長安志》。

向晚意不適，驅車登古原。夕陽無限好，只是近黃昏！（平聲元韻）

【作意】

這大概是義山自傷年老之詩。

【作法】

首句寫登臨的原因，次句寫登樂遊原。三四句即景生情，回應「意不適」，是說晚景雖好，可惜不能久留，比方人到晚年，亦難長久。

賈島

字浪仙，一作閬仙，范陽人。初為僧，名无本。韓愈奇其才，令還俗應舉，不第。文宗時為長江主簿，有《長江集》。

尋隱者不遇

松下問童子，言「師採藥去。只在此山中，雲深不知處？」（去聲御韻）

【作意】

此詩寫尋而不遇，但並無悵惘之情，只覺一片天機，純乎自然。

【作法】

此係一種問答的作法，自「言」字下盡是童子回答之辭。好在不加藻采，合於口語，和閬仙尋常險僻寒峭的作品，完全不同。這詩直捷中含意至深，自然中又措辭不俗。因此有人疑此詩非閬仙所作，謂係孫革訪羊尊師詩。我們對此不必過求認真。

李頻

字德新，壽昌人。大中時進士。為祕書郎，遷建州刺史。有《梨岳集》。

渡漢江——即漢水。

嶺外①音書絕，經冬復立春。近鄉情更怯②，不敢問來人。〔平聲真韻〕

【註釋】

①嶺外指廣東。嶺指五嶺。

②怯，畏懼意。

【作意】

這詩是在還鄉途中所作。

【作法】

首句是指久客嶺外，家鄉音書久絕。二句承「絕」字而來，是說已有二年不見音書。三句轉入正意，「近鄉」暗指還鄉渡江。「怯」者怯故鄉情形不知如何或家人安否。四句「來人」是指從家鄉來的人。「不敢問」，恐來人報告故鄉有甚麼壞消息。二句曲曲寫出遊子將要到家時的一種忐忑心理，非常熨貼入微。此詩可議者，則詩中不明見「渡漢江」的字面而已。

金昌緒

餘杭人。

春怨

打起黃鶯兒，莫教枝上啼。啼時驚妾夢，不得到遼西。（平聲齊韻）

【作意】

此詩是摹寫閨人望夫的心理。

【作法】

做平常題目的詩，最容易從正面入手，正面話只有幾句，一說即盡，毫無韻味。此詩避開正面話不說，卻從側面落筆。首句所謂「打起」並不是真個去打，是想去打起。二句是解釋打起的緣由，三句又是解釋不教它啼的緣由，四句始說出正意，是希望到遼西去見丈夫。但只能在魂夢中相會，又將會夫的正意隱去，只說得「到遼西」的一半。這樣曲折情事，通過短短二十字曲曲傳出，真不容易。

西鄙人

無考。

哥舒歌

——《全唐詩》註：「天寶中，哥舒翰為安西節度使，控地數千里，甚著威令。故西鄙人歌此。」

北斗七星高①，哥舒②夜帶刀。至今窺牧馬，不敢過臨洮③。〔平聲豪韻〕

【註釋】

①即北辰星，通常用來比喻人君的權威。此則用以比哥舒的威望。
②哥舒翰世居安西，為哥舒部的後裔，入唐曾為河西隴右等節度使。後以破吐蕃功，封西平郡王。後安祿山反，降賊為司空。安慶緒敗，為所殺。
③今甘肅臨潭縣。

【作意】

這是頌揚哥舒翰功德的詩。

【作法】

此詩首句，以北斗七星興起，極奇特。二句「夜」字，承上「七星」，「帶刀」言其勇武防邊。三四句是說吐蕃不敢入寇。按《唐書哥舒翰傳》：「吐蕃盜邊，翰持半段槍迎擊，所向披靡，虜駭走，隻馬無還者。踰年，築神威軍青海上，謫罪人二千戍之，由是吐蕃不敢近青海。」「至今」「不敢」，竭力頌揚，哥舒之功自見。

樂府

九首

唐詩三百

崔顥

長干曲（二首）——樂府中雜曲歌辭，一作《江南曲》，四首選二。參閱五古樂府李白《長干行》註。

君家何處住？妾住在橫塘①。停船暫借問，或恐是同鄉？（平聲陽韻）

家臨九江②水，來去九江側。同是長干③人，生小不相識。（入聲職韻）

【註釋】

①《六朝事跡》：「吳大帝时，自江西沿淮築堤，是謂橫塘。」

②九江即今江西九江縣。

③長干，里名，在南京。

【作意】

此係男女相悦之詞，停船借問，自道鄉貫，有自媒之意。

【作法】

前詩是問人，後詩是自答。前詩先問君家住處，接說自己鄉貫，又恐自己所業卑賤，恐是同鄉被其所笑，故必停船借問個下落才放心，曲曲可見女兒羞澀心情。後詩自白所以往來九江的緣由，至此始知原是同鄉。因自小離鄉，故不能相識。這裏有自己解嘲之意。樂府曲辭之作法，最好白描，不必講究辭藻，並最好是摹擬兒女喁喁的口氣，以婉約為妙。

李白

玉階怨——樂府相和歌辭的楚調曲。

玉階生白露，夜久侵羅襪。卻下水精簾①，玲瓏望秋月。（入聲月韻）

【註釋】

①水精同水晶。

【作意】
這是咏本題的樂府詩，相當於咏詞調的「本意」。

【作法】
此詩雖是咏「怨」，但詩中並無「怨」字，而是將說不出的種種怨意，都歸納到「望」字中去了。首二句是寫庭寒露重，佇待不來。三四句是融情入景，寫下簾望月，深致怨意。用一「下」字，而仍可望月，因其簾為水晶之故。玲瓏是寫映簾的月色。

靜夜思——樂府中新樂府辭。

牀前明月光，疑是地上霜。舉頭望明月，低頭思故鄉！（平聲陽韻）

【作意】
這是即景思鄉之作。

【作法】

尋常口頭言語，一經詩人道出，即覺別有風韻。這一方面是因為詩人頭腦靈敏，能說人所說不出的話，能寫人所寫不出的景。另一方面是因為詩人能將這種口頭話眼中景，用有韻律的字句唱出來，使詩歌顯得格外動人。這種詩在樂府詩中格外多，其造語，與別的律詩絕詩有很多不同的地方。讀者只要兩兩去對照一下，就可見分曉。

盧綸

塞下曲（四首）——是樂府中新樂府辭。六首見四。參閱五古樂府王昌齡《塞下曲》。

鷲翎金僕姑①，燕尾繡蝥弧②。獨立揚新令，千營共一呼。（平聲虞韻）

林暗草驚風，將軍夜引弓。平明尋白羽③，沒在石稜中④。（平聲東韻）

月黑雁飛高，單于夜遁逃。欲將輕騎逐，大雪滿弓刀。〔平聲豪韻〕

野幕蔽瓊筵⑤，羌戎賀勞旋⑥。醉和金甲舞，雷鼓⑦動山川。〔平聲先韻〕

【註釋】

①鷲，音就，鷹雕之類。翎，音鈴，鳥羽，可製箭羽。金僕姑，箭的名稱。

②《爾雅》註：「帛續旐末為燕尾。」按即今旗上的飄帶。鍪，音茅。鍪弧，旗的名稱。《左傳》：「潁考叔，取鄭伯之旗鍪弧以先登。」

③白羽就是箭，箭尾有羽，藉以射遠。

④《漢書李廣傳》：「廣居右北平，出獵，見草中石，以為虎，射之，中石沒羽。」意思是用力過猛，連箭尾也射沒入石中。

⑤幕是軍隊中的營帳。瓊筵，是珍貴的筵席。

⑥羌戎，漢時蒙古的民族。勞，慰勞。旋，凱旋，慶賀得勝而回。

⑦雷鼓，是八面鼓。

【作意】

唐人作《塞下曲》《塞上曲》的很多，大都是泛咏邊塞景物和戍守的情事，這四首詩也是如此。

【作法】

第一首第一句寫將軍所佩的箭。二句寫將軍的帥旗。三句寫將軍的發號施令。四句寫軍營中的聲勢。這詩是寫動員出發時一種雄壯的聲勢。首次兩句相對，寫得如見其人。末二句寫得如聞其聲。第二首寫將軍夜出行獵或夜出巡邊的情形，用李廣的現成典故，見得將軍的勇武。第三首寫將軍雪夜破敵的情景。「月黑」與「夜」及「大雪」相聯，「遁逃」與「逐」相聯，用字恰如其分。第四首寫將軍凱旋受賀的情事。不說「將士」賀凱旋，偏說「羌戎」，是深一層說法。可見將軍非但勇能卻敵，並且德能感人，就是羌戎異族，也來慶賀凱旋。三句寫將軍之樂。四句以「山川」映「野」字，寫出一種熱鬧的情景。這四首詩描摹塞下軍營中的情事，寫得有聲有色，使人奮發，可作軍歌唱。我們再將這詩和以前厭戰的詩去比較一下，就可看出兩者的不同之處。

李益

江南曲——樂府中相和歌辭之《相和曲》。

嫁得瞿塘[1]賈，朝朝誤妾期。早知潮有信，嫁與弄潮兒[2]。〔平聲支韻〕

【註釋】

①瞿塘即四川的瞿塘峽，是川鄂間三峽之一。

②早曰潮，夕曰汐，來去漲落，必有定期，名為「潮信」。我國潮汐，以浙江潮最稱大觀。八月十八、十九日時，潮水尤大。潮水將至，常有弄潮的人，先撐小舟，迎潮而入，衝波激浪，不避危險。隨潮水上下進退，就是這弄潮兒。

【作意】

此詩是寫商婦的怨恨。

【作法】

樂府詩描摹兒女情態，有三種寫法，第一種寫得非常婉轉隱約，甚至運用隱語，或用諧音之字雙關（如「芙蓉」諧「夫容」，「梧子」諧「吾子」，「碑」諧「悲」，「題」諧「啼」，「蓮」諧「憐」，「藕」諧「耦」，「絲」諧「思」，等等之類。）第二種是半吞半吐、藏頭露尾的，如本詩以潮之有信，怨賈人的屢次失約延期，結果竟發癡想，不如嫁與弄潮兒來得有信，這也可說是雙關語。第三種是直接痛快，毫不隱藏，老着臉皮說出來，如「道逢遊冶郎，恨不早相識。」如「老女不嫁，蹋地喚天。」郭茂倩《樂府詩集》中，這種例詩收得很多，讀者不妨去翻閱一下。

七言絕句

五十一首

張旭

蘇州人，仕為常熟尉。嗜酒，善草書，每大醉，號呼狂走乃下筆，自視以為神。

桃花谿

——即桃花源。《一統志》：「溪在湖南常德府桃源縣西南二十五里，源出桃花山，北流入沅江。」晉陶潛有《桃花源記》。

隱隱飛橋隔野烟，石磯①西畔問漁船。桃花盡日隨流水，洞在清溪何處邊？（平聲先韻）

【註釋】

①磯，音幾，水中石。

【作意】

此詩係泛咏桃花谿而懷疑桃花源的有無，因為有很多人懷疑陶淵明的《桃花源記》是一種寓言。

【作法】

首句寫遠望，為野煙所隔，故曰「隱隱」。二句「問」是問桃源洞天究在何處，已起疑慮。三句用「桃花流水」切貼題目，眼前事實如此，又覺疑信參半。四句「何處」承上「問」字，究竟桃源洞在何處，還是生疑。所以全詩主旨在「何處」，其餘不過就《桃花源記》所說洞口情形拉來佈景而已。

賀知章

字季真，晚號四明狂客，會稽人。官祕書監。天寶初請為道士，還鄉，詔賜鏡湖剡州一曲。卒贈禮部尚書。

回鄉偶書

少小離家老大回，鄉音無改鬢毛摧①。兒童相見不相識，笑問客從何處來？（平聲灰韻）

【註釋】

①摧，一本作「衰」，據沈德潛《唐詩別裁》云：「原本鬢毛衰，衰入四支，音司，十灰中衰音縗，恐是摧字之誤，因改正。」摧，凋落之意。

【作意】

這是從反面寫久客傷老之情。

【作法】

首句「少小」至「老大」，即說「久客他鄉」。二句「鬢毛摧」緊承「老大」，三四句從二句生發，「鬢毛摧」故「不相識」，「不相識」故「問」，自有一定層次。元楊載《詩法家數》云：「絕句之法，要婉曲回環，刪蕪就簡，句絕而意不絕。多以第三句為主，而第四句發之，有實接，有虛接。承接之間，開與合相關，反與正相依，順與逆相應。一呼一吸，宮商自諧。大抵起承二句固難，然不過平直敍起為佳，從容承之為是，至如婉轉變化工夫，全在第三句，若於此轉變得好，則第四句如順流之舟矣。」這種說法，是指絕詩四句的起承轉合的方法，如能夠參透，那就能看出每一首絕詩章法的變化了。

王維

九月九日憶山東兄弟

獨在異鄉為異客，每逢佳節倍思親。遙知兄弟登高處，遍插茱萸①少一人。〔平聲真韻〕

【註釋】

①《續齊諧記》：「汝南桓景隨費長房學，長房謂曰：『九月九日汝家當有災厄，急宜去，令家人各作絳囊盛茱萸以繫臂，登高，飲菊花酒，此禍可消。』景如言，夕還，見雞犬牛羊一時暴死。」今世人九月九日登高始此。茱萸，音朱如，係落葉喬木，實紫赤色，莖可入藥。

【作意】

此詩大意在懷鄉思親。

【作法】

首句用兩個「異」字，倍覺淒苦。地非故土，即為異鄉，人在異鄉，即為異客。二句用「倍」字可見平日也無日不思，至佳節尤其思親，是進一層用字法。為客常思親，即承上句。三句不說自己重陽登高，偏憶兄弟登高，又是進一層的轉法。四句是用反意作合，不直說兄弟憶我、我憶兄弟，偏說遍插茱萸少我一人，悲懷自見。

王昌齡

春宮曲

昨夜風開露井桃①，未央前殿月輪高。平陽歌舞新承寵②，簾外春寒賜錦袍。〔平聲豪韻〕

【註釋】

①井邊桃樹。《古樂府》：「桃生露井上。」

②《漢書外戚傳》：「孝武衞皇后字子夫，為平陽主（公主）謳者，武帝過平陽既飲，謳者進，帝獨悅子夫，賜平陽主金千斤。」此以借喻得寵的宮人。

【作意】

此詩大意，是敘春宮中未承寵幸的宮人的怨思。

【作法】

首句點時令，切「春」字。二句寫望月興悲，以「未央前殿」切「宮」字。三句不直說宮人之怨，偏從側面寫得寵者。榮枯相比，愈見可怨。四句又以「春寒賜袍」總結前文。詩中最忌直說正意，直則沒有餘味，曲則愈見神韻。

閨怨

閨中少婦不知愁，春日凝妝上翠樓。忽見陌頭楊柳色，悔教夫婿覓封侯。（平聲尤韻）

【作意】

此詩大意係寫閨人的春怨。

【作法】

首句偏說「不知愁」，是反起法。二句「凝妝」，亦從「不知愁」而來。「上翠樓」尤「不知愁」。三句「忽」字驟轉，一見柳色，始觸動離愁，於是生「悔」，故四句即以「悔覓封侯」作結。不說別而別情自見，不言愁而愁思倍增。

芙蓉樓送辛漸——樓故址在江蘇鎮江城西北隅。

寒雨連江夜入吳，平明送客楚山孤。洛陽親友如相問，一片冰心在玉壺。（平聲虞韻）

【作意】

此是送別之時殷勤致意的詩，意在表白自己的近來操守。

【作法】

本詩首句寫雨夜餞別，二句寫平明相送，「入」字與「送」字相呼應。三句是臨別致意，並且辛漸係回洛陽，「相問」是問自己近狀，四句卻出人意外，不說思念之情，不說客居之感，偏說自己光明磊落，清廉自守，如片冰之在玉壺，可以告慰諸親友，在文字上是奇特的結法，意在提高自己的人格。

王翰

字子羽，晉陽人。登進士後，舉直言極諫，復舉超拔羣類。召為祕書正字，官至道州司馬。有集。

涼州詞

——《樂苑》：「涼州宮詞曲，開元中西涼府都督郭知運所進。」在樂府中為近代曲辭。

葡萄美酒夜光杯①，欲飲琵琶馬上催。醉臥沙場君莫笑，古來征戰幾人回？（平聲灰韻）

【註釋】

①西域產葡萄，可釀酒。《十洲記》：「周穆王時，西域獻夜光常滿杯。杯是白玉之精，光明夜照，夕出杯於庭，天比明，而水汁已滿。」

【作意】

此詩與《塞上曲》《塞下曲》相同，是咏邊塞情景的詩。涼洲近西域，亦係邊塞，意在及時行樂，為將士解嘲。

【作法】

此詩妙處，全在頓挫得法。首句從酒說起，二句「欲飲」一頓，在句法上為上二下五法。三句催自催，飲自飲，「醉臥沙場」又一頓，「君莫笑」用力一挫。四句再來一挫，轉出正意，是說戰爭之時，不知命在何日，有幾人能夠安然回鄉。故作曠達的話，尤見其內心的悲憤。其聲促，其意苦，也是一首反戰的詩。

李白

黃鶴樓送孟浩然之廣陵

故人西辭黃鶴樓，煙花三月下揚州。孤帆遠影碧空盡，惟見長江天際流。〔平聲尤韻〕

【作意】

此詩大意是樓頭送別，用景物寫出離愁。

【作法】

行人自長江「東」下，所以首句用一「西」字，二句用一「下」字，並且首句標出送別之地是「黃鶴樓」，二句標出送別之時是「三月」。送往之地是「揚州」，結構非常綿密。三句始寫離情，望斷碧山，目送孤帆，行人已去，長江自流。景物可畫，別情難遣。

早發白帝城——一作《下江陵》。白帝城故址在今四川奉節縣東，漢為魚腹縣。

朝辭白帝彩雲間，千里江陵①一日還。兩岸猿聲啼不住②，輕舟已過萬重山。（平聲刪韻）

【註釋】

①江陵，今湖北江陵縣。盛宏之《荊州記》：「朝發白帝，暮宿江陵，凡一千二百餘里，雖飛雲迅鳥，不能過也。」

②《水經注》：「三峽七百里中，兩岸連山略無缺處，常有高猿長嘯。」

【作意】

本詩大意是寫自白帝到江陵舟行的迅速。

【作法】

首句着「彩雲」兩字，係指白帝城高出彩雲之間，有據高順流而下之意。二句「千里」言路程之遠，「一日還」，言行舟快。這兩句已將舟行迅速之意寫盡。三句轉到兩岸猿聲，和下文萬山互相映帶。四句寫舟行之快，用一「輕」字，又可見水勢之急瀉。舟行不稍停留，詩筆也一瀉直下，毫不泥滯。

韋應物

滁州西澗——滁州，今安徽滁縣，西澗在其城西，俗名上馬河。

獨憐幽草澗邊生，上有黃鸝深樹鳴。春潮帶雨晚來急，野渡無人舟自橫。（平聲庚韻）

【作意】

這是咏西澗在晚潮時雨中的景物。

【作法】

此詩可分作兩層來看，首次二句是近看，三四兩句是平望。「澗邊」「深樹」，已有雨意。「春潮帶雨」再加「急」字，又聞其聲。雨至故「無人」，潮來故「舟橫」，一幅荒江渡口景象，宛在目前，全在造意用字之妙。

岑參

逢入京使

故園東望路漫漫，雙袖龍鍾①淚不乾。馬上相逢無紙筆，憑君傳語報平安！（平聲寒韻）

【註釋】

①龍鍾係古語疊字形容詞。或狀身體衰疲，或狀失意潦倒，或狀逗留不進。此作沾濡潤溼解。

【作意】

這詩是寫一個旅客路上逢入京使者託他帶一個平安口信到家鄉的事情。

【作法】

首二句是用逆入法。因事實上是先逢使後望故園而下淚。今先寫思鄉傷懷，於題是謂逆入，即覺突兀不平凡。三句承上「路」字，寫出匆匆情景。四句與前「一片冰心在玉壺」句，又是一種説法，前者是自負語，是積極的，此句是口頭話，是消極的。但也是因為匆匆相逢，急不擇言，只可說「平安」二字罷了。所以此詩可作兩層看，上半段敍事是緩慢的，下半段卻是匆遽的。

杜甫

江南逢李龜年

——《明皇雜錄》：「樂工李龜年特承恩遇，大起第宅，後流落江南，每遇良辰勝景，常為人歌數闋。座客聞之，莫不掩泣。」

岐王宅①裏尋常見，崔九②堂前幾度聞。正是江南好風景，落花時節又逢君。〔平聲文韻〕

【註釋】

①睿宗子隆範封岐王。此指岐王府。

②崔九舊註謂即殿中監崔滌，崔湜之弟，此當係泛指崔氏舊堂。因考年代，岐王範及崔滌俱卒於開元十四年，那時尚未有梨園之設。少陵見李龜年，應在天寶十載後也。

【作意】

這是少陵見李龜年撫今懷昔的傷感詩，並不是恭維他的歌藝。

【作法】

寫傷感詩，偏不流露出一字半句的傷感，使人讀了，也只覺毫不可悲。但細加回味，才知是別有所指，元范德機指此詩為「藏咏」，正是卓見。本詩首二句追憶李龜年出入貴人達官之家，間接說當時太平之世的承平氣象。三句特提江南好風景，大有「風景不殊河山有異」之歎，四句特標「落花時節」，隱寫世亂時艱。用一「又」字，有前後比較之意，又大有「同是天涯淪落人」之感。蘅塘退士評此詩云：「世運之治亂，年華之盛衰，彼此之淒涼流落，俱在其中，少陵七絕，此為壓卷。」

張繼

字懿孫，襄州人，天寶進士。大曆末，檢校祠部員外郎，分掌財賦於洪州。

楓橋夜泊

月落烏啼霜滿天，江楓漁火對愁眠。姑蘇城外寒山寺①，夜半鐘聲到客船。（平聲先韻）

【註釋】

①吳縣在隋時為蘇州，因境內有姑蘇山得名。寒山寺在閶門西十里，相傳名僧寒山拾得曾卓錫於此寺，故名。

【作意】

此詩大意是敍旅客夜宿舟中的情景。

【作法】

此詩所寫時間完全是在半夜，所以首句即說「月落」，與末句「夜半」相呼應。並以「烏啼」與「鐘聲」相呼應。「霜滿」「江楓」，隱指時令為秋。全詩將所見所聞，兩兩互寫，組織成一幅夜泊愁眠的圖畫。有好景總有好詩，但也要有好的詞句去搭配，才不辜負好景，才能做成好詩。後人以為夜半無鐘聲相訴病，未免「吹毛求疵」。

韓翃

寒食

春城無處不飛花，寒食①東風御柳斜。日暮漢宮傳蠟燭②，輕煙散入五侯家③。（平聲麻韻）

【註釋】

①《荊楚歲時記》：「去冬節百五日，即有疾風甚雨，謂之寒食。」大概在清明前二日。又謂：「晉介之推三月五日為火所焚，國人哀之，每歲春暮不舉火，謂之禁煙。」

②《西京雜記》：「寒食禁火日，賜侯家蠟燭。」又《唐輦下歲時記》：「清明日，取榆柳之火以賜近臣。」

③《後漢書宦者傳》：「桓帝封單超新豐侯，徐璜武原侯，具瑗東武陽侯，左悺上蔡侯，唐衡汝陽侯，五人同日封，世謂之五侯。自是權歸宦官，朝政日亂矣。」

【作意】

此詩大意是在譏刺宦者的得寵。蘅塘退士曰：「唐代宦官之盛，不減於桓靈，此詩託諷深遠。」

【作法】

首二句說寒食時節的風景。寫「花」偏說「飛」，寫「柳」偏說「斜」，下字已含輕薄之意。三句以「傳蠟燭」的典故，扣住「寒食」。四句不說別處，偏說「五侯家」，則是明指宦官之得寵，而能傳賜蠟燭。寓意深刻，不加譏刺，而已甚於譏刺。孔子說：「詩可以興，可以怨。」這種詩，就是興怨的一種。

劉方平

河南人。

月夜

更深月色半人家，北斗闌干①南斗斜。今夜偏知春氣暖，蟲聲新透綠窗紗。（平聲麻韻）

【註釋】

①闌干，橫的意思。

【作意】

本詩大意係抒寫物候變化之感。

【作法】

本詩上半段是仰觀，下半段是俯察，上半段因月色而及星象，下半段因聞蟲聲而知春暖，都是互為因果的句法。讀此詩即覺有一種靜穆幽麗的環境，橫在眼前。寫靜境的詩，這樣最能動人。

春怨

紗窗日落漸黃昏，金屋①無人見淚痕。寂寞空庭春欲晚，梨花滿地不開門。（平聲元韻）

【註釋】

①金屋，指極華麗的宮室。《漢武故事》：「武帝為太子時，長公主欲以女配帝，問曰：『得阿嬌好否？』帝曰：『若得阿嬌，當以金屋貯之。』」

【作意】

本詩大意是咏宮人寵衰、春暮怨思。

【作法】

首句點時，次句點人。「無人」，無臨幸的人，無人故「見淚痕」，暗指寵衰。無人來，故「空庭寂寞」；無人來，故「不開門」。「春晚」故「梨花滿地」，色衰則姿容憔悴，無人過問，以落花比喻，怨情自見。此等詩往往是詩人借以自抒牢騷，有所諷示。此詩大概是劉方平不遇時之歎。

柳中庸

名淡，以字行，河東人。仕為洪府戶曹。

征人怨

歲歲金河①復玉關②，朝朝馬策③與刀環④。三春白雪歸青冢，萬里黃河繞黑山⑤。

〔平聲刪韻〕

【註釋】

①金河即黑河，在今呼和浩特城南，即唐單于大都護府地。
②玉關即甘肅玉門關。
③馬策即馬鞭。《左傳》：「繞朝贈之以策。」
④刀上有環，《漢書李陵傳》：「立政等未得私語，即目視陵，而數數自循其刀環，言可還歸漢也。」
⑤黑山在今呼和浩特境，即殺虎山。

【作意】

此詩大意是咏征人久戍邊塞，不能還鄉之怨。

【作法】

本詩四句相對為兩聯，彷彿截取七律詩中的兩聯，所以有人說絕律是截取律詩而成。首句「復」字與「歲歲」相聯絡，意即不是今年戍金河，就是明年戍玉關。「馬策」與「刀環」併稱，是指戰爭不息，刀環並含有還鄉希望。「三春白雪」是帶寫邊塞氣候，歸青塚，有不能「生入玉門關」之意。四句寫邊塞形勝和所見。

顧況

字逋翁，晚號華陽真逸。海鹽人。至德二年進士。德宗時官祕書郎，後隱茅山以終。有《華陽集》。

宮詞（五首選一）

玉樓天半起笙歌，風送宮嬪笑語和。月殿影開聞夜漏，水精簾捲近秋河①。（平聲歌韻）

【註釋】

①秋河即銀河。

【作意】

此詩是抒寫宮嬪的怨情。

【作法】

首次二句寫聽別處的笙歌笑語，相形到自己這裏的寂寞。三句寫夜深聽漏未寐，四句寫獨自捲簾看秋河，用一「近」字，愈見夜深。此詩不說怨情，而怨情已顯露於言外。因為倘是無心人，必不會在夜深時還在聽別處的笙歌笑語。這種詩往往用比較寫法，一鬧一靜，一榮一枯，愈見出色。

李益

夜上受降城聞笛

——《唐書張仁愿傳》：「仁愿請乘虛取漠北地，於河北築三受降城，當虜南寇路。」

迴樂峯①前沙似雪，受降城外月如霜。不知何處吹蘆管②，一夜征人盡望鄉。〔平聲陽韻〕

【註釋】

①迴樂峯在今甘肅靈武縣。峯或作烽。

②蘆管，即胡笳，胡人捲蘆葉而吹。

【作意】

這詩意在寫邊塞夜景，抒征人思鄉之情。

【作法】

首二句相對成聯。「沙似雪，月如霜」，形容邊塞苦寒景象。三句轉入聞笛，蘆管聲悲，觸動征人回鄉願望，故四句即以此作結。

劉禹錫

烏衣巷——巷在南京城內，近朱雀橋。晉南渡後，王導謝安居此巷，其子弟皆烏衣，故名。

朱雀橋邊①野草花，烏衣巷口夕陽斜。舊時王謝堂前燕②，飛入尋常百姓家。（平聲麻韻）

【註釋】

①《江南通志》：「朱雀航在江寧縣，晉置，即吳之南津橋。橋在朱雀門南。今聚寶門內鎮淮橋，即朱雀橋遺址。」

②又：「烏衣園在烏衣巷之東，晉王謝故居，舊有堂，額曰來燕。」

【作意】

這是撫今弔古的詩，是傷烏衣巷的衰落。

【作法】

起首兩句相對，妙在地名湊巧。「野草花」「夕陽斜」是指現在的衰敗，這是「撫今」。三句懸想舊時此地的興盛，偏借燕子來比較。意謂今日之燕，猶舊時之燕，但舊時王謝之堂，已換作尋常百姓之家，這是弔古。凡是弔古詩，往往用比較法來做，容易動人。

春詞

新妝宜面①下朱樓，深鎖春光一院愁。行到中庭數花朵，蜻蜓飛上玉搔頭。（平聲尤韻）

【註釋】

①是說脂粉妝容和面龐相宜。

【作意】

此詞也含怨意，意謂新妝雖好，見賞無人。亦為宮人而作。

【作法】

首句說妝成然後下樓，欲邀寵幸。二句寫春光深鎖，見賞無人，故下一「愁」字。三句另轉別意，說無聊之餘，隨數花朵解悶。想不到蜻蜓無知，還愛新妝，飛上頭來。從側面寫出怨意，妙在含蓄不露。凡作此等詩，第一要有風姿，就是句句都可作美人圖的粉本。第二要有含蓄，就是並非村婦式的破口大罵。

白居易

後宮詞

淚溼羅巾夢不成，夜深前殿按①歌聲。紅顏未老恩先斷，斜倚熏籠②坐到明。（平

聲庚韻）

【註釋】

①按，按節拍。
②薰籠，覆蓋香爐的竹籠。

【作意】

這是代宮人所作的怨詞，色衰愛弛，千古同慨。

【作法】

首句寫垂淚不寐，何等寂寞。次句寫前殿歌聲，又何等熱鬧。同是夜深，而一靜一喧，判若天淵，哪得不哭？三句直接說出正意，怨之至矣。四句仍以「坐到明」和「夢不成」相呼應。斜倚薰籠，所以取暖，又和「夜深」有關。此詩和前幾首詩比較，覺得太顯露，不夠蘊藉，可見各人作風，有不同之處。

張祜

贈內人——內人即宮人。

禁門宮樹月痕過，媚眼微看宿鷺窠。斜拔玉釵燈影畔，剔開紅燄救飛蛾。（平聲歌韻）

【作意】

此詩是寫內人夜靜無聊，剔燈有待，並含有代傷身世之意。

【作法】

月過宮樹，微看宿鷺，寫靜夜宮景，用一「媚」字，即有豔羡宿鷺之意。三句轉入別意，下一「斜」字，見其豐姿，下一「影」字，尤見幽蒨。剔燄救蛾，雖是無意，卻是有情。蓋有感於深鎖宮禁，雖處繁華，亦等於飛蛾撲燄。憐他自憐，不得不救。此種慧心仁術，非熨貼細膩的詩人，不能說得出來。

集靈臺（二首）

——《元和志》：「天寶六載，改溫泉宮為華清宮，又造長生殿，名為集靈臺，以祀神。」按臺故址，當在今陝西臨潼縣驪山上。

日光斜照集靈臺，紅樹花迎曉露開。昨夜上皇新授籙①，太真含笑入簾來。（平聲灰韻）

虢國夫人②承主恩，平明騎馬入宮門。卻嫌脂粉污顏色③，淡掃蛾眉朝至尊。（平聲元韻）

【註釋】

①上皇指唐玄宗，肅宗即位於靈武，尊玄宗為上皇天帝。籙，音錄，冊命之類。一說「授」應作「受」，解作上皇受道家符籙亦可通。惟受籙而太真入簾，未免近褻。

②貴妃之妹，註見《長恨歌》。

③《楊妃外傳》：「虢國不施脂粉，自有美豔，常素面朝天。」又常與楊國忠併轡入朝。

【作意】

這兩首詩大意是在諷刺楊家姊妹的專寵，而歸罪於上皇的溺愛。

【作法】

第一首一二兩句寫集靈臺早上的景物，即所以定集靈臺是清靜祀神的所在。三句轉入「昨夜」，暗說上皇不應該在此地冊封貴妃，太真也不應在此時入內。再用「含笑」，見得太真的輕薄。第二首「承主恩」亦屬微詞，是說虢國並非后妃，何以竟能「承主恩」。「騎馬入宮」與下「朝至尊」相呼應。「脂粉嫌污」「淡掃蛾眉」是因果句，同時亦極力刻畫其輕佻。此等語句，在表面上看，似乎是恭維貴妃姊妹的美豔，但細加吟味，就覺語中有刺。這就是詩貴含蓄之處，不然，此等情事，很難能說得恰到好處。

題金陵渡——疑為江蘇鎮江之西津渡，隔長江與瓜洲相對。若謂在南京，則不應距瓜洲這麼遠。

金陵津渡小山樓，一宿行人自可愁。潮落夜江斜月裏，兩三星火是瓜洲①。〔平聲尤韻〕

【註釋】

①瓜洲，鎮名，在江都縣南，臨長江濱，與鎮江相對。

【作意】

這是渡口小樓的題壁詩，寫偶見的夜景。

【作法】

首句指定渡口小樓，二句「行人」即詩人自稱，風景雖可愛，而行人自有可愁所在。即以「愁」字，轉入下二句的夜景。三句是下望江中，四句是遠望隔岸，長江夜景，幾為道盡。尤其四句以尋常言語，寫天然佳景，格外入情，較之三句的費力做作，可悟詩句構造的不易。

朱慶餘

名可久，以字行。越州人。寶曆進士。

宮詞

寂寂花時閉院門，美人相併立瓊軒。含情欲說宮中事，鸚鵡前頭不敢言。（平聲元韻）

【作意】

這是寫宮人怨思的詩。

【作法】

花時應熱鬧，反說「寂寂」，院門應開，反說「閉」，見得此間是幽冷之宮，久已不見君王進幸。失寵者不只一人，故曰「相併」，「立瓊軒」所以賞花，賞花常感懷，必互訴苦情。如此騰挪，方轉出「含情欲說」四字來。滿腔幽懷，雖欲訴說，但一看前頭鸚鵡，深恐其學話嚼舌，傳與君王，故又不敢竟說。此詩妙在句句騰挪，字字呼應，寫宮人之敢怨而不敢言之情，躍然紙上。

近試上張籍水部——近試，謂將近考試也。一作《閨意》。

〔平聲虞韻〕

洞房昨夜停紅燭，待曉堂前拜舅姑①。妝罷低聲問夫婿：「畫眉②深淺入時無？」

【註釋】

①舅姑，夫之父母。

②《漢書張敞傳》：「敞為婦畫眉，長安中傳張京兆眉嫵。」

【作意】

這詩意在諷喻，別有用意。據《全唐詩話》：「慶餘遇水部郎中張籍，知音，索慶餘新舊篇二十六章，置之懷袖而推贊之，時人以籍重名，皆繕錄諷詠，遂登科。慶餘作《閨意》一篇以獻。籍酬之曰：『越女新妝出鏡心，自知明豔更沈吟。齊紈未足時人貴，一曲菱歌敵萬金。』由是朱之詩名流於海內矣。」按此則慶餘作此詩去問張籍，是問他「我這樣文章是否合式？」未免有請託的嫌疑，可為一笑。

【作法】

凡作諷喻詩，最好將正意藏起來，專咏別的情事，使讀者自己去領會，所以最好一線到底，不露一點馬腳。此詩雖然所寫的完全是新婚後的事情，而主旨在「入時無」三字。其中第二句是暗指近試，此所謂「拜」，是預備去拜，故着意妝飾，期得舅姑歡心。也就是說經心着意做了文章，希望得到主考者的賞識。此詩就是丟開諷喻不講，即以詩言詩，也是一首極盡新婚夫妻旖旎風光的好詩。

杜牧

將赴吳興登樂遊原一絕——吳興今浙江吳興縣。其時牧為司勳員外郎，乞外放湖州刺史。

清時有味是無能，閒愛孤雲靜愛僧。欲把一麾①江海去，樂遊原上望昭陵②。（平聲蒸韻）

【註釋】

①麾，音灰，旗上的裝飾物。顏延年詩：「一麾乃出守。」

②昭陵，唐太宗的墳墓，在陝西醴泉縣東山。

【作意】

此詩抒寫不忍遽離京師之情，有忠君愛國之意。

【作法】

第一句應解作在太平時候，就是沒有才能的人，也是有興味的。這是說理的詩句。自認無能，無事可為。所以愛孤雲之閒，愛僧人之靜。這也是承上說理的句子，並述說自己近來的閒靜。三句轉入赴吳興出守之事，下一「欲」字，即有欲行不忍之情。四句「望昭陵」接上文「欲去」，有不忍即去的意思。戀戀京師，不忍離君的意思，從言外表達了出來。

赤壁——在今湖北嘉魚縣東北長江濱，係吳周瑜破曹操水軍處。

折戟①沈沙鐵未消，自將磨洗認前朝。東風②不與周郎便，銅雀③春深鎖二喬④。

〔平聲蕭韻〕

【註釋】

①戟，古兵器，如矛有小枝。

②《吳志周瑜傳》註：「至戰日，黃蓋先取輕利艦十舫，載燥荻枯柴，灌以魚膏。時東南風急，因以十艦舉帆去北二里餘，同時發火，火烈風猛，燒盡北船。」

③《魏志》：「建安十五年冬作銅雀臺。」按武帝作銅雀臺，上有樓，鑄大銅雀，高一丈五尺，置之樓巔。

④《吳志周瑜傳》：「喬公二女，皆國色也，孫策自納大喬，瑜納小喬。」

【作意】

這是弔古詩，大意是説周瑜的僥倖成功。

【作法】

本詩上兩句記實事，説在沉沙中發現斷折的戟，尚未消蝕。磨洗之後，辨認出是前朝東吳破魏時的兵器。用一「未」字，就寄感慨，意謂鐵戟未消，人事已非。下兩句是下議論，從小處落墨，概括赤壁之戰這樣的大事。意謂倘東風不給周郎方便，那麼東吳早滅，大小二喬也為曹操取去，成為銅雀臺中人了。「不與」即和後句「鎖」字相呼應。凡是咏史弔古的詩，取求材料，總要揀那有趣味有風韻的，加以渲染點綴，才能動人觀感。

泊秦淮——即今南京城之秦淮河，相傳秦始皇鑿鍾山，以疏淮水，故為秦淮。

煙籠寒水月籠沙，夜泊秦淮近酒家。商女①不知亡國恨，隔江猶唱《後庭花》②。

〔平聲麻韻〕

【註釋】

①商女，即妓女。

②《南史》：「陳後主以宮人袁大捨等為文學士，因狎客共賦新詩，採其尤豔者，有《玉樹後庭花》、《臨春樂》等曲。」

【作意】

本詩大意，是撫景感事，怕聽亡國之音，譏刺苟安之人。

【作法】

首句完全寫景，用疊字，要貼景入神。二句是敍事，「近酒家」開三句「商女」，因酒家多妓女。「亡國恨」又開四句「後庭花」，因《後庭花》曲是亡國之音，如此搭連，即有一氣呵成之妙，而感概亦在其中。「不知」二字並為商女開脱，見得唱者無心，聽者有意，於此可見詩人的多感。

寄揚州韓綽判官

青山隱隱水迢迢，秋盡江南草未凋。二十四橋①明月夜，玉人何處教吹簫？（平聲蕭韻）

【註釋】

①故址在今江蘇江都縣西門外。隋置，以城門坊市取名，凡二十有四。後因州城改築，

二十四橋即或存或廢。或謂即吳家磚橋，一名紅藥橋，古有二十四美女吹簫於此，故名。

【作意】

此詩有調侃韓判官在揚州如何消遣之意。

【作法】

首二句寫江南秋老景色，說明懷念故人的緣由。下二句用揚州典故相調侃，說揚州風景繁華，近來你在何處教玉人吹簫？用「何處」即有問他近況怎樣之意。故以吹簫相問，即覺別有風韻。這就是既用典故又能將典故溶解開來成為別的解釋，不致為典故所束縛。

贈別（二首）

娉娉嫋嫋①十三餘，豆蔻梢頭二月初②。春風十里揚州路，捲上珠簾總不如③。（平聲魚韻）

多情卻是總無情，惟覺樽前笑不成。蠟燭有心還惜別，替人垂淚到天明④。（平聲

庚韻）

【註釋】

①娉，音拼。嫋，音鳥。娉娉，美貌。嫋嫋，長身無力貌。

②豆蔻，有草本木本兩種，可作藥。其花生於葉間，南人取其未大開者，叫做含胎花，常用以比方處女。花開於春初，故云「二月初」。

③意謂捲上珠簾，品評諸妓容貌，總不如其美。

④蠟燭為風所吹，燭油流溢，叫做「燭淚」。

【作意】

據杜牧《別傳》：「牧在揚州，每夕為狹斜遊（即宿妓），所至成歡，無不會意，如是者數年。」那麼可見這兩首詩是牧之在揚州留別妓女而作。第一首讚其美麗，第二首抒發別情。

【作法】

第一首首句記其年齡，二句用豆蔻作比，讚其嬌小。三句「春風」承上「二月」，四句用「總不如」竭力一讚，有「除卻巫山不是雲」之意。第二首首句自致歉意，謂以前歡聚何等多情，而今別去，轉覺無情。二句是離筵寡歡，又是緊承「多情」。三四句以蠟燭垂淚，象徵別情，仍以「有心」與「多情」相呼應，並非說人反無心。讀此正覺倆人一往情深，有難捨難分之態。

遣懷

落魄①江湖載酒行，楚腰纖細掌中輕②。十年一覺揚州夢，贏得青樓薄倖名③。（平聲庚韻）

【註釋】

①落魄，失意無聊之意。

②《後漢書馬廖傳》：「楚王好細腰，宮中多餓死。」《趙飛燕外傳》：「飛燕體輕，能為掌上舞。」

③梁劉邈詩：「倡女不知愁，結束下青樓。」青樓即妓院。薄倖，猶言薄情。

【作意】

這是牧之繁華夢醒懺悔豔遊的詩。《全唐詩話》謂杜牧不拘細節，吳武陵見此詩，即以《阿房宮賦》薦於崔郾。牧即登第。

【作法】

首句追敍到揚州，二句指揚州妓女，三句「十年」言留連美色之久，至今始覺其非。四句承上意反結。十年豔遊，所贏者只青樓薄倖之名，則其他所輸者可想而知。言下滿露悔恨之意。亦即佛家所謂放下屠刀，回頭是岸之意。才子之筆，可以感人。難怪吳公見此詩，即予以薦引。

秋夕——此詩王建集中亦收入，但不知是誰所作。

銀燭秋光冷畫屏，輕羅小扇撲流螢。天階夜色涼如水，臥看牽牛織女星①。（平聲青韻）

【註釋】

①牽牛星一名河鼓，在天河之東。織女星一名天女，在天河之西。《荊楚歲時記》：「七夕為織

女牽牛聚會之日。」

【作意】

此詩大意是寫宮中秋怨。

【作法】

首句寫秋景，用一「冷」字，可見宮中寂寞景況。二句寫宮人無聊中的遊戲，還待君王的臨幸。三句加「涼如水」寫夜深，以「天階夜色」一轉，轉出臥看雙星，意謂雙星猶能在七夕渡河相會，何以我久處冷宮，無相見之日。不言怨而怨自在言外，這種間接寫法，在宮詞中很多。蘅塘退士評此詩謂：「層層佈景，是一幅着色人物畫，只『臥看』二字，逗出情思，便通身靈活。」

金谷園——園故址應在河南洛陽縣西北。晉石崇《金谷詩序》：「余有別廬在河南，界金谷澗中，清泉茂樹，眾果竹柏藥物備具。」

繁華事散逐香塵，流水無情草自春。日暮東風怨啼鳥，落花猶似墜樓人①。〔平聲

真韻）

【註釋】

①《晉書石崇傳》：「崇有妓曰綠珠，美而豔。孫秀使人求之不得，矯詔收崇。崇正宴於樓上，謂綠珠曰：『我今為爾得罪。』綠珠泣曰：『當效死於君前。』因自投於樓下而死。」

【作意】

此詩大意是咏春景而兼弔古，為即景生情之作。

【作法】

首句寫金谷園昔日的繁華，今日的荒廢，二句說今日人事已非，風景依舊。三句承二句意，說當此景物，非但過者傷心，啼鳥亦怨東風。四句以「落花」喻綠珠，比擬恰當且承前意作結。

此詩章法，各句蟬聯而下，彷彿一串連環，以寫景為主，中寓感慨。

李商隱

寄令狐郎中——令狐綯字子直，舉進士，擢左補闕右司郎中。

嵩雲秦樹久離居①，雙鯉②迢迢一紙書。休問梁園③舊賓客，茂林秋雨病相如④。

〔平聲魚韻〕

【註釋】

①嵩山的雲，秦川的樹，此指一在河南，一在陝西。

②蔡邕《飲馬長城窟行》：「客從遠方來，遺我雙鯉魚。呼童烹鯉魚，中有尺素書。」後人因稱尺牘為鯉書或魚書。

③漢梁孝王好營宮室苑囿之樂，以通賓客。司馬相如客遊於梁，梁孝王令與諸生同舍，相如乃著《子虛賦》。

④相如常有消渴疾，稱病閒居，不慕官爵，既病免，家居茂陵。茂陵，漢武帝的墳，在陝西興平縣。

【作意】

這是懷念令狐郎中，並敘述自己近狀的懷人詩。

【作法】

首句說兩地暌違，有離羣索居之感。二句說接到來信，「迢迢」應「嵩」與「秦」。三句「休問」承上句，答復來信所問。用「梁園」典，為四句自比病廢之相如作伏筆。絕詩中用典，有一共同之處，就是一典在兩句中分用，切事切人，非常妥帖，比之一事用兩典的，來得入神。

瑤池

——《穆天子傳》：「天子賓於西王母，觴西王母於瑤池之上。」

瑤池阿母①綺窗開，黃竹歌聲②動地哀。八駿日行三萬里③，穆王④何事不重來？

〔平聲灰韻〕

【註釋】

①《漢武內傳》：「上元夫人謂王母曰：『今阿母迂天尊之重，下降於蟪蛄之窟。』」

②《穆天子傳》：「日中大寒，北風雨雪，有凍人，天子作詩三章，以哀民曰：『我徂黃竹，玄員閟塞』。」

③《拾遺記》：「穆王八駿，一名絕地，二名翻羽，三名奔宵，四名起影，五名踰輝，六名超光，七名勝霧，八名挾翼。」又《列子》：「穆王乃觀日之所入，一日行萬里。」

④穆王，周昭王子，名滿，在位五十五年。又《本傳》「西王母為天子謠曰：『將子無死，尚能復來。』」

【作意】

此詩係弔穆王求仙之妄。

【作法】

首句寫西王母迎接穆王。二句寫聞歌聲。三四句說穆王既有八駿馬能日行萬里，何以不能重至西王母處呢？以「何事」作問，即含有譏刺「人無不死，求仙終妄」之意。凡作咏史詩，最好就史事作翻案文章，或就事寄慨，以隱諷時事，才有意義。倘若人云亦云，毫無特別意義，又何必多費筆墨？

賈生——即賈誼。

宣室①求賢訪逐臣，賈生才調更無倫②。可憐夜半虛前席，不問蒼生問鬼神。（平聲真韻）

【註釋】

①宣室，未央前殿的正室。《史記賈生傳》：「後歲餘，賈生徵見，孝文帝方坐宣室，上因感鬼神事而問鬼神之本。賈生因具道所以然之狀。至夜半，文帝前席，既罷，曰：『吾久不見賈生，自以為過之，今不及也。』」

②無倫，無比也。

【作意】

此詩係譏刺漢文帝雖能用賢而不能盡其才，並為賈生歎息，雖遇明主，不能有為。

【作法】

逐臣指賈生，因賈生曾出任長沙王太傅。「訪逐臣」見得求賢之切，竭力為賈生一揚。二句「才調無倫」，暗用文帝讚賈生語，又是一揚。三句「可憐」一轉，是一抑，四句「不問」又是一抑。揚賈生，即所以抑漢文，其諷刺之意自明。

夜雨寄北

君問歸期未有期，巴山①夜雨漲秋池。何當共翦西窗燭，卻話巴山夜雨時。（平聲支韻）

【註釋】

①巴山在今四川南江縣北，有大巴山小巴山。

【作意】

此詩一本題作「夜雨寄內」，那是寄給妻子的詩，因義山家在河內（河南北部），所以說「寄北」。或解為寄給朋友的詩，或有未合。按現時「西窗話雨」多用作友朋思念之典，亦覺誤用。

【作法】

此詩有一個特別的句法，就是「巴山夜雨」四字，前後重用，稱為重複句。二句「巴山夜雨」，是身在巴山看雨。四句「巴山夜雨」是想到將來回家時話巴山看雨的情景，而身仍在巴山，關鍵全在「何當」二字，意思是「甚麼時候能夠」，和上文「未有期」相呼應。這種重複句的運用，最可表示一種纏綿的情致。

為有

為有雲屏①無限嬌，鳳城②寒盡怕春宵。無端嫁得金龜③婿，辜負香衾事早朝。（平聲蕭韻）

【註釋】

①雲屏，是用雲母石做的屏風。

②即丹鳳城，指京師。

③《舊唐書輿服志》：「天授元年，改內外所佩魚，並作龜，三品以上龜袋用金飾。」按指朝

服上用金線所繡的魚或龜形。

【作意】

此詩標題「為有」，係取本詩首句首二字為題，大意是咏閨怨。

【作法】

「無限嬌」指閨人，「寒盡」指冬寒已盡，春宵正可晏起，着一「怕」字，直貫四句不得不早起，故曰「怕」，有怨恨之意。「無端」猶言「好沒由來」，是轉入解釋之所以怕的緣由。意思是如不嫁佩金龜的作官夫婿，就可同戀香衾，不必早起去早朝。這和前「悔教夫婿覓封侯」意，同是一樣癡情。此詩神韻，全在「寫有」與「無端」四字，有這樣的嬌妻，當然可愛，沒由來做了金龜婿，卻又可恨。一種閨房之樂，兩口怨情，全在這四字中曲曲道出。

隋宮

乘興南遊不戒嚴①，九重誰省諫書函②？春風舉國裁宮錦，半作障泥半作帆③。〔平聲咸韻〕

【註釋】

①《晉書輿服志》：「車駕親戎，中外戒嚴。」嚴厲警戒之意。

②九重，指人君所在，《楚辭》：「君門兮九重。」《隋書煬帝紀》：「大業十二年秋，幸江都宮。奉信郎崔民象以盜賊充斥，表諫不宜巡行，上大怒，斬之。車駕次汜水，奉信郎王感仁又諫，上怒，斬之而行。」

③障泥，是馬鞍兩旁垂下的東西，亦作蔽泥，所以遮蔽泥土。《西京雜記》：「武帝得貳師天馬，以綠地五色為蔽泥。」「錦帆」見前李商隱《隋宮》七律詩。

【作意】

此詩大意是諷刺隋煬帝的不問國事、輕身遨遊。

【作法】

用「乘輿」二字，可見煬帝的無所顧忌。用「不戒嚴」，見煬帝的冒險輕身。用「誰省」，又寫煬帝的不聽忠諫。從敘事中隱寫貶刺深意。三四句是從旁轉諷煬帝的奢侈無度，詩句中用重字，必須具有相對或相反兩層意義，「半作」障泥「半作」帆，是分寫一陸一水。

嫦娥

雲母屏風燭影深，長河①漸落曉星沈。嫦娥②應悔偷靈藥，碧海青天夜夜心。〔平聲侵韻〕

【註釋】

①長河，即銀河。
②嫦娥，即姮娥，又稱羲娥。《搜神記》：「后羿請不死之藥於西王母，嫦娥竊之以奔月。」或曰：嫦娥為后羿之妻。今多以嫦娥代月。

【作意】

此詩雖是咏月裏嫦娥，但看後二句，或有所寄託，大概是責備意中人的偷奔，而仍不能忘情。

【作法】

首句寫室內情形，二句寫天空情形，三句轉到望月，用「應悔」，見得不該偷奔。四句結到永遠不會忘情，意思是說就是上窮青天，下澈碧海，我的心仍無時無刻不在想你啊。所以此詩也可當作無題詩看，不過詩人狡獪，故意借嫦娥比喻罷了。

鄭畋

字台文，滎陽人。會昌進士。乾符中，為兵部侍郎同平章事。官至尚書左僕射。

馬嵬坡

玄宗回馬楊妃死①，雲雨②難忘日月新。終是聖明天子事，景陽宮井③又何人？（平聲真韻）

【註釋】

①參閱白居易《長恨歌》。

②宋玉《高唐賦》：「妾在巫山之陽，高邱之阻，旦為朝雲，暮為行雨。」後人因借為男女歡合之詞。

③《陳書後主紀》：「後主聞兵至，從宮人出景陽殿，將自投於井，袁憲侍側，苦諫不從。夏侯公韻又以身蔽井，後主與爭，久之方得入焉。及夜，為隋軍所執。」按宮人中有張貴妃名麗華，最得寵幸，與後主同入於井。

【作意】

《全唐詩話》：「馬嵬，太真縊所，題詩者多悽感。畋為鳳翔從事日，題一絕，觀者以為有宰輔之器。」此詩蓋因題馬嵬事的，大多說玄宗的無情與貴妃的可憐。台文特地為玄宗解脫，說玄宗使楊妃自盡，免得受辱，終是聖明之事。

【作法】

首句指玄宗自蜀還京。二句說玄宗與楊妃難忘的恩愛，彷彿像日月之長新。此是讚玄宗的深情。三句用「終是」一轉，以為那時玄宗雖不得已而出此，卻終是聖明的舉動。假使不如此，難保不像陳後主和張麗華的求死不得反受侮辱那樣。同時又稱讚玄宗能英明果斷，為國割愛，批評陳後主的軟弱無用，終受大辱。結末用「又何人」一問，令讀者自去比較領會，尤有風韻。蘅塘退士謂：「唐人馬嵬詩極多，惟此首得溫柔敦厚之意，故錄之。」

溫庭筠

瑤瑟怨

冰簟[1]銀床夢不成，碧天如水夜雲輕。雁聲遠過瀟湘去，十二樓中月自明。〔平聲庚韻〕

【註釋】

①冰簟，涼蓆。

【作意】

此亦係閨怨之詩。

【作法】

此詩以「夢不成」作主旨，其間所描寫的，都是夢不成後的情景。時令是初秋，故云「冰簟」。二句寫所見。三句寫所聞。「十二樓」應首句，「月」與「輕雲」相呼應。篇中無一怨恨字面，而怨意自見。

韓偓

字致堯，小字冬郎，京兆萬年人。昭宗龍紀元年進士。官至兵部侍郎翰林學士。因忤朱全忠，貶濮州司馬。後入閩，依王審知卒。有《翰林集》、《香奩集》。冬郎詩雖渾厚不及前人，但多忠憤風骨之語，非晚唐靡靡之音可及。其《香奩》一集，實不過少年遊戲之筆，不能以此相識。

已涼

碧闌干外繡簾垂，猩色①屏風畫折枝②。八尺龍鬚③方錦褥，已涼天氣未寒時。（平聲支韻）

【註釋】

①猩色，血紅之色。
②折枝，折下的花卉。
③龍鬚草可織蓆。

【作意】

題雖純咏「已涼」，但「此中有人，呼之欲出」，可當無題詩看。蘅塘退士指為：「此詩通首佈景，不露情思，而情愈深遠。」自有獨見。

【作法】

此詩主旨在「已涼」，所以繡簾已垂，錦褥已鋪。並且自外寫到內，一層進一層，將香閨繡榻，寫得一覽無餘。最可喜的，是已涼和未寒相對點，將「涼」和「寒」的意義，分得十分細膩，真是神來之筆。末句情意，是說正好安睡，令人耐想。

韋莊

金陵圖

江雨霏霏江草齊，六朝①如夢鳥空啼。無情最是臺城②柳，依舊煙籠十里隄。〔平聲齊韻〕

【註釋】

①吳，東晉、宋、齊、梁、陳，均都金陵，故云六朝。

②臺城故址，當在今玄武湖旁。本吳後苑城，晉為宮城，晉宋時謂朝廷禁省為「臺」，故稱「臺城」。

【作意】

這是題咏圖畫的詩，相當於弔古咏史詩。

【作法】

首句寫雨景，二句以「六朝」切「金陵」，「鳥空啼」寫感慨意，三句「臺城」切金陵，四句「煙柳籠隄」仍是歸結到圖景。其中「空」「無情」「依舊」等字，是本詩的動脈，蓋不下這等字，不能發抒感慨。為了使詩中實字顯得空靈有致，不致呆板，所以詩中用虛字。

張泌

字子澄，淮南人。仕南唐為句容縣尉。累官至內史舍人。

寄人

別夢依依到謝家①，小廊迴合曲闌斜。多情只有春庭月，猶為離人照落花。〔平聲麻韻〕

【註釋】

①謝家，未詳，大概是伊人的家。

【作意】

這是別後懷人的詩，也可作為無題詩讀。

【作法】

首句自別後入夢說起，「依依」即惜別之意。二句寫夢中所見謝家的小廊曲闌，是夢中景。三句轉到夢醒後所見，下「多情」二字，即見伊人的無情，含有怨意。四句說落花猶有多情的月光來照，我的無聊，又有何人來安慰呢？「猶為」與「只有」相呼應，口氣逼真。

陳陶

一作絢，字嵩伯，號三教布衣。嶺南人。宣宗大中時遊學長安，南唐時隱洪州西山，不知所終。有《文錄》。

隴西行

——按《隴西行》本為樂府中相和歌辭之瑟調曲。隴西今甘肅寧夏地。本詩以平仄相諧，不似樂府，故入絕詩。

誓掃匈奴不顧身，五千貂錦①喪胡塵。可憐無定河②邊骨，猶是春閨夢裏人。（平聲真韻）

【註釋】

①貂，貂皮。貂錦指戰袍，此代軍士。

②按《一統志》：「無定河自邊外流經陝西榆林府懷遠縣北，西南經米脂縣，又東南流經清澗縣東北，入黃河，一名奢延水，以潰沙急流，深淺不定，故名『無定。』」

【作意】

此詩大意是厭苦征戰，為那些喪身塞外的軍士鳴冤。

【作法】

首句言將士的忠勇，二句記喪亡之多。三句「可憐」一轉，逼出正意，戰死將士已成無定河邊的枯骨，可憐春閨少婦的夢裏還在等着他們歸來呢。陳陶的邊塞詩喜作苦語，較之「一將成名萬骨枯」句，尤其深痛。本詩跌宕之處，全在「可憐」「猶是」四字。

無名氏

雜詩

近寒食雨草萋萋，著麥苗風柳映隄。等是有家歸未得，杜鵑①休向耳邊啼。（平聲齊韻）

【註釋】

①杜鵑即子規鳥，啼聲如「不如歸去」。

【作意】

此詩是咏久客不得歸鄉者。

【作法】

此詩首二句句法，和前詩有一不同之點，前詩七言句，大概是上三下四或上四下三，或上二下五。此詩七言句法卻是分作兩截，「近寒食雨」是上一下三，為一截，「草萋萋」為一截，第二句亦同。其中平仄聲很諧暢，絕詩中並不多見。這兩句是寫清明時節的景物。三句意思是「每逢佳節倍思親」，但有家而不能歸。故教杜鵑不要總叫着「不如歸去」，使人格外傷懷，癡情話卻別有神韻。

樂府

九首

唐詩三百

王維

渭城曲——一作《送元二使安西》。渭城在今陝西咸陽縣東。

渭城朝雨裛輕塵，客舍青青柳色新。勸君更盡一杯酒，西出陽關①無故人。〔平聲真韻〕

【註釋】

①陽關，古關名，在今甘肅敦煌縣西南一百三十里，黨河之西。

【作意】

這是送別的歌詞。

【作法】

渭城指送別之地，「朝雨」「柳色」是點時令景物。三四句寫送別，三句寫臨別再留，四句是道聲珍重之意。送別詩除寫景外，最好從情感上立言，方能動人，此詩寫朝雨裛塵，客舍柳青，已現一種愁慘景象。不待下文臨別贈言，已覺黯然銷魂。後文殷殷勸酒，依依話別，尤見真摯的友誼。

附錄《陽關三疊》唱法：蘇東坡論《三疊歌法》云：「舊傳《陽關三疊》，然今世歌者每句再疊而已。若通一首言之，又是四疊，皆非是。或每句三唱以應三疊之說，則叢然無復節奏。余在密州，文勛長官以事至密，自云得古本《陽關》，每句皆再唱，而第一句不疊，乃知古本三疊蓋如此。樂天《對酒詩》云：『相逢且莫推辭醉，聽唱《陽關》第四聲。』註云：『第四聲，勸君更盡一杯酒』，以此驗之，若一句再疊，則此句為第五聲，今為第四聲，則第一句不疊審矣。」今按元《陽春白雪》集收有大石調，《陽關三疊》詞其結構與蘇東坡論，頗相符合，並錄如下：

渭城朝雨，一霎裛輕塵，更灑遍客舍青青，弄柔凝，千縷柳色新；更灑遍客舍青青，千縷柳色新。休煩惱！勸君更盡一杯酒，人生會少，自古功名富貴有定分，莫遣容儀瘦損。休煩惱！勸君更盡一杯酒，只恐怕西出陽關舊遊如夢，眼前無故人！只恐怕西出陽關，眼前無故人！

秋夜曲——樂府雜曲歌辭。

桂魄①初生秋露微，輕羅已薄未更衣。銀箏夜久殷勤弄，心怯空房不忍歸。（平聲微韻）

【註釋】

①《尚書》註謂月輪無光之處為「魄」。又《酉陽雜俎》：「月中有桂，高五百丈，下有一人常斫之，樹創隨合。人姓吳名剛，學仙有過，謫令伐樹。」後因謂月中桂。

【作意】

此係寫宮怨之詩。蘅塘退士評為：貌為熱鬧，心實淒涼，非深於涉世者不知。

【作法】

首次兩句寫秋夜，涼意盎然。細味「初」「已」「未」三字，都有層次時間關係。三句再用「久」字，見得夜深了，正可去睡，還是殷勤弄箏。究為何事？四句答以「心怯空房」，故「不忍歸」。其實這是表面推託之辭，暗中蓄意，在所謂「空」者，無人臨幸之故，如此委曲，局外人如何猜得透？詩人心細如髮，體貼出兒女之情，一旦揭穿，怨情即躍然於紙上了。

王昌齡

出塞

秦時明月漢時關，萬里長征人未還。但使龍城飛將[1]在，不教胡馬度陰山。〔平聲刪韻〕

【註釋】

①龍城，地在今漠北塔果爾河岸，《漢書匈奴傳》：「五月，大會龍城。」一李廣居右北平，匈奴號為漢之飛將軍。

【作意】

此詩大意是譏諷邊將不得其人，故丁壯常長征不還，胡馬亦時度陰山。

【作法】

首句是說此地在漢是關塞，明月猶是秦時，時代雖變，形勢亦非從前可比，有今不如古之歎。

二句指軍事未息。三句轉入希望，希望有李廣那樣的飛將軍，來年抗禦外敵，不使胡馬偷度陰山。「但使……不教」是一種因果句式，但其關鍵在兩動詞「在」「度」用得好。此詩主旨雖在責備邊將，但其實仍着眼在征人未還，代為抱怨，故邊塞詩大多是一種非戰詩。

長信怨——一作《長信秋詞》五首，此為第三首。長信，漢宮名。樂府相和歌詞之楚調曲。

奉帚①平明金殿開，暫將團扇共徘徊②。玉顏不及寒鴉色，猶帶昭陽③日影來。（平聲灰韻）

【註釋】

①供奉箕帚灑掃之役。

②班婕妤有《怨歌行》云：「新製齊紈素，鮮潔如霜雪，裁成合歡扇，團團似明月。」

③昭陽，漢宮名。

【作意】

此詩係咏漢班婕妤初頗得幸，自趙飛燕姊弟入宮後，婕妤即失寵，乃求供養太后於長信宮的事實，是代班婕妤寫怨之作。本詩也是就樂府題的本意而做的。

【作法】

首句「奉帚」指供養太后事，二句「團扇」用班婕妤自身的典故，以帚興起扇，意含「秋扇見捐」。用語既雙關，用典亦親切。後半段想入非非，與寒鴉相比顏色，寒鴉自昭陽飛來，猶帶日影，婕妤雖有玉顏，反不能常承恩寵，寫出一種既羨又妒又恨的情意，絲絲入微。

李白

清平調（三首）

——《碧鷄漫志》：「明皇宣白進《清平調》，乃是令白於《清平調》製詞，蓋古樂取聲律高下合為三調曰清調、平調、側調，明皇止令就擇上兩調，偶不樂側調故也。」

雲想衣裳花想容，春風拂檻露華濃。若非羣玉山頭①見，會向瑤臺②月下逢。〔平聲冬韻〕

一枝紅豔露凝香，雲雨巫山枉斷腸。借問漢宮誰得似？可憐飛燕倚新妝③！〔平聲陽韻〕

名花傾國兩相歡，長得君王帶笑看。解識春風無限恨，沈香亭北倚闌干。〔平聲寒韻〕

【註釋】

①《穆天子傳》：「北征東還至於羣玉山」，註謂西王母所居。

②屈原《離騷》：「望瑤臺之偃蹇兮，見有娀之佚女。」

③《漢書外戚傳》：「孝成趙皇后本長安宮人，屬陽阿主家，學歌舞，號曰飛燕。成帝嘗微行，過陽阿主家作樂。上見飛燕而悅之，召入宮，後為皇后。」又《飛燕外傳》：「飛燕為捲髮，號新髻；為薄眉，號遠山黛；施小朱，號慵來妝。」

【作意】

按《樂府詩集》引《松窗錄》曰：「開元中，禁中木芍藥花方繁開。帝乘照夜白（馬名），太真妃以步輦從。李龜年以歌擅一時。帝曰：『賞名花，對妃子，焉用舊樂辭為？』遂命李白作《清平調》詞三章，令梨園弟子略撫絲竹以促歌。帝自調玉笛以倚曲。」又《唐書本傳》：「玄宗坐沈香亭子，有所感，欲得白為樂章，召入而白已醉，左右以水頮面稍解，授筆成文，婉麗精切無留思。」太白此詞，名花與妃子共咏，雖竭力揄揚，而意成諷諫，一時興到筆隨，是絕妙好辭，其中以飛燕比太真，不料日後竟為人所媒孽讒構，終於落拓以死。才人不遇，可為浩歎。

【作法】

此詞三章，自成章法。從大體言，第一章以芍藥比妃子之美豔，第二章以名花比妃子之寵幸。第三章是前二章名花與妃子共說，同受君王之寵愛。其中有一特點，就是咏花即是咏妃子，咏妃子即是咏花，將花與妃子融合為一，不易分拆開來。所謂諷刺之意，亦即隱含其中。各章分說：第一章首句咏妃子之衣服容貌，即以花作比。二句咏芍藥受春風露華而盛開，亦猶妃子受君王之寵幸。下二句側重妃子，以仙女比擬妃子，竭力一揚。此章用雙起章承法，其式為妃子——芍藥——妃子。第二章用襯托法，首句咏花受香露，以襯妃子之得君寵。二句以雲雨巫山的虛妄，以襯妃子之沐實惠。三四句以飛燕徒靠新妝專寵，襯妃子之天然國色。用「可憐」作結，揚中有抑。第三章首句總承前二章芍藥與妃子，二句承上句歸重到君王，深得立言之體。三四句轉到君王在沈香亭對妃子賞名花之情懷，「恨」者恨春風吹拂之不常，恨名花有零落之日，美人有遲暮之時。用意非常深刻，不易猜解。

王之渙

出塞

黃沙直上白雲間①，一片孤城萬仞②山。羌笛何須怨《楊柳》③，春風不度玉門關。〔平聲刪韻〕

【註釋】

①此句是寫風捲黃沙直上雲中之景。一本作「黃河」，殊費解。

②八尺曰仞。

③《樂府解題》：「漢《橫吹曲》二十八解，七曰《折楊柳》。」

【作意】

此詩大意是抒寫塞上戍守者的苦悶。

【作法】

首句寫塞上飛沙之景，二句寫戍守地的形勝。三句轉到征人，謂關外無柳，只能在羌笛聲中聽到《折柳》之詞，徒增離別之怨。四句結到關外無春又何須怨，仍與首句相呼應。

杜秋娘

杜牧《杜秋娘詩序》云：「杜秋，金陵女也。年十五為李錡妾。」李錡，唐宗室，後以叛伏誅。

金縷衣

——此詩在樂府為近代曲辭。杜牧詩註，李錡長唱《金縷衣辭》，故《樂府詩集》題為李錡作。全《唐詩》則屬無名氏。蘅塘退士題杜秋娘。

勸君莫惜金縷衣①，勸君惜取少年時！花開堪折直須折，莫待無花空折枝。〔平聲微支韻〕

【註釋】

①金縷衣即金線所織之衣，衣之華貴者。

【作意】

此詩大意是勸人及時行樂。從另一方面說，又有「少壯不努力，老大徒傷悲」之意。

【作法】

首句言金縷衣雖貴，終有破舊之日，不足深惜。二句寫少年時光，一去不復再來，故應愛惜，好好利用。三四句是用花來作喻，花開時正須折取，喻少年時亦應努力，及至花謝空枝時，再想要折取，就來不及了。比喻到了老大再回想少年，還有何用。此詩造句用詞，多用疊字，迴環宛轉，互為註解，樂府詩中，多有此體。

□ 責任編輯：劉　華
□ 裝幀設計：李婧琳

唐詩三百首詳析

□
編著
喻守真

□
出版
中華書局（香港）有限公司
香港北角英皇道 499 號北角工業大廈一樓 B
電話：（852）2137 2338　傳真：（852）2713 8202
電子郵件：info@chunghwabook.com.hk
網址：http://www.chunghwabook.com.hk

□
發行
香港聯合書刊物流有限公司
香港新界荃灣德士古道 220 - 248號
荃灣工業中心 16 樓
電話：（852）2150 2100　傳真：（852）2407 3062
電子郵件：info@suplogistics.com.hk

□
版次
2012 年 3 月初版
2024 年 6 月第 7 次印刷

□
規格
特 32 開（210 mm × 153 mm）

□
ISBN：978-988-8148-36-3